ROSE AND
RENAISSANCE

我只喜欢
你的人设

稚楚 著
WOZHIXIHUAN
NIDERENSHE

廣東旅遊出版社
GUANGDONG TRAVEL & TOURISM PRESS
悦读书·悦旅行·悦享人生

中国·广州

遇见你的那一刻就是大爆炸的开始，每一个粒子都离开我朝你飞奔而去，在那个最小的瞬间之后，宇宙才真正诞生。

丁达尔效应出现的时候，光就有了形状。

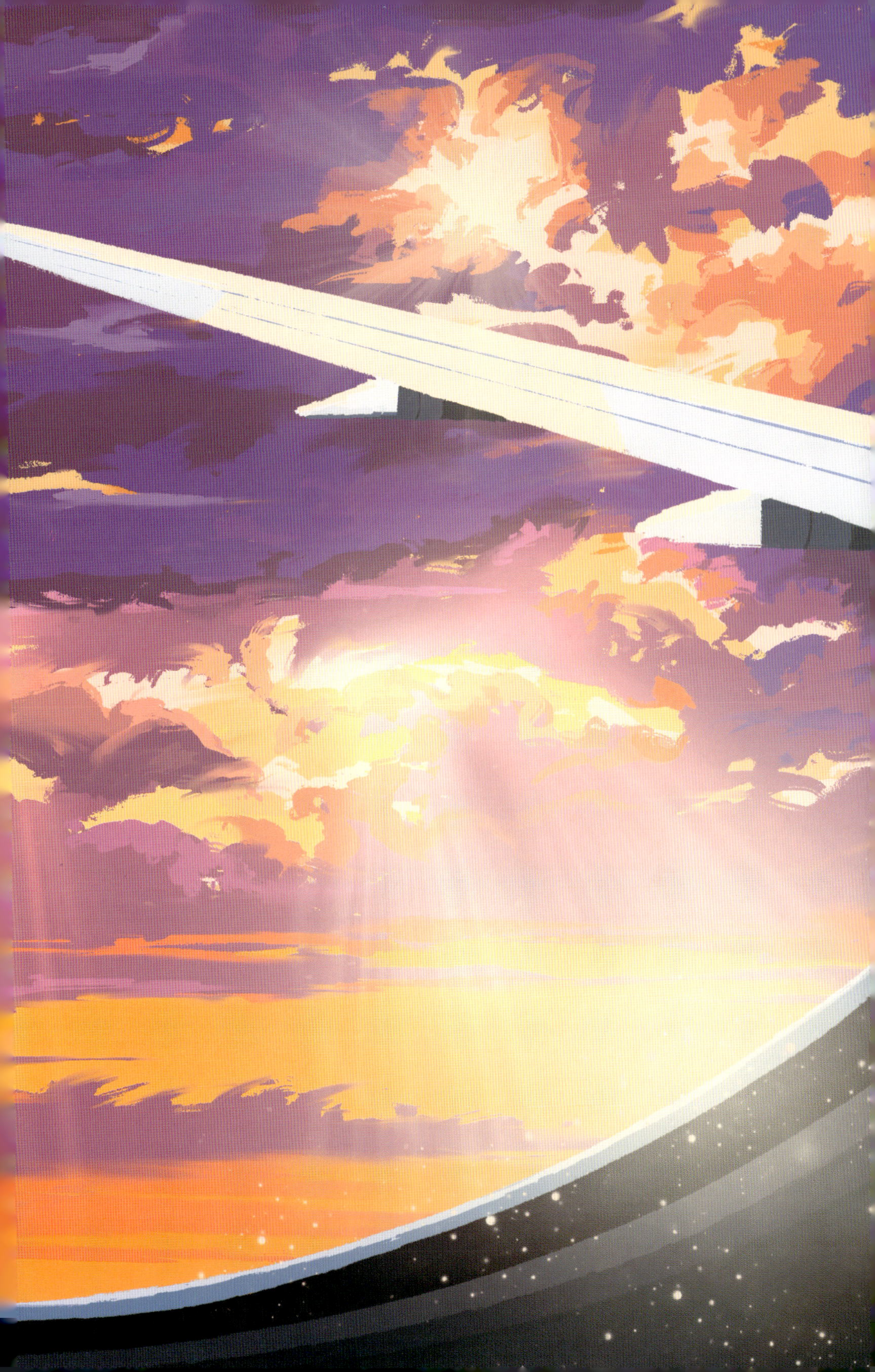

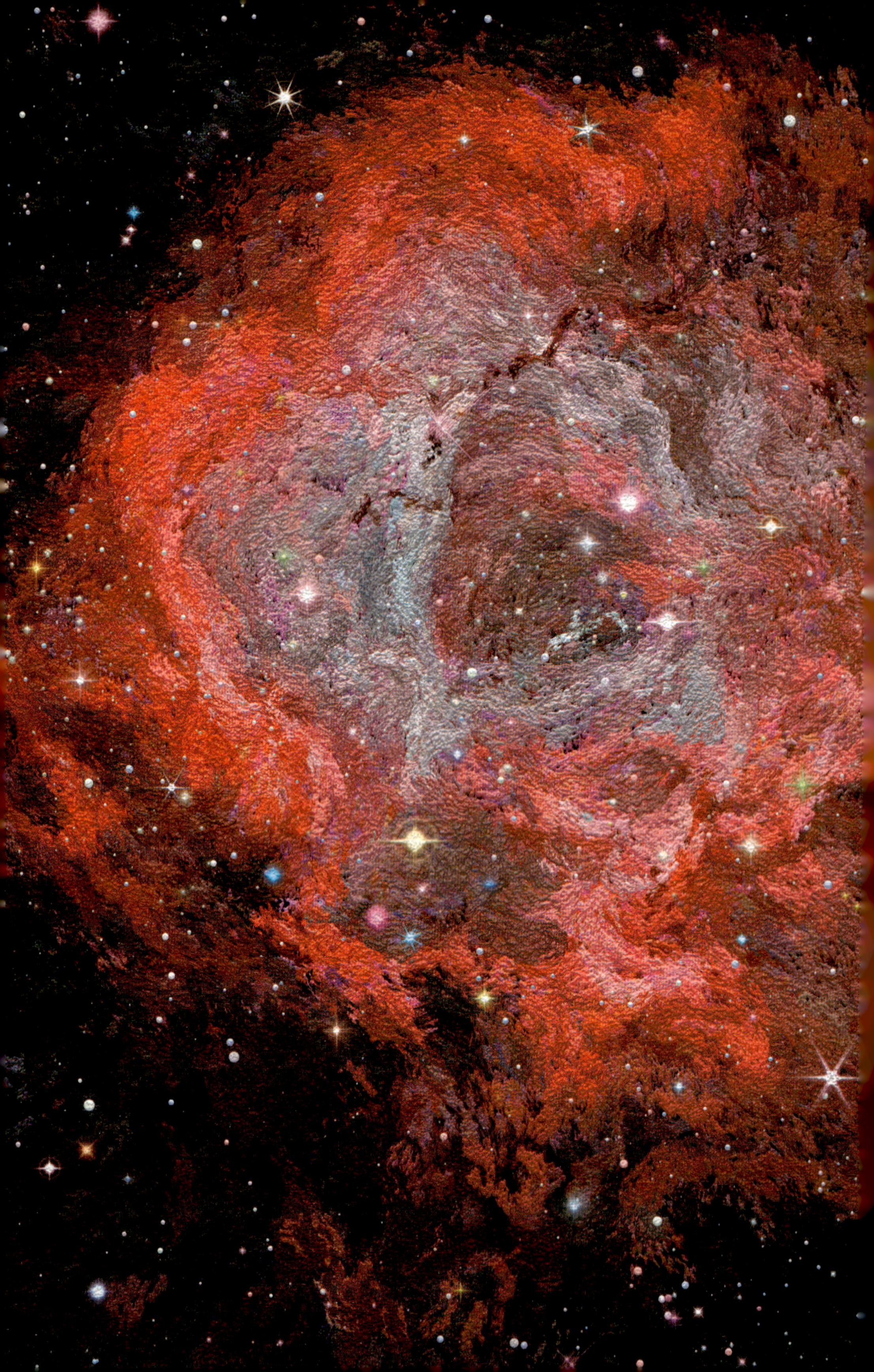

这是我要给你的

宇宙级别的浪漫

CONTENTS
目　录

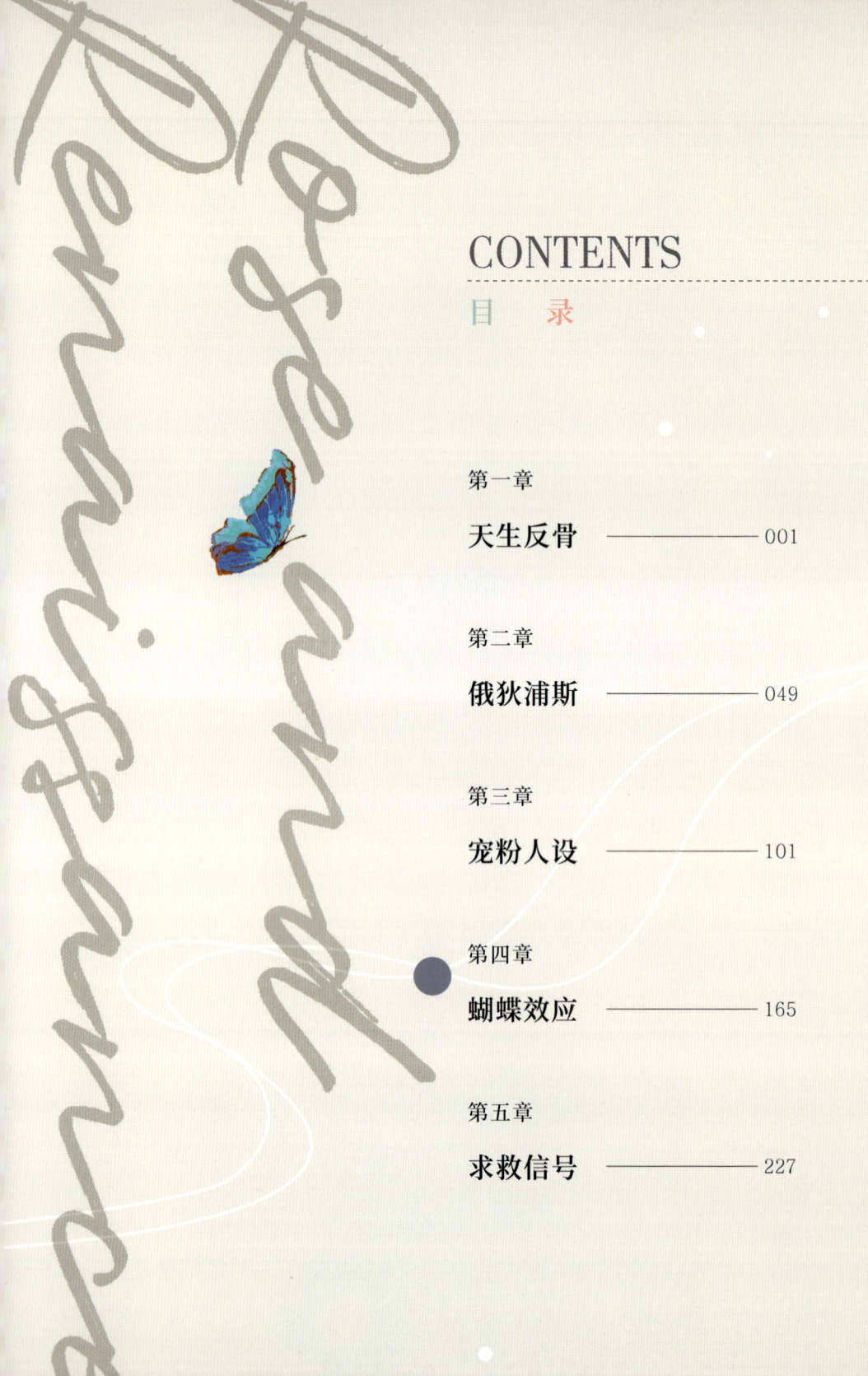

第一章
天生反骨 —— 001

第二章
俄狄浦斯 —— 049

第三章
宠粉人设 —— 101

第四章
蝴蝶效应 —— 165

第五章
求救信号 —— 227

第一章　天生反骨

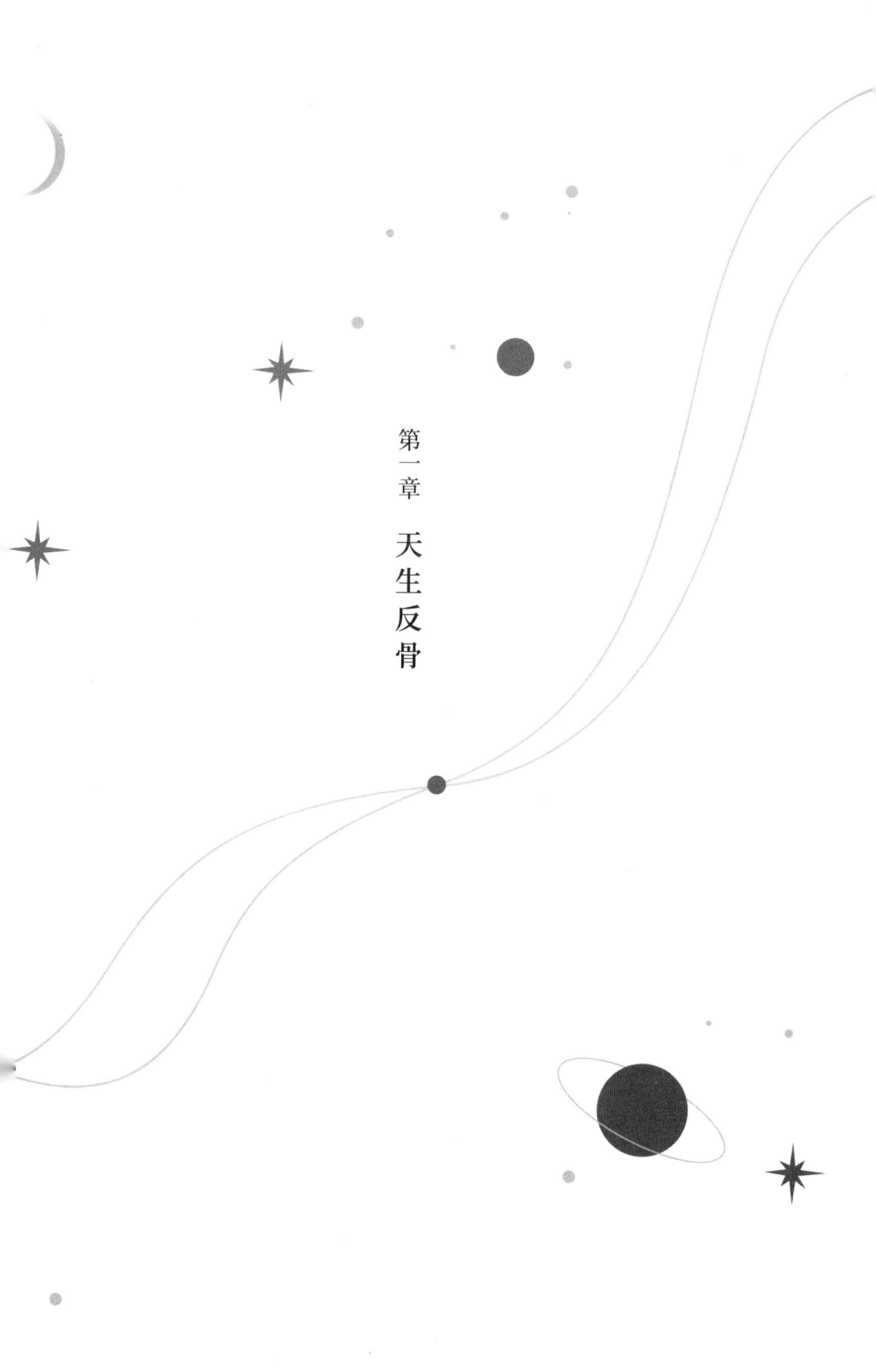

宿醉是世界上最折磨人的事。

如果酒精不会在几个小时后带来如此令人讨厌的副作用，他一定会更喜欢喝酒，歪在地毯上睁开眼的夏习清这样想着。他扶着沙发勉强站起来，头疼得厉害，在茶几里翻出一颗止痛药吃进去，拿出手机看了看时间。

13:24。

被酒精麻木的记忆神经终于开始了迟缓的运转，他忽然想起来，今晚六点有周自珩的电影定档发布会，VIP的票都拿到手了，当然得去看看。

周自珩是童星出身的演员，今年虽然才20岁，可算起来戏龄也有14年了，出道的时候才6岁，饰演男主角的童年时期，那部剧当年一举拿下年度收视冠军，也让他一下子成为大受欢迎的童星。正因如此，周自珩后来也拍了不少其他的影视作品，但一直被圈在童星的框架里。

后来参加高考的他停了几年戏，消失在公众的视野，甚至没有参加艺考，和所有的高三学生一样参加了普通的全国高考，以惊人的高分考入了P大的物理系，新生军训持续了多久，周自珩就在热搜上待了多久。

但他似乎低调得很，进入大学之后拍戏的频率也一降再降，原本大众以为他要退出娱乐圈专心学业，他却因为在校时的一组照片又上了热搜。

照片里的他正参加校篮球赛，红色球服下流畅坚实的肌肉线条，短发掩盖不了的锋利眉眼，滴落到下颌线的汗水，还有投篮时微微皱起的眉头，这些被闪光灯所模糊掉的细节，在拍摄者的视角里显得那么分明，每一张都帅气十足。

阴错阳差，一直被定位为童星的周自珩就这么被冠上了"行走的荷尔蒙"的称号，不经意就转了型，走上了时下流行的型男路线，不用说热衷追星的女生，就连比他年长不少的女性都毫无抵抗地陷入了这种荷尔蒙陷阱。

成年之后，周自珩几乎不再出演电视剧，就连爱情片也没有接过，和别的年轻演员不同，他接戏的风格很一致，大部分是现实题材，关注少数弱势群体。就连这部戏，好不容易有个女主角，结果还是和他演亲姐弟，因此周自珩总是被网友吐槽为"最浪费颜值"的男演员。即便如此，只要他出演综艺或其他节目，总是能被粉丝和网友挖掘出很多迷人之处。

夏习清也是在周自珩转型之后变成粉丝的，那个时候的他正在国外留学，偶然间看到周自珩打篮球的那几张照片，觉得他的身材比例和肌理线条都非常完美，忽然有了给他画画的念头，于是随手画了张水彩，发到了微博，没想到被粉丝顺藤摸瓜找到，疯狂转发，就这么火了。

他也顺理成章地成了所谓粉丝圈里的画手大大。

夏习清对着镜子，发现自己的头发确实有些长了，该剪了，他翻出来一根捆着画笔的橡皮筋，哗的一声把画笔都搁在桌子上，随意地扎起了头发，从衣柜里找了件白衬衫套上，戴上黑色口罩就出了门。

到达会场的时候，主创团队还没到，夏习清拍了张照片发在了微博上，很快收到了一群珩粉的评论。

公子如珩：啊啊啊，summer太太也去了吗！！！

宇宙第一Alpha：真的是summer太太！Summer太太不是海外党吗？啊啊啊，好激动！

我是周夫人：天哪，好想和太太见面啊！

野渡无人周自珩：欸，我也在现场，太太离舞台好近啊，难不成是VIP？

我珩最酷：VIP？！永珩站的站长都没这么近的。

为免引发她们更多的猜想，夏习清只好随意挑了一个粉丝回复。

Tsing_Summer：朋友给的票。

无巧不成书，刚回复完，他就收到了"给票的朋友"——许其琛的短信。

"习清，我今天有事走不开，跟主办方打过招呼了，抱歉啊。"

"没事儿，我已经到现场了。"

夏习清发完短信，手指拿着手机转了转。

许其琛是一个青年作家，周自珩这次主演的电影就改编自他的小说。说来也巧，夏习清和他是高中同学兼好友，这次的VIP邀请函就是他给的，不过作者本人却来不了了。

等了半个小时都没有开始，夏习清觉得有些无聊，走出会场，穿过一条长长的走廊走到了一个偏厅。这个酒店的品位还不错，他看着墙上挂着的戈雅的画，算是质量比较高的赝品。

正看着，后背忽然被人狠狠地撞了一下，撞得他几乎没站住，握着的手机也脱了手。夏习清回头看了一眼，身后是好几个穿着黑色制服的保镖，中间围着一个比保镖还高、戴着墨镜的明星。夏习清几乎瞬间认出来这个人就是周自珩。

同样，周自珩第一时间就意识到了自己保镖的粗鲁行径，停下了原本匆忙的脚步，敏捷地弯腰拾起了夏习清被撞掉的手机，穿过人群递给了他，动作如行云流水。

"抱歉。"周自珩的声音很沉稳，听起来并不像一个20岁的毛头小子，有种介于少年与成熟男人之间的奇异魅力。周围有很多粉丝开始发出尖叫声，举着手机拍下了这一幕。像这样暖心的举动被发到微博上一定会引发大家的转发，说不定还能"出圈"。

这算是第一次这么靠近周自珩，突然的邂逅实在是有些意外，但夏习清也没有多紧张，得心应手地拿捏着脸上的笑意，让自己看起来温和有礼："没事的，谢谢你。"

夏习清伸出手，从他的手上接过手机的同时，发凉的指腹无意间蹭到了周自珩的手指。

大概半秒的时间。

周自珩脸上的表情似乎没有太多的变化，可以说是没有反馈，夏习清看得清清楚楚，但仍旧笑着，直到周自珩离开，他也回到了会场。

再次进场的时候，周自珩的粉丝正在派送免费应援物，一个小姑娘拦住他问道："帅哥，你是谁的粉丝啊？需要应援物吗？"

戴着口罩的夏习清笑得眉眼弯弯，声音柔和："可以啊。"

小姑娘激动地打开袋子，里面有发箍、徽章、手环和应援棒，问："你要哪个？"

夏习清拿了一个徽章，温柔地说了句"谢谢"，将徽章佩戴在胸口，回到了自己的位置上。

发布会还算准时，主持人开了个场，电影的一众主创也相继登场了。电影改编自许其琛的小说《海鸥》，讲述了一个无业小青年鸥子在熟人介绍工作时，被骗到泰国当作商品贩卖到无证渔船上，成为常年无薪劳作的"虾奴"，最终凭借自己的力量逃出来的故事。

周自珩扮演的就是这样一个年轻的"虾奴"，为了让自身形象和角色更贴近，周自珩瘦了将近十公斤，在电影拍摄期间一度呈现出皮包骨的病态，第一次定妆的时候，他穿着破烂的背心和一条脏到洗不干净的及膝短裤，脸上布满了常年在海上生活的晒伤痕迹，肩头和后背又黑又红，几乎没有人能认出来这个小青年就是周自珩，连导演都连连点头，称赞他就是鸥子本人。

电影杀青已经快半年了，周自珩白回来了许多，现在的身材在疯狂健身之下已经恢复拍戏前的体态，肌肉线条饱满。看得夏习清不由得感叹，演员真不是一般人做得来的，说瘦就得瘦，说胖又得胖回来，跟气球似的。

周自珩为了电影特地去理的寸头也长长了，但还是挺短，显得五官凌厉、眼神深邃。和很多同龄的男明星不太一样，他们大多长相温和精致，而周自珩却是个例外，他不温柔也不清秀，浑身上下充满了雄性荷尔蒙，轮廓里的锋芒几乎无法掩盖，有着一种天然的攻击性。

夏习清不止一次对朋友称赞过周自珩转型之后的服装团队，这一次也没让他失望。发布会上周自珩穿了一件灰蓝色的衬衫，扎在深灰色西装长裤里，坚实的肌肉被包裹其中，宽肩窄腰，线条优越，几乎是黄金倒三角的比例。1.92米的个头，沉稳又出挑。

整体着装上高级简约，但他戴了一副金丝眼镜，精致的金色眼镜链绕到耳后，在灯光下熠熠生辉，给他锋芒毕露的气质平添了一份高傲冷淡。

身边走来了一个30岁左右的女人，浑身都是名牌，打扮很讲究，落座时手有意无意地碰了碰夏习清。

"不好意思。"

夏习清看向她，头微微一点，以示友好。对方大概是抓住了这个机会，笑盈盈地伸出手："你好，我是这部电影的制片人蒋茵。"

看了一眼她伸出的那只涂着精致指甲油的手，夏习清礼貌性地摘下了口罩，握了握她的手："你好。"

摘下口罩的瞬间，蒋茵的眼睛亮了亮，这挺难得，毕竟在这个圈子里，她也算是阅人无数了。眼前这个年轻人简直可以用"漂亮"来形容，五官虽有些女相，却有种吸引力十足的男性魅力。微长的头发半扎起，露出一双瞳色极深的桃花眼，眼角上挑的弧度很微妙。

而且他的鼻尖有一颗很小的痣，很容易给人留下印象。

说得直白些，这个人长着一副无论做什么事都可以被人原谅的长相，毫无攻击性，让人充满保护欲。这种类型是最具观众缘的。面对这张脸，蒋茵开始犯职业病。

"之前没见过你，很眼生。"蒋茵松开手，笑道，"你不是圈内的吧？"

夏习清微笑着："这部电影的原作者是我朋友，我只是托他的福近距离追次星。"

"哦？"蒋茵笑着看了看台上正在说话的女主角，"原来你喜欢这个类型的女孩子啊。"

夏习清轻笑起来，摇了摇头，眼睛懒懒地看向站在女主角身边的周自珩。

"我喜欢这个类型的明星。"

蒋茵也没觉得尴尬，反而露出原来如此的表情，坦然地笑了笑："我的第六感一向很不准。"

正巧，台上女主角说完之后将话筒递给了周自珩，主持人提问他关于电影的一些问题。

"刚才我们在抢先版的片花里看到了一些片段，自珩，你这次的突破真的超级大啊，第一次看差点认不出来，我们都挺好奇，你拍这部戏有没有什么印象深刻的事或者感受之类的？"

周自珩握着话筒，稍稍想了想，回道："感受的话，大概半年内不太想吃鱼虾了。"

台下的粉丝都笑了出来，这种一本正经的冷幽默意外地在他身上很合适。

"印象深刻的事……实际上拍摄这部戏的整个过程我的印象都挺深刻，这种题材说实话我也是第一次尝试，而且王导有实拍强迫症，百分之八十的镜头都是我们在船上实拍的，一开始我晕船的反应还挺严重的，很长一段时间都进入不了状态，整个组都特别累，挺沮丧的。一想到世界上真的存在这样被剥夺人权成为奴隶的人，我就觉得很……"周自珩考虑了一下措辞，"沉痛，对，大概是这种心情支撑着我咬牙拍完这部戏，我想全组的演员和工作人员都是如此吧。"

夏习清微微歪着头看他，听得认真。老实说，他一直觉得周自珩非常不适合娱乐圈，就像是无菌环境下的产物，对外面任何险恶复杂的环境都抱着一颗拯救的心。

说穿了，就是患有救赎妄想症的理想主义者。

这是他第一次这么近看周自珩，他现在可算明白了那些追星女孩为什么这么狂热地想要看到真人，像这种好看的明星，现场只会更加好看。

眼睛凝视着台上的周自珩，夏习清觉得他的每一个角度都几近完美，完全可以拿来替代那些缺乏肌理质感的石膏成为自己人像素描的练手工具。职业病让他总是下意识地去扫描和分析周自珩身上的每一寸线条和肌肉，阅人无数的夏习清始终认为，周自珩的体形是他所见过最完美的。

真想以他为原型创作一个雕塑啊，夏习清在心里感叹。

"那我们开始现场观众提问环节吧，"主持人将话筒递给周自珩，"自珩，你先来。"

粉丝都卖命地尖叫起来，现场气氛一度变得非常热烈，周自珩微微眯了眯眼睛，这个小动作在夏习清看来非常讨喜。

台上台下，两个人的视线产生交会。夏习清的嘴角微微地扬起，眼角也微微抬了抬，习惯性地在眼神中传递信息。

"就这个吧。"

周自珩指了指夏习清的方向。

"这个穿碎花裙子的女生。"他又补充道。

原来是自己身后的女孩子。夏习清笑了笑。

没怎么听他们之间的问答，他只管放肆又内敛地用眼神观察周自珩身上的肌理线条，就像在美术馆里对着一个完美的雕塑艺术品，充满憧憬，充满想象。

发布会持续了两个小时，散场后夏习清想去洗手间，这个场地是一个高级酒店，结构很复杂，夏习清转了转，没找到，路上遇到一个工作人员，他微笑道："你好，请问你知道洗手间在哪儿吗？"

工作人员是个年轻的姑娘，看见夏习清，有些不好意思："右拐，哦不，左拐走到头儿有一个贵宾洗手间……"

"谢谢你。"夏习清笑了笑，双手插兜朝着工作人员所指的方向去了。

刚走进去，手机就响了起来，夏习清看了一眼来电显示，好心情一扫而空。

打了一晚上，真不嫌累啊。

"如果我没记错，我们根本没开始过吧。"夏习清用肩膀夹着手机洗着手，"我不觉得我有什么问题……是吗？你想跟我谈恋爱？"

他轻笑一声，甩了甩手上的水珠，从一旁的抽纸盒中抽了几张，仔细地擦拭着自己的手指。

对方在电话那头不断地说着，说得夏习清都厌烦了。

"我警告你，滚远一点。"

他将之前擦手的纸团了团，扔进垃圾桶里。

电话里的人突然安静了下来。

夏习清笑了出来，看了看镜子里的自己，调整了一下表情，轻轻笑了笑。

挂了电话，夏习清准备进去上厕所，没想到从里面迎面走出来一个人。

灰蓝色衬衫，身形高大，就是之前还在台上闪闪发光的男主角周自珩。

哎呀，翻车了。

被撞破"真面目"的夏习清并没有慌乱，他镇定自若甚至风度翩翩地朝周自珩露出微笑。

"好巧啊。"

周自珩的眉头微皱着，看着夏习清的表情有着掩饰不了的厌恶，不，不是掩饰不了，演员最擅长的就是掩饰情绪。

他根本是懒得掩饰自己的厌恶。

周自珩的眼神向下瞟了瞟，看到了夏习清胸口上别着的象征自家粉丝地位的银色徽章。夏习清注意到了这个眼神，他自己也看了一眼，伸手摸了摸徽章，笑道："嗯……你没看错，我是你的粉丝。"

周自珩无动于衷地绕过他，走到洗手台边打开水龙头。

夏习清耸耸肩，进了隔间，用脚钩着带上了门。

被偶像讨厌了，失策，失策。

照正常发挥，他怎么都不会在初次见面时露出马脚，假装出一个亲近又友好的形象对他来说实在是信手拈来。毕竟所谓的小天使人设更具亲和力，谁让人总是随意地把信任拱手送给看似善良的人呢。这次实在是流年不利，夏习清嫌恶地将之前那个骚扰成瘾的家伙拉进了黑名单。

算了，本来就不是正儿八经的粉丝，只是单纯欣赏那张脸罢了。

能被自己的偶像讨厌，算不算是一种特别的关照？夏习清这样自嘲地想着，砰的一声关上了门，走到巨大的镜子前照了照，镜子里那个看起来温柔又善良的人，根本不是他。从洗手间出来，他直接离开了这个会场。

谁知道，第二天在酒吧里待到凌晨三点半的夏习清，又一次接到了许其琛打来的电话。

"习清，你上热搜了。"

酒吧里的音乐震天响，夏习清皱着眉从里面走出来，晕晕乎乎地蹲在马路边，喝酒喝得舌头发麻："你说什么？"

"你上微博热搜了。好像是有人上传了发布会现场的视频，你出镜了。"

许其琛说得挺淡定的，不过夏习清很清楚，对方就是这么一个淡定的人。简单地跟许其琛说了几句，他就一屁股坐在了马路牙子上，凌晨的冷风吹在脸上，这才清醒了些。夏习清凝着眉打开微博，找到了热搜版面。

热搜榜第一条赫然写着几个大字——

"《海鸥》发布会白衬衫小哥哥"。

白衬衫？夏习清努力地回忆了一下昨晚自己的打扮。

好像是穿白衬衫……他点开词条看了看，转发最多的一个视频就是发布会现场周自珩和粉丝互动问答的环节，镜头从台上的周自珩切换到台下的幸运粉丝，也就是夏习清身后的那个女孩子，在这过程中，镜头在夏习清的脸上停留了几秒钟，就这短短的几秒钟，让夏习清直接上了热搜。

他忽然想起，自己当时摘下口罩之后没有重新戴上，太大意了。

这个视频的评论快要上万。

是西瓜不是冬瓜：十分钟内我要得到这个小哥哥的所有信息。

VikiViki：妈妈，我看到天使了！热泪盈眶.jpg。

颜控没救了：这种颜值不出道简直是暴殄天物！这也长得太好看了，发型也好好看，仙子本仙了。

最爱33了：纯路人，这个镜头简直是惊为天人啊，笑起来像天使一样，比好多明星都好看……

我珩真帅：小哥哥简直神颜，不过我没看错的话，他的胸口戴的难道不是珩家的应援徽章吗？（配上截图）

周自珩第一夫人：就是珩家的应援物！我的天啊，小哥哥是我珩的粉丝，对不起，我拉低了珩粉的平均颜值（跪）。

宇宙最帅周自珩：我珩家真是粉随偶像啊，这种颜简直超越现在的好多明星啊。我真是给珩家丢脸了（爆哭）。

吃瓜小明：这年头，长得不好看的都不好意思追星了。

正翻着评论，面前站了个人，影子笼在了夏习清身上。他懒得抬头，依旧盯着手机。

"美女，没伴儿吗？"对方的声音带着点调笑的意味，"喝醉了吧，要不我送你回去吧？"

夏习清十分懒散地抬起了头，盯了他一会儿，觉得很可笑，站了起来，从口袋里拿出烟盒，抽了一支香烟叼在嘴边，用打火机点燃，然后抬了抬眉："你在跟我说话吗？"

那人有些惊讶，蹲着发现不了，光看脸是真漂亮，没想到一站起来这么高，比他还高，自己连性别都搞错了。

"不好意思，喝多了，眼都瞎了。没想到这么漂亮的居然是个男的。"

这流里流气的话听得夏习清直犯恶心："眼瞎就去治。"

那人表情变了变，像是没想到他的脾气这么冲似的。

夏习清吸了一口烟，缓慢地吐出一个烟圈："还不滚？"

搭讪的男人低声骂了几句，走了，夏习清站在原地抽完了那支烟，理了理西服，拦了辆车钻进去。

回家的路上，夏习清继续看着之前的微博，视频的确是电影官博放出来的，网友们也的确是自发地在讨论，但他总觉得，这件事到了后期一定会有资本参与，借此机会炒作一番。

想到这里，他就有些不高兴了，回到自己回国后临时租下的公寓洗了个热水澡，倒头睡在床上。

果然，一觉睡到第二天下午的夏习清，醒来的时候发现自己调成静音的手机已经有了四十多个未接来电。他翻了翻，就连逢年过节也没个电话的父母都打过来了。

这一刻他甚至觉得有些乐在其中，自己现在这样一下子红了，被迫出现在所有人的视线范围内，包括对自己毫无感情的父亲、对他恨之入骨的继母，能不见面就让他们气急跳脚，似乎也是一件挺有成就感的事。

收拾了一番，夏习清随手把自己的额发扎起来，一个小辫立在头顶，随即换上了一件不怎么干净的工装，坐在画板的前面，手边是一个调得斑驳的颜料盘，红的、蓝的混在一起，交融成脏兮兮的灰紫色。他闭上眼睛，眼前就出现了那天晚上周自珩不屑的表情。

如同飘浮的云一样，那些影像渐渐地从记忆的云层里滑入脑海，变得明晰。夏习清用线条将它捉住，圈禁在了画纸上。

立体的轮廓，锋利过头的眉眼，还有因为厌恶而微微抿起的唇线，都被油画的厚重色彩抹在了平淡的平面，变得无处可逃。

夏习清拿着笔，整个人靠着椅子背，一条腿屈着踩在工具桌桌沿，仔细地端详着这幅稍显随意的速写。

说不出来哪儿不满意。线条拟合出来的神态总是不及真人魅力的万分之一，连厌恶的程度都无法模拟。

手机再一次响起来，夏习清伸长了胳膊够了够，拿到手里。

是个陌生号码。

"请问你是……"他习惯性地假装友好。

"我们之前见过，不知道你还记不记得我？"对方的声音的确熟悉，夏习清几乎只反应了一两秒便回想起来："啊……你是蒋小姐。"

"对，你记性真好。"电话那头的蒋茵笑了起来，"最近是不是挺困扰的？你可是红遍全网了啊。"

夏习清笑了笑，伸了个懒腰："还好，我一直在睡觉，你是我接到的第一通电话。"

蒋茵有些吃惊，这个年轻人实在是淡定得过了头，连她怎么得到联系方式都没有过问。

两个人约出来的时候已经是黄昏，咖啡厅里人很少，橙色的阳光透过透明的落地玻璃窗，融进咖啡的浓重香气里，将夏习清包裹在里面。

蒋茵手指捏着咖啡匙一圈一圈把奶泡的形状搅散，眼睛打量着面前这个年轻人。

他深黑的头发被夕阳染上了一层温暖的光圈，精致的脸上挂着笑意，鼻尖上的小痣温柔又迷人，上次没发现，原来他的下巴上有一道细长的疤痕，快要和下颌线重合，不太容易发现。夏习清比她想象中还要随意，只穿了一件脏脏的灰色工装，又大又旧，上面全是沾染的颜料，新的旧的都有。

不过蒋茵一下子就认出了衣服的牌子，这个潮牌是很多明星搞所谓机场穿搭的时候非常青睐的品牌，他身上这一件似乎还是限量联名款，也真舍得。

"刚刚在画画？"

"嗯。"夏习清低头看了看自己的手掌，外侧沾了一大块暗蓝色的颜料，他用手指搓了搓，弄不掉，于是头也没抬直接开口，"您约我出来有什么事吗？"

蒋茵见他这么直接，也没有再客套什么，开门见山道："你没想过出道？"

夏习清的手指敲着咖啡杯的杯壁，眼睛看着窗外来来往往的人："出道？"

"你的条件真的很不错，很有观众缘，这次热搜就能看出来。"蒋茵下意识地摆出一副金牌经纪人的架势，"其实在我们看来，艺人也分等级，最次的就是怎么努力都得不到关注，这样的人是这个圈子里的大多数；好一点的，慢慢熬也能熬出头，磨炼演技，或者等待机会，总是会有小红的时候；最后一种就是天分型选手，命里带火，就算一句话也不说，只要有镜头，就能获得极大的关注。"蒋茵身子向前倾了倾，"你就是最后一种。"

外面走过去一个小孩子，手里拿着一个氢气球，一下没握紧，让它飞走了，小孩呆呆地看着天空，突然哭了出来。夏习清看着看着，不禁笑出声。

感觉到被无视的蒋茵咳嗽了一声，夏习清这才懒懒地回过头，看向她："蒋小姐，在这个圈子，您绝对是行家，但是再厉害的行家都会有看走眼的时候。"

"什么意思？"

"您现在就看走眼了。"夏习清向后靠在沙发上，懒得掩饰下去，"我不是最后一种。直接点告诉您吧，我是个大麻烦。"他眼睛里满是笑意，墨色的瞳孔里流动着窗外的暖光，"您会后悔的，如果您把我拉进这个圈子，我会连续不断地给您找麻烦。"

蒋茵看着他，看了好一会儿，才又开口："你不想出道，我可以理解。我还有后备计划。"

夏习清挑了挑眉，反正无聊，不如听一听。"您说。"

"最近有一档真人秀，需要素人参加。"蒋茵从自己的包里拿出了一份策划书递给了夏习清，"这个真人秀我也参与了制作，我想邀请你参加。"

"邀请我？"夏习清翻开策划书，看到了几个字，才终于明白，"原来你是在为周自珩打算，这其实才是你的首选计划吧。"

"你真是我见过最聪明的人。"蒋茵毫不掩饰自己的真正动机，"我猜到你不会同意出道，说了一定会被拒绝，只是想试试。你应该知道，我是自珩所在经纪公司的股东，当然也有比股东更深的一层关系，我现在不方便说。自珩是我们公司现在力捧的一个艺人，他的演技和条件都非常优秀，但你也知道，童星出道的人普遍存在一个问题，就是缺乏'死忠粉'。"

"你们需要更忠实的粉丝。"夏习清用咖啡匙戳破了表面的一层奶泡。

"没错。"蒋茵的手指敲着桌面，"凭着自珩的演技和外形，如果再有忠实粉丝，他的事业肯定会有更好的发展。这就是我想要的。"

夏习清了解了她的目的，可他觉得有趣："那你为什么觉得我一个素人能帮助他呢？"

"现在的你自带话题，你就是现在关注度最高的素人，光看这几天的热搜就知道你的潜力有多大。"蒋茵一口奉承话说得漂亮好听，"这个真人秀的最初策划是真人密室逃脱向的，但是被我否决了，理由是缺乏话题度，之前也有过类似的节目，但是都失败了。观众们有时候只想看真正有意思的。"

"比如？"夏习清手撑着下巴，表情没太大的变化。

"比如明星和自己的粉丝困在同一间密室里，想方设法逃出去。"蒋茵用手撑着下巴，笑着看向夏习清，"如果这个粉丝也是一个帅哥，那么我猜，那些小姑娘会更加感兴趣。"

原来如此。

"所以昨天的热门话题，有你的参与吧。"当的一声，原本捏着的咖啡匙靠倒在杯壁上，夏习清收回了自己的手指。

被他戳穿的蒋茵也不觉得有什么，气定神闲地回道："我只是推波助澜了一下。不过我要事先澄清一下，最开始那个视频被放出来是个意外，我其实在遇到你的时候就猜准了你会被注意到，但是没想到会这么夸张。"

所以干脆就拿来利用好了？真是可怕的职业病。

不知道那位受益方知情后作何感想。

说到受益方……脑子里不由得又浮现出周自珩那副厌恶至极的表情。

夏习清忽然饶有兴致地坐直了身子，手撑着下巴冲她笑道："你的提议的确挺有意思，但是你大概不知道，我的偶像现在非——常——讨厌我。"

"非常"两个字被特意拉长，他说完了还眯着眼笑了笑，好像挺骄傲的样子。

蒋茵不太明白："你们私底下见过面？他怎么会讨厌你？他对粉丝都很好的。"

"嗯……私底下不小心遇到过，怎么说呢……"情形过于尴尬，夏习清一时间想不到什么合适的解释方式，只好作罢，"总之事情就这么发生了。我敢跟你打赌，他如果知道是我，一定不会答应上这个节目的。"

蒋茵沉默了一会儿："如果我说服了他呢？你会来吗？"

原本盯着指尖颜料的夏习清抬起头，眼睛里流露出愉悦的光："来啊。"他的尾音也很轻快，让蒋茵觉得好奇，这实在是太干脆了。

"真的？"蒋茵脸上露出狐疑的表情，"你这么快就同意，我倒觉得有点奇怪了。"

夏习清又点了点头："真的啊，我同意。"

一想到周自珩明明讨厌自己，还不得不跟他住在一起的场景，他就觉得兴奋。

兴奋是创作欲的来源。

"对了，这种需要智商的真人秀节目，你确定要邀请我？"夏习清笑起来，"万一我一点忙也帮不上，纯粹拖周自珩的后腿呢？"

夏习清说这话也不是毫无根据，怎么说他也是周自珩的粉丝，多少了解对方。周自珩当初高考毅然决然地放弃艺术院校，去了Ｐ大物理系，把夏习清都给吓到了，没想到这个小童星竟然还是个高智商理科男，还以为他要就此放弃演艺圈事业，投身科研道路，谁知道之后还是出来接戏了。

不去所谓的科班，戏照样演得好。上帝给一个人开了扇门，大概会把他所有的窗户都敞开，要么就一点儿缝也不给留，暗得像间禁闭室。

现实就是这么残酷。

"本来我是这么想的，自珩聪明就够了，你在旁边衬托他一下更好。"蒋茵笑了笑，毫不掩饰自己最初的小算盘，"可我还是调查了你一下，职业病嘛。真是让我惊讶，你竟然是佛罗伦萨美院的，啊，对了，我还不小心看到了你以前参加数学建模大赛的记录。"

不小心？

这女人太可怕了。夏习清脸上虽然不动声色，心里却由衷地佩服起她的侦查能力，参加数学建模大赛都是高中时候的事了，居然还能查到，何况是他这样的家庭。

"我觉得像你这样的人，一定不会成为拖后腿的那一个。"蒋茵皮笑肉不笑地看着夏习清。夏习清也回了虚情假意的微笑："我尽量吧。"

和蒋茵告别之后，夏习清决定去找许其琛，路上经过一家新开的蛋糕店，顺道买了几款新出的蛋糕。

"所以你真的要上电视？"许其琛嘴里含着蛋糕，含含糊糊又带着些许惊讶地问道。

坐在地上的夏习清点了点头，伸展开两条长腿，交叠在一起，他忍不住吐槽："上电视这种说法是不是太老套了一点？我是去参加真人秀。"

"都一样。"许其琛吃得太快，有些噎得慌，从沙发上下来跑去打开冰箱找饮料。

夏习清看着他的背影喷了一声："你又光着脚，还没被夏知许念叨够啊？"说完他瞟了一眼毫无审美的牛奶包装盒，还是忍不住问道，"有酒吗？"

"少喝点酒吧，你们夏家人不是烟就是酒的，一堆不良嗜好。"许其琛把牛奶塞到他手里。

夏习清不情不愿地拿过牛奶。

许其琛想起真人秀的事："那个制作人为什么会找你？这种解密类的真人秀好像挺少的，嘉宾一般都不好请吧。"

"那人不知道从哪儿找到了我以前和夏知许他们参加比赛的记录，加上上次热搜的事。"夏习清头疼地捏着牛奶纸盒，"所以说我讨厌互联网。"

"不过话说回来……"看热闹不嫌事大的许其琛笑着靠在沙发抱枕上，"如果你参加了那个节目，不就可以跟你的偶像近距离接触了？"

一说到这个，夏习清就来劲了："可算是说到重点了，要是搁之前，我估计还不会答应，一举一动都要被机器记录下来，感觉也挺恶心的。但现在周自珩似乎很不喜欢我，这就有意思了。"

许其琛有些莫名其妙，他不明白自己当初那张VIP票究竟促成了什么，更搞不明白夏习清的脑子里在想什么。

被喜欢的偶像讨厌，竟然还觉得兴致勃勃？

"你最近变了吗，怎么还觉得有意思？"

夏习清笑了出来，捏了捏许其琛的脸："琛琛，你太天真了。你难道不觉得，看着一个讨厌自己的人，被迫压抑情绪，在镜头下和自己齐心协力甚至友好相处，很……有趣吗？"

回家的时候已经很晚了，手机里又是一个陌生电话打进来，夏习清随手接了，却发现对方竟然是他的继母。

这种时候给他打电话，夏习清真是想不到任何有说服力的理由。

"习清，你回国了都不说一声？"

对方的声音一如既往地虚伪做作，夏习清将手机开了免提，随手搁在一边。

"早知道你从佛罗伦萨回来，应该提前说一声，我和你爸爸好派人去接你，现在我们还要从电视新闻上看到你，还真是不容易啊。"她的声音滑腻得像条鱼，沾了满手的腥气，"你怎么说也是夏家的儿子，总不好一直在外面，还上什么电视，多给你爸爸……"

夏习清冷哼一声，走到厨房打开冰箱给自己拿出一瓶冰水，拧开灌了几大口，冰凉的水流入肺腑，五脏六腑都是冷的。

"说够了吗？鸠占鹊巢的夏太太。"

016

对方明显愣了一下，再开口的时候少了许多底气："你何必这么咄咄逼人，我也是关心你……"

"咄咄逼人？"夏习清砰的一声关上冰箱门，"你跟我这儿假慈悲了这么久，究竟想干什么？让我想想，我妈的财产是不是要转移了？还是说夏昀凯要分家？"

"你！"

看来是真的说中了。

夏习清笑了笑："你有工夫跟我这儿惺惺作态，倒不如去求求你老公，让他少在外面拈花惹草，弄出更多的私生子跟你儿子分家产。我这个建议够中肯吧？"

"你……"对方一言一行都被夏习清看穿，不由得恼羞成怒，之前装出来的慈爱温柔统统被她撕破，"你这个不要脸的浪荡玩意儿，跟你爸一路货色，你、你们，成天就知道在外面乱搞！"

"如果他不乱搞，你又怎么能进夏家的门？"夏习清的语气温柔极了，"你得心怀感恩。"

对方再一次破口大骂，说来说去也无非就那几句，你和你爸一样都是不要脸的浪荡子，你们都不会有好下场，难听的话夏习清从小也没少听，早就习惯了。

静静地等她将自己的泼妇嘴脸展示完毕，夏习清将手里的瓶子放到桌面上，转了个身，背靠着流理台，终于再次开口。

"不。"

对话那头的人愣了愣："你说什么？"

呼吸不太顺，烦闷。

夏习清单手解开了衬衫上的第一颗扣子，再一次申明："我说，我和夏昀凯不是一路货色。"

这才算舒服了点。

"他只会选你这种人，而我品位可比他好多了。"

睡觉前夏习清习惯性上了一下自己的微博，最初这个账号只是用来分享自己的画，最后却演变成了追星号。

怎么这么多消息？他吓了一跳，虽说作为圈内最知名的画手，他平日里也受到了一些粉丝的追捧，可这次的新消息几乎多到微博都要卡住。

夏习清退出重启了一下，这样正常了些。

小兔乖乖：Tsing 大！你就是那个白衬衫小哥哥对吧！！

珩总请正面 up 我：真的是 Summer 大佬？？不会吧？

被发现了？夏习清疑惑地皱着眉往下翻了翻评论，果然都是珩粉的留言，还有数不清的私信，几乎都在说前几天的发布会事件。

果然被扒出来了，网络果真是一个让人无所遁形的东西。

与其让粉丝们在这儿猜来猜去，不如直接承认得了。

抱着破罐子破摔心态的夏习清随手打开相机，对着自己的正脸拍了一张，距离太近，洗完澡还没干的头发乱七八糟散在脸前，从下往上的角度也很古怪。他看了看，勉强还算像自己，于是草率地将照片发到了微博。

Tsing_Summer：分享图片。

发出去的一瞬间，手机的振动就没停下来过，新消息不断地外涌，粉丝们的激动几乎要涌出屏幕，直直地撞在他的脸上了。

宇宙第一 A：啊啊啊真的是 S 大！！太帅了吧！珩家粉丝的颜值逆天了！

是西瓜不是冬瓜：我天，太好看了吧，鼻尖痣好看到没有我！

小兔乖乖：皮肤好好鼻子好挺眼睫毛好长啊，这么刁钻的角度还是这么好看，果然是神仙粉丝了（跪）。

周自珩第一夫人：之前一直觉得 Summer 大大就是神仙画手，现在才知道您本人就是神仙，下凡辛苦了（流泪）。

全网唯一一个珩珩亲妈粉：妈呀！有这等颜值竟然还这么有才华！

……

很快，夏习清的微博上了热门。他的微博账号也再一次进入热搜榜前列，他成为网友们津津乐道的新网红，私信里来了一大堆工作邀约，甚至有签约邀请。

这个时代浮夸至极，一副好皮相成为人生前进最直接也最肤浅的捷径。

手机再次振动了一下，是夏昀凯的消息。

"你回国怎么不来公司找我？周末回趟家，我有事对你说。——爸"。

房间里的黑暗像是一床湿冷的棉被，将夏习清裹在里面，透不过气。

"我没那个闲工夫去你家，有什么事电话里说吧。"

发完短信，夏习清走到窗台点了支烟，灰白色的烟雾和绵软冷漠的月光糅在一起，钻进了大脑的缝隙填补空缺，让意识变得模糊不清。

和广大网友一样，正为了杂志封面做妆发的周自珩也刷着微博。

就在夏习清一夜爆红的那天，周自珩几乎笃定他就是为了进入娱乐圈才会装作粉丝蹭热度，毕竟长着一副好皮相，想走红很容易。可听蒋茵说他不愿意签约出道，周自珩又有些疑惑了，难不成他真的只是个粉丝？

于是，忙里偷闲的周自珩上了微博小号，点进热搜里顺藤摸瓜找到了夏习清的追星号。

原来真的是个粉丝，还是个画手。

不过夏习清几乎不会发微博，也不像其他的粉丝一样转发自己各种现场的图，只是默默地发着他画的画，他的画风很独特，寥寥几笔就能将人体肌理完美地勾勒出来，隔着屏幕都能感受到画中传递出来的强烈荷尔蒙冲击。

翻他的微博时，周自珩顺便也看了看微博转评，发现粉丝评论除了吹夏习清是神仙画手，清一色全是"我珩帅爆了！帅到不行！！求抱抱！"之类的话。

现在的小女生都怎么了……

滑动屏幕的手指不自觉加快，忽然眼前闪过一幅画，他不由得停下，又往上翻了翻。

那幅画上过热门，画的是他三步上篮的一个侧影，被日光切割散落在身上的阴影，紧抓篮球的修长手指，被汗水浸透的红色球衣，还有浑身上下紧绷的肌肉纹理。

他退出微博界面，打开了自己的相册，在一个命名为"fan-art"的相册里找到了这一幅画，他从来没有注意到，画的右下角有一个手写签名——Tsing。

原来自己看到过他的画，甚至保存下来向朋友炫耀过。

从小号退出的周自珩犹豫了一晚上，最终还是没从手机里删掉那幅画。

可心里总觉得哪里不对劲。

大概是想要趁着热度，蒋茵所提到的那个真人秀赶着进度结束拖了很长时间的策划工作，敲定了参加录制的明星及素人的名单，周六就开始了录制。周五的时候夏习清就应节目组的要求入住了安排好的酒店。晚上的时候，蒋茵特地抽时间到酒店来看他。

"就这么怕我跑路啊？"夏习清只穿了条棉质长裤，盘腿坐在床上，擦着湿淋淋的头发。

蒋茵看了一眼，他的腹肌线条分明，显然是长期锻炼的结果，倒不是多么强壮，只称得上精瘦，但和那副漂亮面孔多少还是有些不搭。这让她心下有些意外，但也只是不动声色地将手里的文件放在桌子上："那可不是吗！这里是节目的一些资料，你有时间看看。"

"有剧本吗？"夏习清活动了一下脖子，套上了一件宽松的T恤，看起来像个高中生，"先说好，我是不会照着你们的剧本来的，所以不要对我抱有什么期待。"

蒋茵的表情有些无奈，但似乎也已经猜到了。"我就知道会是这样。实际上是有剧本的，不过这个剧本跟你们没关系，是节目组专门请人写的密室剧情。"说完她话锋一转，"虽说剧本和你们无关，但是人设我们还是安排了的，需要你贴近一些。"

这个女人说话总是直来直去，夏习清都快习惯了。"这样啊……"他伸开两条长腿，把毛巾扔到了一边的椅子上，双手交叠垫在脑后，整个人后仰靠在墙上，语气散漫，"说吧，你们给我弄了什么人设？"

蒋茵好整以暇地坐在桌边："你想啊，自珩自从转型，人气大涨，所以公司肯定是希望延续他这种阳刚的设定，那你觉得应该配一个什么样的人，会比较容易火？"

靠在床上的夏习清注视着蒋茵，缓慢眨动的眼睛像是一个不断拉近的慢镜头，他脸上开始露出一种人畜无害的干净笑容，鼻尖的那颗痣给他添上了几分纯真。

"天使人设。老少咸宜，童叟无欺。"

蒋茵耸了耸肩："聪明。"

他嗤笑了一声，完全不是刚才那副温柔的样子。

"你们好像已经擅自决定了属性。"夏习清屈起一条腿，把胳膊搭在膝盖上，手掌撑着下巴，眼神意味不明地望向蒋茵。

"不是……自珩的人设就是……当然了，这些最后都看网友们怎么想。"蒋茵一开始有些奇怪，她没想到夏习清竟然会提出这个质疑，可这样一说，她忽然觉得，这个人虽然长得漂亮，气场却是真的强大。

尽管夏习清在蒋茵面前没有掩饰自己真正的性格，可她并不知道夏习清的风流作风。

"这样啊，没关系。"夏习清的嘴角勾了勾，眼神再一次温柔起来，"我这人很好说话的。"

短短几分钟，夏习清脸上的神色换了又换，看得蒋茵在心里啧啧称奇，这样的天赋不去演戏简直是浪费了，她虽然领教了夏习清演戏的本事，却不知道他为什么会这么干脆地答应她的邀约。"你答应参加节目，连酬劳是多少都不问？"

"这不重要。"夏习清一下子后仰，倒在床上，"你放心，别的我保证不了，话题度一定让你们满意。"他忽然想起什么，翻了个身侧躺着看向蒋茵，"不过你们给我的这个人设，周自珩大概是不会认的。"

"没事，他那边我会去沟通的，他好歹也演了这么久的戏，不至于上赶着拆台的。"

夏习清挑了挑眉，总觉得事情没有蒋茵想得这么简单。

第二天的时候，夏习清很早就去了录制现场，他被工作人员带到化妆间简单地收拾了一下，化妆师是个年轻的小姑娘，虽说见惯了漂亮的明星，看到夏习清，还是惊讶了一下，一边化妆一边向他打探保养秘籍。一个叫小杰的年轻助理进了化妆室，夏习清对着镜子里的毛头小子笑了笑，对方倒有些不好意思了，挠着后脑勺道："夏、夏先生，蒋茵姐让我过来给你当助理，录节目的时候你有什么需要都可以找我。"

"感觉只有上了年纪的人才会被叫先生，"夏习清拿出最擅长的温柔表情，"我看起来应该挺小的吧。"

"啊？不是不是……"

"不是？"夏习清眼睛微微睁大了些，故意逗他。

"啊，我是说……抱歉抱歉，你看起来像大学生。我、我是新来的，有点紧张……"小杰连忙摆了摆手，"那个……"

"就叫我习清吧。"所谓的化妆不过是打了个底，画了画眉毛，比想象中快很多，夏习清站了起来，转身跟小杰握手，"我25岁，应该比你大点儿，不过这些天还得麻烦你多多照顾我了。"

"啊，那我叫你习清哥。"小杰两手握住夏习清修长的手，"我也有很多不懂的地方，多多包涵。"

这么老实。夏习清暗自惊讶，这样也挺好，还以为蒋茵会安插个八面玲珑的眼线，看来是他想多了。录制安排在晚上，上午小杰带着夏习清进棚拍了一组宣传照，进棚之后，夏习清见到了另外两位嘉宾，也是前来参加录制的。夏习清虽然刚回国不久，但国内娱乐圈多少也算了解，两个嘉宾他都认识，一个是最近人气暴涨的单飞女主唱岑涔，另一个则是最近人气正旺的男团HighFive的成员之一商思睿。

"只有我是素人吗？"夏习清扭头问小杰。

小杰点头，又摇头："不是，还有一个素人女孩子，据说是门萨俱乐部的成员呢。"

夏习清点点头，很快被叫去拍照，和一般的素人不太一样，夏习清并不害怕镜头。摄影师先拍了几张试试，确认了一下预览之后发现还不错，有些惊喜："你以前当过模特吗？"

"算是吧。"夏习清想起了自己在佛美替服装设计学院的朋友当模特拍成衣大片的诡异经历，"完全是业余。"

"挺好的，你的四肢很长，也上镜。"摄影师又拍了几张，这才按照节目的要求正式开始了宣传照的拍摄。拍最后一组的时候，夏习清看见一个高大的身影进入了摄影棚。

"自珩来了。"

几乎不需要分辨，他的雷达一瞬间扫描到周自珩，不用说身为演员尊严的那张脸了，光是高大的身形就再也找不出第二个。

好久不见呀。夏习清的眼睛回到镜头，露出了一个笑容。

似乎是从另一个活动赶过来的，穿着一身灰绿色冲锋衣的周自珩行色匆匆，进门之后跟周围的工作人员打了招呼。

"抱歉，来晚了。"

宽大的连帽遮住了他的半张脸，只露出一双轮廓很深的眼睛。

"自珩来了啊。"

他的人缘不错，之前也经常录这个电视台的节目，来往的工作人员都很喜欢他。周自珩不过是个 20 岁的年轻人，对这个圈子里的大多数人来说是弟弟一样的存在。只是他平时过于强大的气场让人总会忽略他的年纪。

化妆师将他拉到一边去做妆发，昨晚拍杂志拍到凌晨，一早又赶去电影宣传，严重缺觉的周自珩闭着眼睛让造型师吹头发，顺便补补觉。

"小珩今天的衣服搭得很好看啊。"化妆师姐姐笑得温柔。

休息不够导致大脑反应慢半拍，周自珩睁开眼睛，诚实地回答："这套是品牌商赞助的。"

"噗。"化妆师笑了起来，给他喷了定型喷雾，"你还是这么实在。"

看他的状态实在不好，助理小罗赶紧去买了杯冰咖啡，正好周自珩的造型也做完了，就等着拍宣传片，他拿过咖啡说了"谢谢"，走出了化妆室。

绕过摄影棚区域来到半开放式的休息区，周自珩吸了两口咖啡就搁到一边，两条长腿一伸就坐到了一旁的沙发上，歪着头看了看四周，眼神扫视了一圈，什么都看了，就是特意避开了聚光灯下最最中心的夏习清。

"好，习清可以了！"

夏习清道了谢，眼神瞟向了周自珩，对方窝在沙发里，立起的冲锋衣领口被拉起遮住了他的半张脸，只露出一双好看的眼睛和紧紧皱着的浓眉，明明白白写着"不开心"三个字。

这个人怎么这么逗啊，像是被生拉硬拽过来的一样。夏习清走了过去，不过去还好，刚一靠近，明显看到对方的眉头皱得更深了。

不希望我坐在这里吗？夏习清挑了挑眉，干脆坐在了周自珩的旁边，还侧头冲他笑了笑，依旧是上次意外见面的原话。

"好巧啊。"夏习清的眼睛眯了起来，即便面前这个人知道自己的真面目，也要看起来"天然无公害","你也参加这个节目啊。"

周自珩眼睛无语地往上看了看,整个人往旁边挪了一下,心说你还在这儿跟我装。

虽然心里明白,但他一句话都没说,头偏向另一边,整个人冷冷的,只当看不见夏习清。

热脸贴了个冷屁股,夏习清倒不觉得尴尬,反而更加觉得这个周自珩比他想象中有趣,他笑着歪在沙发上,一双被西装裤裹着的长腿伸展开。

周自珩不光不想看到他,更不想听他说话,他从冲锋衣里掏出手机和耳机,正要往耳朵里塞,就听见夏习清开口。

"你这么对待自己的粉丝,小心我'脱粉'[1]啊。"

刚说完,他就看见周自珩拿着耳机的手顿住了,犹豫了一会儿,最终稍稍扭转过身子看向他。

"粉丝"这两个字还真是好使。夏习清在心里暗笑。

两个人就这么不尴不尬地对视了一会儿,周自珩才终于开口,大概是出于尊重,说话的时候还拉开了立领上的拉链,一本正经道:"我不是针对你,我只是不喜欢对待感情不专一的人。"

夏习清愣了半秒。

这……哪里来的神仙小天使啊?长着一张天生就应该演风流浪子的脸,骨子里竟然这么老实。

他微笑起来,嘴唇翘起的弧度像一只狡猾的猫咪:"你怎么知道我对待感情不专一了?"

周自珩的眉头一点也没有舒展,反而拧得更深了,他想起那天在洗手间遇到夏习清的情形,这个看起来毫无攻击性的人说出那么阴狠的话。

看着周自珩脸上复杂的表情,夏习清忽然变得正经起来,眼睛里流露出真诚的光,他言辞恳切地替自己辩解:"真的,我真不是你想的那样,你误会了。那天的事很复杂,一时半会儿说不清,那个人不是我对象,缠了我很久,而且除我之外还跟别人厮混,我实在是被逼得受不了了才说出那些话,像我这种长

---

[1] 表示仰慕者不再做艺人的粉丝。

得看起来很好欺负的人，不说点狠话实在是太容易吃亏了。"他的嘴唇抿起来，脸上的表情有些沮丧和委屈，抬手摸了摸自己的鼻尖，"我这几天真的挺难受的，明明被骚扰的人是我，还被自己的偶像认定是个人渣。"

"偶像"两个字很好使，周自珩的表情明显变得柔软了许多，夏习清叹了口气，眼神无辜又委屈："我跟你发誓，我绝对不是那种对待感情不专一的人。"

只是一感觉到对方真的喜欢上自己就会想要逃而已。

只喜欢追逐别人的刺激感，对挑战难题的专一程度几近病态。一旦挑战完成，之前的干柴烈火就被浇上凉水，熄得干净利落。

他用一副真诚到连专业演员都难辨真假的表情看着周自珩的眼睛，丝毫不畏惧任何审视："我真的特别特别喜欢你，画了很多画。"

看到周自珩的眉头舒展了一些，眼中的怀疑少了一点，夏习清才朝他伸出手："头一次见面那么尴尬，还造成了误解，真是抱歉，咱们重新认识一下吧。"

周自珩的两条胳膊交叠抱胸，并不十分愿意伸手，他的视线在夏习清的身上扫了扫，犹豫了半天，最后还是妥协了。

他想到了夏习清画的那幅画。

两只手的温度交叠在一起，有种奇妙的交融感。

"我的名字叫夏习清。"

周自珩的下巴微微点了点，优越的下颌线牵动着侧颈的肌肉，尽管面前这位"粉丝"一定知道自己的名字，但出于礼貌，他还是简明扼要地自报了家门："周自珩。"说完准备把自己的手抽出来，却感觉到对方用力牵制着自己的手，他有些疑惑地抬眼看向对方，却看见夏习清微笑着说："哎，你不问问我的名字是哪几个字吗？"

这人真是奇怪。

周自珩略微扬起下巴，神色里开始出现一丝不耐烦，这样的表情让他看起来格外有魅力，但他仍旧保持着最后的忍耐："哪几个字？"

"'习'是'学习'的'习'，'清'嘛……"

"是'不清不白'的'清'。"

夏习清松开他的手，左侧的嘴角勾起，眼神里满是戏谑。

明明上一秒还在为自己辩护，这一秒却又恶意满满地袒露真面目。

绝对，绝对不能再相信这张脸。

夏习清原本以为，所谓的密室逃脱向真人秀，就是弄个半开放式的录影棚，把嘉宾丢在里面，一大堆的影像骑师跟着，大家按照剧本一步一步演出密室逃脱的样子就可以了。

谁知事情完全不是他想的那样，他们甚至不被告知是怎样的密室，就被人用一块黑布蒙住了眼睛，带去了某个地方，临走前，导演特意嘱咐："开机前请各位都不要说话。"

感觉自己被两个人架着走了很久，然后被安排坐在一张椅子上，以为这样就是结束了，没想到对方还用一根绳索将他结结实实地绑了起来，动弹不得，隐隐约约听见金属碰撞的声音，觉得手腕一凉。

他的手被固定起来，屈在胸前。

要不是确定是录节目，夏习清真要怀疑自己是被人绑架了。

他现在算是明白刚才导演一直说的"这个节目追求的就是真实感，工作人员是绝对不会干预的，所以我们也不知道在这里大家会发生什么"。

周自珩隐约听到了几个人的脚步声，他的双手被绳子绑住，搭在膝盖上，双脚的脚踝也被缠得紧紧的，无法动弹。正当他觉得疑惑的时候，眼睛上的黑布就被工作人员给解开了。

视线突然明晰给他带来了强烈的不适应感，周自珩微微眯起眼睛。眼前是一个密闭的房间，和很多气氛恐怖的密室逃脱不太一样，这里的视野还算明亮，房顶投射出昏黄的灯光，只是除了靠墙壁的两大排书架外，很多家具上都蒙着白布，看起来有些奇怪。

但这些都不足以令他感到惊讶。

因为此刻眼前的景象比密室更加令人意外。

两个小时前还在摄影棚和自己插科打诨的夏习清，现下被绑在了另一张椅子上，两人相隔不过半米。

不知是不是为了迎合之前网络走红的效果，在节目组的安排下，夏习清这次依旧穿着一件白衬衫配黑色西装裤，眼睛被蒙上黑布，额边的一绺发丝从半扎的头发中逃逸出来，垂在脸侧，细碎的发丝扫在他瘦削精致的下颌线。

被黑布抹去眼睛的光辉，鼻尖上的那颗小痣便更加凸显，衬得他无助又乖巧。

尽管周自珩非常清楚，这两个词都不属于他。

腕间的锁链在昏暗的灯光下泛着冷冷的金属光泽，他的腕骨微微凸起，似乎可以和金属碰撞出清脆的声响。绳索如同蜿蜒的细蛇，裹缠着他的身体，紧紧的，仿佛可以看到面料下肌肉的痕迹。

黑布的遮蔽让周自珩看不到那双轻佻的眼睛，这似乎是他第一次肆无忌惮地观察面前的这个人，这个在他心里又虚伪又狡诈的男人。

他看起来有点可怜，周自珩发自内心地想，或者说，让人产生了想让他更可怜一些的诡异欲求。

"游戏正式开始。"一个透过变声器略带了些金属质感的声音从头顶冒了出来，打断了周自珩脑子里像野草般疯长的妄想。

"欢迎各位来到《逃出生天》，现在，请忘记你们原来的身份。在这个游戏中，你们是被困在密室之中的玩家。请注意，这里的密室不是一间，而是相通的许多间，这也就意味着，当你们打开自己所在密室的门之后，将会进入新的密室，这里或许存在和你们一样被困的人。在最短时间内逃出所有密室离开这座房子的人，将会成为这场比赛的胜利者，获得最高积分，其余玩家所获积分数按照逃出时间计算，每多出十分钟则减少一分。"

真够"中二"[1]的。夏习清笑了笑，可提示音并没有结束。

"有一点需要特别说明，《逃出生天》最大的不同在于，这不是一个简单的密室逃脱真人秀，众多玩家之中存在'杀手'，和普通玩家不同，他需要隐藏身份，并有权'杀死'玩家，被'杀害'的玩家本轮积分清零，一期节目中'杀手'只能'杀死'一位玩家。当然，普通玩家也可以通过推理和判断，找出你们心中认定的'杀手'，在所有玩家集结到一起的时候，可以用投票的方式将其'杀死'。一旦'杀手'成为最后的获胜者，游戏中的每个普通玩家都等同于死亡，本轮积分清零，'杀手'获得双倍积分。

"在游戏过程中，各位需要充分动用你们的聪明才智展开思考和推理，如果遇到束手无策的谜题，可以预支时间进行线索交换，这也就意味着你们的逃出

---

[1] 指青春期特有的思想、行动、价值观，是对青少年叛逆时期自我意识过剩的一些行为的总称。

时间将会增加，积分相应减少。总积分最高的玩家将成为本季节目的冠军，获得神秘大奖。

"你们每个人身上都没有任何辅助解密的装备，只有一个改造过的手机，这部手机有四个功能：第一，接收节目组的信息；第二，预支时间购买线索；第三，在首位玩家通关后开启计时；第四，提交'杀手'嫌疑人名单并完成无记名的投票处决。注意：玩家之间无法使用手机相互沟通，你们只能进行现场的对话，如果你们愿意的话。规则介绍完毕。"

那个声音顿了顿，伴随而来的是三声类似时钟倒计时的嘀嗒声。

三。

二。

一。

"现在，游戏开始。"

听到这几个字，夏习清松了口气，整个人瘫在椅子上，头向后仰去。周自珩看着他的一举一动，明白他现在肯定不知道自己的存在，这样的"偷窥"显得光明正大。

尽管在周自珩的道德观里，这样的做法并不值得鼓励，但夏习清是个例外，他阴险狡诈，没有羞耻心和下限，周自珩从未遇到过类似的人，所以在面对他的时候，周自珩惯有的行为模式总是会不可控地失灵。

夏习清尝试着用手去够自己眼睛上的黑布，但手臂整个被缠住根本举不起来，试了好几次都以失败告终，他不由得叹了口气，轻声自言自语道："看都看不见，第一期就等死吗？"

周自珩有点想笑，不知道为什么，现在观察夏习清这件事似乎已经冲淡了逃出密室的迫切性。

完全看不见，手脚也没办法活动，夏习清只能用脚后跟轻轻地点着地，脑袋后仰，懒懒地靠在椅子上，也不说话，房间里静悄悄的，安静得诡异。周自珩刻意地没有发出声音，明明自己也处于被困状态，互相帮助才是上策，何况他们还是在录节目，总不能一直这么熬下去，可他现在只想看夏习清的笑话。

大概是因为夏习清实在是坏透了，所以在周自珩的心里，这样的人活该被整一整。

一种替天行道的错觉。

令他怎么也想不到的是，之前懒散到几乎要放弃挣扎的那人竟一下子坐直了身子，就那么笔直地正对着周自珩坐着，仿佛黑布遮蔽之下的那双眼睛可以透过屏障，目不转睛地注视着他。

没错，就是"注视"着他。

周自珩皱起眉，他确信自己没有发出任何声响。

忽然，夏习清的脑袋歪了歪，嘴角扬起一个非常温柔的弧度。

"帮我解开眼罩吧。"

不可能。他明明看不见的。

听到夏习清的话，周自珩愣了愣，虽然依旧没有开口，但加快的心跳骗不了人。

他眼睛微眯了眯，看着眼前的夏习清仍旧这么直直地对着自己，僵持了一会儿，夏习清又开口询问："嘴被封住了吗？那也没关系的，能帮我把这块布取下来就好。"

夏习清的语气坚定到几乎让人没办法拒绝，周自珩转了转自己的脖子，沉默着思考了一会儿。

说实话，他一点也不想理这个人。

但……就一直这么僵着，他们两个谁也出不去，何况这是在录节目，不能让节目组难做。

挣扎一番，周自珩无可奈何，只能选择放弃看好戏。

他用脚撑住地面，发力转动了自己所坐的办公旋转椅，让身体面向长桌，距离很近的地方放着一个插着白菊花束的白瓷花瓶。周自珩努力地伸出被绑住的手，艰难地去够那个花瓶。终于，手指握住了瓶颈，砰的一声，他果决地将花瓶在桌边磕碎。

周自珩抬起腿，靴底踩着桌子的边缘，用力蹬了一下，连人带椅子滑到了夏习清的身边。

"我可以给你解开眼罩，作为交换，你要替我解开绳子。"

怎么也算是真情实感地做了两年多的粉丝，夏习清一瞬间听出了周自珩的声音，这完全符合他之前的预期。他微笑起来："没问题。"

话音刚落，周自珩将两只被捆住的手伸到了他的脑后，将那块遮蔽视线的布取了下来，扔在了一边。

视野从短暂的模糊变得清晰，夏习清侧过脸，才发现两个人靠得极近，他几乎闻得到周自珩清淡的须后水气味。

夏习清半眯着恢复光明的眼睛，脸上的表情从懵懂到惊讶，自然流畅，毫无破绽。

"自珩？原来我是和你被困在一起啊。"夏习清笑得很甜，鼻尖上的那颗痣让他看起来更是单纯无比，"感觉像在做梦，我现在都有点晕乎乎的。"

这人太能装了，连他这个专业演员都不得不佩服。周自珩怎么也想不通，这种笑容放在这个人身上为什么可以这么和谐。如果不是看到了他的真实嘴脸，恐怕没几个人不会被他欺骗。

这间密室里布满了摄像头，边边角角都可以拍得一清二楚，不想被安上对粉丝冷淡的罪名，周自珩只好也回应了一个看起来足够温暖的笑容，连声音都放柔和了："我的眼睛也是被眼罩遮住的，取下来的时候也挺吃惊。"

身为演员的自尊和蒋茵的叮嘱让周自珩只能选择耐心应付，尽管他真的非常不喜欢这一类人。他将手里锋利的碎瓷片递给夏习清："麻烦你了。"

"不麻烦，我很早就开始喜欢你了，你拍的戏我每一部都看了。"夏习清用被固定住的双手别扭地接过碎瓷片，半弯下腰替周自珩磨断绳子。

周自珩毫无感情地笑了笑："谢谢你。"

两个擅长伪装的人你来我往地进行着虚情假意的过招。

绳子不太好割，夏习清一边动手，一边慢悠悠地开口："唉，刚才的规则只说一遍吗？我到现在都有点蒙。"

周自珩这才回过神来，他没有听到夏习清说的话，为了缓解尴尬，只好自己开口说了别的话岔开："对了，你刚刚怎么知道会有人给你解开眼罩？"

夏习清猜到他会问这句。现在这里只有他们两个人，周自珩充分了解自己的本来面目。如果他不坦诚一点，会丢失更多信任，给后面的游戏造成麻烦。

倒不如开诚布公来得痛快。

那双用来画画的手一下一下有力地割着绳子，夏习清目不转睛地看着渐渐断开的绳索，轻声解释道："虽然我是第一次上节目，但是以前经常和朋友们一起玩密室逃脱，也算有点经验。

"来到这种地方，不能有太多的代入感，要时时刻刻站在那些策划人的角度去想问题。"

他割断了一条，用手将断开的绳子抽出来："他们把我关在这里，是希望我能逃出去的，而不是真的想把我困在这里整整一期节目。假如只有我一个人在这个房间里，手脚被困，连眼睛都看不见，凭一己之力逃出去的可能性几乎为零，那么就只有两种情况：第一，等着别人逃出自己的房间来到我的房间，救我或者'杀'我；第二，这个房间里还有一个人，我们需要互相帮助，从节目可看性的角度来看……"

说到这里，夏习清微微抬头，视线对上了周自珩的眼睛。

什么话都没有说，只是沉默地看了他三秒。

然后忽然微笑了一下。

一瞬间，周自珩有种诡异的错觉，好像自己能听到他没有说完的话。

明明他们刚认识没几天，根本不存在"默契"这两个字，然而从这个眼神里，他完完全全理解了夏习清的弦外之音——从节目可看性的角度来看，只有我和你在一起才有最高的话题度。

"我就想着试试第二种可能，没想到运气这么好，一次就中。"

又说谎。

不知什么时候，夏习清已经解开了周自珩的双手。

"好了。"

"谢谢。"周自珩还有些恍惚，他自认也算是个聪明人，但极其差劲的第一印象让他丧失了对面前这个人的判断力。如果想要赢得这个游戏，他必须丢掉偏见。

反应过来的时候，周自珩发现夏习清竟然俯下了身子，用被锁住的双手替他去割脚踝上的绳索。

他的双手现在已经自由了，完全可以自己去解开这个结，不需要碎瓷片这种暴力解锁的方式，也不需要别人的帮助。

"我自己来……"

周自珩话还没说完，就看见仍旧弯着腰的夏习清抬起头，他的眼神里有些疑惑，微微发红的嘴唇叼着刚才那块割开绳索的碎瓷片，白衬衫过大的领口里露出他凸起的锁骨。

从黑布中挣脱出来的双眼，稍长的被扎起的头发，俯身的角度，贴近周自珩膝盖的姿势。

锁链，鼻尖痣，锋利的碎片，漂亮却薄情的唇线，轻咬住瓷片的齿尖。

怪异的气氛将这些破碎的元素烘托成一幅陌生的画。

周自珩不明白自己为什么会忽然感觉尴尬，这种感觉是他从未经历过的，他匆匆弯下腰，伸手去解绑着自己双脚的绳索。

人对于未知的东西总会下意识产生畏惧。

夏习清也没在意，只是将叼住的瓷片用手指取下来递给周自珩："好像是几个死结，用这个试试？"可对方只摇了摇头，略微艰难地解开了一个结。

见他不领情，夏习清只好直起身子，利落地将碎瓷片随手扔到了房间的某个角落，像投掷飞镖一样。

解放了双手双脚的周自珩恢复了最基本的自由，至少离开了这该死的转椅，刚才那一幕让他浑身不舒服，怎么都不舒服，只好把这样的感觉归结于被束缚的后遗症，他转了转脖子，拳头攥得咔咔作响，好让自己放松一些。而夏习清的手依旧被固定着，也没办法凭自己的能力解开腿上的束缚。

可惜的是，他只交换了一个取下黑布的条件，现在的周自珩仁至义尽，完全可以放任他在这里成为游戏的牺牲品，何况周自珩还那么讨厌自己。

夏习清心里思考着对策，这是在录节目，照理说直接抛弃同伴的做法太惹人讨厌，一般的明星不会选择这样的行为，可是这个节目又有心理战的特殊性，隐藏的"杀手"角色会让人与人之间产生天然的怀疑，根本无法成为同伴。

所以周自珩此刻就算把他丢在这里，也完全合乎逻辑。

其实周自珩也在思考，老实说，他的道德观让他无法就这么舍弃一个人，即便这只不过是一个模拟生存游戏而已。可是周自珩真的不喜欢夏习清这个人，他是个大麻烦，是个定时炸弹。如果现在救了他，没准在某一刻他就会背叛自己。

像天使一样微笑着将周自珩推入深渊，这才是夏习清。

短暂的时间，两个人都在挣扎和权衡。

"虽然你是我的粉丝，但这是在游戏里，我无法确定节目组会不会为了降低我的警惕性使出一些障眼法。"如夏习清所想的那样,周自珩给自己找了抛弃对方之后最不容易被观众诟病的说辞,不过就算观众真的为此不满,也无所谓,因为他实在不愿意和夏习清捆绑在一起,"如果你是'杀手',那我就是为虎作伥了。"

那如果你是呢?夏习清原本想要这样问他,但开口前收回了,因为这样的话太过直接,和自己的无害人设冲突了。

真是没办法。

做足了心理准备,周自珩就这样坦荡地转了身,可迈步的那一刻,他的小腿被一只脚钩了钩。

"别走。"

回过头,坐在椅子上的夏习清望着他的眼睛。周自珩觉得奇怪极了,明明属于一个这么狡诈的身体,为什么这双眼睛永远可以做出最单纯、最让人于心不忍的眼神。

"自珩,你和我结盟吧,我会无条件帮助你取得胜利。"夏习清笑起来,脸上的表情自信到丝毫不像是一个正在请求帮助的人,倒像是一个手握最佳筹码的谈判专家。

"是吗?可是在这种游戏里……"周自珩冲他挑了挑眉尾,"获胜的法则就是不相信任何人。"

还挺聪明,夏习清笑了起来。

"我没让你相信我。"他黑如深渊的瞳孔里流露出使人迷惑的光,"我让你利用我。"

单膝跪地帮夏习清解开腿上的绳索时,周自珩自己都不知道究竟是怎么一回事,他为什么会受这个人的蛊惑,为什么会立场不坚定地答应对方的请求。

这一切都不合逻辑。

或许是因为正在录节目吧,他都向自己提出请求了,再拒绝就不太好了。周自珩给自己找着台阶。

"谢谢。"夏习清的尾音听起来很是愉悦,尽管双手依旧被固定着。他从椅子上站了起来,脚尖抵在地板上活动了一下脚腕,顺便转着脑袋观察了一下房间。周自珩则是将房间里蒙着的白布统统摘了下来,放在了一个角落。

这个房间不太大，不过照陈设来看，是一间格调还不错的书房。他们最关心的门上有一个密码锁，通过触摸屏输入正确的四位密码就可以开启房门。

房间里，浅褐色带暗纹的墙纸铺满四面墙壁，上面挂着几幅画，还有一面木框的椭圆形镜子，镜子的右侧是一个靠墙壁的红木立柜，上面放着一个留声机，留声机上头放着一张黑胶唱片。

这些都不是夏习清的关注焦点，他仔细地找着这个房间的摄像机。毕竟是一个真人秀，所有的谜题都是安排好的，那么那里必定会架着摄像机来完成解密过程的特写。

大概地数了数摄像机，夏习清心里也清楚了很多。职业病让夏习清不由得看向墙上挂着的几幅画，周自珩也跟着走了过来，只不过他是想检查画的背后有没有线索。

"这幅画你觉得怎么样？"

听到夏习清的声音，周自珩拿着画框的手顿了顿。艺术一向不是他的专长，尽管从小演戏，但绘画艺术和表演艺术的表现形式之间还是有鸿沟的。

"我不太了解这些。"周自珩依旧照实说了。

夏习清微笑起来："这是戈雅的画，《着衣的马哈》，这幅画其实有个很有趣的故事。"

周自珩将画放回去，看了对方一眼，他其实对夏习清口中的故事一点兴趣也没有，可又想起来这是在录制中，不说话似乎不太好，只好不情不愿地应承道："什么故事？"

"18世纪的西班牙，出于历史原因被禁欲主义笼罩，整个国家的艺术品中不允许出现任何的裸体形象，唯一一幅《镜中的维纳斯》，作画者还是在国王的庇护之下才免遭刑罚。"夏习清伸出依旧被固定着的手缓缓地摸着画框的边缘，周自珩有些不解地看着画上躺卧在墨绿色天鹅绒软榻上的女人，她的身上穿着一件朦胧的白色纱衣，腰间的玫瑰色宽腰带勾勒出柔软的腰肢。

"她身上穿了……"

夏习清的手顿了顿，眼睛瞥向周自珩，漂亮的眼尾微微翘起。"她本来是没有穿的。传说这个女人是西班牙一个显贵的宠姬，戈雅奉命为她画制全身像，"说着，夏习清忽然轻笑一声，"谁知道他彻底被美人迷住了，绘制了裸体画像，事情败露之后，显贵非常生气，为了平息怒火，戈雅又绘制了一幅姿势相同的《着衣的马哈》，这两幅画最后都被拿走了。"

周自珩微微皱着眉，看着画中的女人，一句话也没有说。

夏习清放下手，侧脸看着周自珩。

"你在想象另一幅吗？"

听了这话，周自珩皱着眉看向他，活像一只浑身的毛都竖起来的小老虎："我没有。"

夏习清笑着点头，语气温柔地回道："开玩笑啦。"

根本不是玩笑。

看着他脸上虚假的微笑，周自珩更加不悦。

这个家伙真的，毫无羞耻心。

周自珩毫无留恋地离开，径直走到了之前那张长桌前，检查着桌上的线索。夏习清还是站在原地，愣愣地看着墙上的画。

为什么会放这一幅呢？

站了几分钟，夏习清回过头，发现周自珩正站在之前背靠着的那张长书桌边，专注地看着桌面，他也走过去，桌上有一本厚厚的书，还有一张被撕毁的便笺。

"撕得好碎啊，道具组真是太用心了。"夏习清看着雪花似的碎片，用温柔的语气调侃道。

周自珩沉默地翻了翻那本书，里面落出来一张书签，上面写着一行字。

我触及什么，什么就破碎。——卡夫卡

夏习清凑了过来："《卡夫卡诗选》。"

感觉夏习清靠近自己，周自珩有些不自在，将书放到了一边，拿起其中的一张碎片翻着面看了看，凝眉思考了一下，然后什么也不说，开始一张一张地拼。夏习清不喜欢做这种零碎的工作，他走到了留声机那儿，手指轻轻拂过留声机的唱臂，将唱针轻轻地放在了唱片上。

黑胶唱片独有的空灵感随着节奏急促的音符快速渗透进这个沉闷的密闭空间，夏习清靠在立柜边，看着那个同样沉闷的年轻男人。

"你听过这支曲子吗？"

周自珩没有抬头，专注地看着桌面："我对音乐不是很在行。"

他对艺术毫无兴趣，对搞艺术的浪荡子更是没有好感。

夏习清笑了笑，明明双手被固定着，却像一个专业的音乐鉴赏家一样站在红木柜前沉心欣赏了一会儿，才缓缓开口："这是拉威尔的钢琴组曲《镜》的第一首，是以黑暗中扑火的飞蛾为灵感创作的。"他侧过头，看向缓缓旋转的唱片，轻笑了一声，"虽说乐评人都觉得这种细碎的半音很像是扑腾的蝴蝶翅膀，不过我听着倒像是碎了满地的镜子。"

话音刚落，他有些后悔，自己好像不该在节目里说这么多，可之前一心一意拼着碎片的周自珩忽然抬起了头，朝夏习清那儿望了望。

或许是觉得夏习清这样的比喻也挺贴切，原本心无旁骛的周自珩也分心在流动不息的乐曲上，试着欣赏这首曲子。直到那张破碎的便笺准确无误地复原，他才直起了身子。

"拼好了？你好厉害啊。"

夏习清有些惊讶，便笺上都是一些破碎的字母，碎片又多又碎，让不算有耐心的他看了就头疼。说着，他走到了书桌边，周自珩正用桌上的透明胶带将这些碎片贴成一张完整的纸。

他看了一眼，便笺上的字母倒是都显现出来，也都复原了，却是一段无序的字母。

PGOEUDEAENHNRD

明显是密码。夏习清微微皱眉，他现在比较好奇，周自珩是怎么这么快把这堆碎片拼好的。

"动作好快，你是怎么拼的？"

周自珩将纸片翻了个面，反面写着一句完整的话，很漂亮的手写字。

今晚十点，Sophia 餐厅见。

"背面的信息比正面的信息好还原得多。"

夏习清点了点头。就算看出背后是一句完整的话，光是分清正反面也需要一段时间。

等等，正反面。

夏习清伸手将那张便笺拿起来摸了摸，果然，这张纸是特殊处理过的，两面看起来没什么区别，但手感不同，正面是非常滑腻的触感，反面则粗糙许多。

"你真的好细心啊。"夏习清将纸片放回桌子上，侧脸对周自珩笑着，"不愧是自珩。"

明明是表达崇拜的话，周自珩却无法相信，他略微生硬地回应道："这种特殊纸张在密室里很常见，如果你不是被音乐分散了注意力，也会发现的。"

"没办法，艺术就是生命。"夏习清的手有点酸，他动了动肩膀，低下头看着纸片。不知怎么回事，留声机里原本空灵清透的音乐忽然变得不流畅了，出现了奇怪的卡顿，令人不悦。

"你的'艺术'看起来有点年头了。"周自珩难得用起嘲讽的语气，卡顿的音乐让他的大脑无法集中，于是准备走过去将音乐关掉。

而此时的夏习清却站在原地一动不动，眼睛不知看着何处，似乎是在发呆。

"等一下。"就在周自珩把手放在唱臂上的瞬间，夏习清叫了停，"先别关掉。"

"怎么了？"周自珩有些不满地看向他，发现夏习清从桌子上找了支笔，在之前的纸片上记着什么。

他发现了什么吗？周自珩缓缓地收回了自己的手，开始认真地听这首奇怪的不连续的曲子。

乐曲中的卡顿乍听起来几乎没有什么规律，时而出现短暂的卡顿，时而延续的时间更长些。可是仔细听就会发现，每两个小节结束的时候，卡顿也会停止几秒，然后再次出现，连卡顿的时间都是一样的。

像是某种循环……

周自珩很快反应过来，每一次循环都是在重复密码。

长时间卡顿——短时间卡顿——短时间卡顿——短时间卡顿——音乐

短时间卡顿——长时间卡顿——短时间卡顿——音乐

短时间卡顿——音乐

短——长——音乐

长——短——长——音乐

……

长短交接，是摩斯密码。

他站在留声机前听了几个小节，刚才还俯身在书桌前的夏习清已经直起了身子，将方才记下的内容看了又看，最后走到了周自珩的身边。

"解出来了？"他有些吃惊，毕竟据他了解，夏习清主修的是艺术，怎么会这么快解出摩斯密码？

夏习清点点头，他的眉头微微皱着，走到了之前看到的那块镜子前，仔细地凝视了一会儿，然后对周自珩说："你先站远一点。"

周自珩不解，但还是站开了些，他看见夏习清将唱臂拿开，音乐声戛然而止。他正想要问夏习清解码之后得到了怎样的信息，但晚了一步，夏习清右脚后撤一步，被固定的双手握拳置于胸前，用极为熟练的姿势和动作，抬腿一记侧踢。

砰的一声，椭圆形的镜子乍然碎裂，他将腿轻收回来，反射着光线的碎片簌簌地掉落在木柜和地板上，发出破裂的脆响。掉落的瞬间，雕花镜框的原貌终于显现出来。

镜框的灰色底盘之中，粘贴着一把银色的钥匙。

"麻烦你帮我解开这个。"夏习清转过头看了周自珩一眼，朝他伸了伸自己被束缚的两只手。

老实说，夏习清的聪明程度超出了周自珩的想象。

在这一秒的思考之下，他甚至在考虑要不要趁对方放松警惕的时候将钥匙据为己有，好作为日后要挟夏习清的砝码，毕竟这是一个狡猾至极的人，还有极大的可能是"杀手"。

但他最后还是放弃了这个打算，周自珩看了一眼那双被锁链磨得有些发红的手腕，觉得自己的想法实在是有些令人不齿。

之后如果被他暗算，也只能自认倒霉了。周自珩上前将那枚钥匙取了下来，道具组还真是用心，钥匙粘得牢固极了，害他还费了不少劲儿才顺利摘下来。

夏习清乖乖地将双手伸到周自珩跟前，看他低头为自己解开锁链，这一幕让夏习清的审美得到了极大的享受。

周自珩英挺的鼻梁和角度精妙的眼角,在这样低垂的角度看来显得更加精致,是一种充满雄性荷尔蒙的精致雕刻,眉骨和山根相连而隆起的美妙线条,如同狂风中倾倒的沉寂山脉。他低垂下来的头颅,还有因专注而凝神的眉眼,让夏习清不由自主地想到了罗丹的雕塑作品《吻》中的保罗。

"好了。"

锁链顺利打开,完成使命的周自珩抬眼,毫无防备地对上了夏习清直白的视线,他下意识地皱了皱眉,瞥开眼咳嗽了一声,手腕使力将打开的锁链一甩,单手握在手心,啪的一声放在了一边的木柜上。

夏习清笑了笑,摸着自己的手腕轻声说了句"谢谢",想起来自己刚解完谜题的时候周自珩的表情:"你也发现是摩斯密码了,对吧?"

周自珩点头,手伸进口袋里看了一眼时间:"不过我记不太清摩斯密码的具体对应内容了,解起来有点费劲,只能凑。"

夏习清让之前自己暂停的乐曲再一次播放起来,并跟着乐曲解释道:"一开始是一个长时间的卡顿,然后是三个短停,短停之后恢复乐曲,'长、短、短、短'对应的是字母B,后面又跟着一个'短、长、短',是字母R。"音乐混杂着被安插好的卡顿声继续播放着,"'短'——字母E……'短、长'——字母A……'长、短、长'——字母K……"

B、R、E、A、K——break。

"Break the mirror。"还没等夏习清把后续的两个单词解释完,周自珩就已经给出了答案。

"没错。"夏习清笑了出来,这一笑似乎和之前的不太一样,有种爽朗的感觉。

大概是错觉,周自珩想。

"你为什么这么熟悉摩斯密码?"周自珩走过去将音乐关掉,拿起了之前一直没有仔细观察的黑胶唱片,眼睛微微眯起。

"上初中的时候奥数老师讲过,我觉得很有意思。高中去了文科班就没用过了,刚刚也反应了一会儿才记起来。"夏习清的皮鞋尖轻轻地点着地,"不过节目组是不是设置得太难了点?如果不是恰好知道这方面的知识,根本解不出来吧。"

"其实他们想得很周全。"周自珩将黑胶唱片递给夏习清，上面写着组曲的名字 Mirror，"刚刚我在拼便笺的时候，你放了这支钢琴曲，如果是像你这种对古典乐熟悉的人，可以直接听出这是《镜》组曲，继而联想到留声机旁边的镜子，如果不了解，看黑胶唱片也能找到，所以联想到镜子是必然的。"

"如果要联想到打碎镜子……"夏习清想到了之前那本书里的书签，"我触及什么，什么就破碎。"

周自珩点了点头："我猜，便笺的碎片也是提示之一。所以节目组安排了好几种思路，你选择了最直接的一种。"

"但智力成本最高。"夏习清小幅耸了耸肩，"不过比起联想效应的效率，数学精确快速得多。"

周自珩纳闷，一个学艺术的怎么会这么擅长数学。夏习清此刻却已经把注意力放在了之前拼好的那张便笺上。"那个乱码应该也是一组密码，不过可能是另外的解法。"他走了过去，拿起那张纸，"说不定这里藏着我们房门的密码。"

这个想法和周自珩不谋而合，不过除了这张便笺，他总觉得房间里还有许多其他的信息，只是他暂时找不到一个好的方法辨别哪个是有效信息，哪个是干扰信息。

两个人再一次对上那张破碎之后又复原的便笺。

夏习清将便笺翻转到写有文字的那一面，仔细地端详着，又拿出那本书里夹着的书签，忽然开口说了个在此刻听起来不太有效的信息。

"你不觉得这两张纸上的字迹不太一样吗？"

周自珩也注意到了这一点，书签上的字看起来比较大气，像是男人的笔迹，而便笺上的则清秀很多，虽然不是天差地别，但从笔锋的收放程度来看，的确不是同一个人的字。

他指了指那个书签："我觉得这个是书房主人的字迹。"

事实上，对于这个观点，夏习清是认同的，但是为了节目效果和观众的接受度，他还是非常有良心地反问道："那如果这本书是房间主人借来的呢？这里面的书签很有可能不是他本人的。"

周自珩摇摇头，又抬手指了指旁边的一排书柜："第三排从左往右数，前六本都是和这本小说同一个系列的，这一本是完结本。除了这个系列，书柜上还有很多别的系列丛书，我不觉得一个有收藏癖的人会去借书来看，何况是完结的那一本。"

夏习清做出一副十分捧场的粉丝专用表情："哇，我们家珩珩不去演刑侦剧真是屈才了。"

"我们家珩珩"？尽管这样的表述方式周自珩在粉丝泛滥的微博已经司空见惯，但从这个人的嘴里冒出来，他一向优秀的表情管理差一点失控。

看着夏习清脸上真切到不行的崇拜之情，周自珩忍不住在心里回嘴。

"你不去演戏也真是屈才了。"

毕竟是上节目，也不好对着面前这个"粉丝"的热脸太冷淡，周自珩咳了一声，闷闷地道："不一定不演。"

说不上为什么，夏习清竟然觉得这一刻的周自珩，有那么一点可爱。

他在心里摇摇头，一定是自己昏了头。

看见夏习清的脚快要踩到自己一开始砸碎的花瓶的碎片，周自珩忍不住伸手拉了拉他的胳膊："小心。"

夏习清也反应过来，低头看了看："啊，原来一开始就打碎了花瓶啊，差点忘了，我们这个房间的主题大概就是'碎片'吧。"

随口这么一说，夏习清却隐隐觉得不对，刚才周自珩那一番关于"破碎"的联想理论如果真的是节目组事先设计好的串联线索，那么同样是易碎品的花瓶是不是应该也有打碎之后可以得到的线索？

周自珩似乎也从夏习清的话里得到了启示，两个人几乎是在同一时间蹲了下来，默契十足。

地上除了破碎的花瓶瓷片，还有一束散落在地的白菊。夏习清用白菊的花枝拨了拨地面上的破碎物，果然发现了一个被卷成细筒的字条："果然有线索。"

他不禁在心里吐槽，这个密室逃脱的剧本撰稿人实在是心思缜密，边边角角里藏着这么多的线索，如果想不到"碎片"这个主题，花瓶很有可能不会被打碎。

不，不对。他很快在心里否定自己。

周自珩忽然开口："所以节目组将我们用绳子绑起来，但是不设置任何的利器，只有一个充当装饰物的花瓶，而且放在我的手边，就是为了让我们把它打碎吧。"

他的思维竟然和自己同步了。夏习清有些吃惊,但还是很快地给出了回应:"嗯,应该就是这样了,只是我们一开始的注意力被转移了,没有发现花瓶里的线索。"

就像是贪吃蛇的游戏,不管你从哪一个开始吃,移动路线如何,游戏初始时存在的那些果子,你总是得一个不落地吃掉,否则游戏就结束了。

他忽然有点佩服这个编剧,是个聪明人,没有将这个节目框死成必须依次按照步骤才能进行下去的游戏,否则可玩度就降低太多了。步骤并不重要,顺序也没关系,甚至连解题思路都设定多种,而且在密室逃脱里加入了"杀手"这样的黑暗角色,一下子让一个纯解密类游戏变成了智商战、心理战的模式。

有意思。

两人打开了字条,上面写了一首小诗。

我们曾是一体。

命运将你从我的身体里抽离,从我的骨骼、我的血肉、我的心脏,生硬地将这些已经毫无意义的器官拼凑在一起。

与同被拆散重构的你,一前一后葬在了一起。

葬在这片生长着茂盛蔷薇的围栏之下。

只有重新拆解,

将你归还给我,将我归还给你。

从上至下,彼此相连。

一切才能重新拥有意义。

看起来是一首有些哥特风格的诗,但夏习清总觉得哪里不对劲,他将纸张翻了个面,发现上面写了东西。

"2 you。"

"他把'to'写成'2',一定是有原因的。"夏习清确定不了其他的东西,但这一点可以确信,这个游戏玩到现在,唯一可以找到的规律就是不能放过任何不合情理的细节。

周自珩的眉头一直拧着,似乎在认真地思考这首小诗。

手机忽然响了一下。

思路被打断,他们将手机拿了出来,屏幕上出现了一条新消息。

"请注意,首位玩家逃离原始房间,进入其他玩家房间。"

"好快啊。"夏习清看了看四周,笑着将手机放回去,表情无辜又庆幸,"不过看来是没有进入我们的房间。如果这个人是'杀手'的话,随机进入某个房间……这节目好可怕啊。"

周自珩却反问:"如果他是普通玩家,进入了'杀手'的房间呢?"

夏习清侧过脸面向他,选择了一个可以避开最近特写镜头的角度,抬手,假装出整理领口的样子将麦克风捂住,懒懒地勾起嘴角,露出一个完全还原他恶劣本性的笑,做出口型调侃道:"羊入虎口,不是更刺激吗?"

周自珩明显地感觉到了夏习清此刻的变化,之前明明还懒洋洋的,一副置身事外的样子,一听说有玩家逃离房间,立刻正式投入游戏当中。

不过他也清楚,夏习清这样并不是因为燃起了胜负欲,只是想离开这里去看热闹而已。

把一潭浑水搅得更乱,恐怕才是夏习清的真正目的。

"你不觉得这首诗很奇怪吗?"夏习清不知从哪儿翻出了支签字笔,在最后几行诗句上画了横线。

只有重新拆解,
将你归还给我,将我归还给你。
从上至下,彼此相连。
一切才能重新拥有意义。

他又拿出那张一开始被周自珩拼好的便笺,正面写着一串乱码:"我觉得这首诗是在暗示这个密码的破译方法。"

周自珩认同地点了点头,在心里仔仔细细地读了一遍这首诗。

我们曾是一体。

命运将你从我的身体里抽离，从我的骨骼、我的血肉、我的心脏，生硬地将这些已经毫无意义的器官拼凑在一起。

与同被拆散重构的你，一前一后葬在了一起。

葬在这片生长着茂盛蔷薇的围栏之下。

只有重新拆解，

将你归还给我，将我归还给你。

从上至下，彼此相连。

一切才能重新拥有意义。

曾是一体、抽离、拼凑、一前一后葬在了一起……

他不由得沉声念出来："葬在这片生长着茂盛蔷薇的围栏之下……"

围栏，围栏……

Fence……

忽然，脑海里闪过一丝灵光。

"Rail Fence Cipher。""栅栏密码。"

两人竟同时脱口而出，继而有些讶异地望向彼此。

夏习清先笑了出来："看来我还真是粉随偶像啊，默契十足。"

周自珩在心里冷笑，不好意思，他一点也不想被这种人随上。

话虽如此，但夏习清的反应速度还是令他意想不到。"你怎么会知道栅栏密码？"周自珩问道。

夏习清随口答道："我侄子是搞 IT 的，有一阵子跟他一起研究了一点密码学的东西……"

你侄子？周自珩皱眉看着夏习清。

你是哪儿来的老妖精？

他没有说出口，也不怎么相信夏习清说的话，俯身拿起刚才找出的那支笔准备译码，夏习清则将那首小诗翻到另一面，看着上面写的"2 you"，笑着说："其实节目组的线索真的很明显了，这里的'2'不是'to'，是指这个密码的原始状态被分成了两栏，对吧？"

"嗯。"周自珩用手指数了数那一长串乱码的位数，找到最中间那两个，画了条竖线，将它们拆解开。尽管知道夏习清明白译码的过程，但为了保证看节目的观众也能看懂这个过程，周自珩解释了一下："这首诗的前半首是加密的过程，从'只有重新拆解'开始是译码过程的提示。按照背面写的'2'，将乱码平均分成前后两组，每组里面有七个字母。"

PGOEUDE AENHNRD

"'把你归还给我，把我归还给你'，应该是指，将分组里的字母拆解还原。"说着，周自珩重新誊写了一下两组被分开的字母，两行对齐。

PGOEUDE
AENHNRD

周自珩低头，嘴里一边念着诗句里的倒数第二句："从上至下，彼此相连。"从第一行的 P 字母开始，他用笔画着线条，先是指向第二行的 A，而后笔锋一转，线条绕回到 G，如此往复，直到这条迂回如波纹的线穿透了每一个字母，抵达最后一个字母 D。

"按照线的顺序写下来……"周自珩半俯着身子认真地誊写着最后的答案。

PAGEONEHUNDRED

Page one hundred.

"第一百页。"夏习清拿起旁边那本厚到令人难以置信的书，翻到了第一百页。整页纸印着密密麻麻有如蝼蚁的字，他在第四十二行看到了四个数字。

"我只是因为我的渴望活着，为着这炽热的悬崖，倘若可以，在我的渴望燃烧殆尽的那一刻，我要做你心中那片玫瑰花海的第 1414 朵，不多不少，就做那一朵。"

"1414。"夏习清放下书，走到了书房的门前，在门上的密码锁屏幕里输入了这四个数字。

045

密码锁发出蓝光，闪动了三次，屏幕上最终显示出绿色的提示信息。

"密码正确！"

夏习清试着推了推门，只听见咔嗒一声，门锁果然开了。原本想要自己一个人先溜走的夏习清注意到了门锁上的特写镜头，于是笑着回过头对周自珩说："我们可以出去了，走吧。"

靠在书桌边的周自珩意味深长地看了他一眼，最终还是将手插在外套口袋里朝他走了过去。

音响传来新的提示音。

"请注意，现在有两位玩家逃离原始房间，进入其他玩家房间。"

"联盟还成立吗？"周自珩忽然开口。

夏习清笑了笑，推开了门："当然，如果我的利用价值还没有被榨干。"

这栋房子的构造非常奇怪，房间与房间之间没有任何类似走廊的隔断，打开自己的房间门，直接进入了新的房间。房间里的人正埋头做着什么，听到身后的墙壁，至少他一直以为是墙壁的大门一下子被打开，不由得吓了一跳，背抖了抖。

秉承着塑造人设的初衷，夏习清微笑着主动对房间的原主人打招呼："嘿，我们就是刚才从自己的房间逃出来的玩家，你应该收到节目组的消息了吧。"

那人穿着一件奶黄色的宽大卫衣，染成浅棕色的头发看起来十分蓬松，一听到声音转了过来，一张好看的脸在看到周自珩的那一刻忽然露出松了一口气的表情："啊，自珩，太好了，是你。"他又朝夏习清笑了笑："你好你好……欸，你不是最近那个？前两天微博上的那个……"

夏习清很体贴地自报家门："夏习清。"对方一副正要开口自我介绍的模样，夏习清又立刻替他开了口，"商思睿，我很喜欢你们组合的歌。"

商思睿是当红组合 HighFive 的门面，之前和周自珩合作过一部戏，不过是个客串的角色。虽说夏习清说的都是场面话，自己也并不喜欢听这种偶像男团的歌，但他们的知名度在年轻人的圈子里还是不错的，尤其是这个商思睿，凭借着一张清秀的面孔和迷糊的性格成为组合内部人气很高的成员。

"真的吗？"商思睿笑了两声，"哎，你们好厉害啊，这么快就逃出来了，我在这儿瞎折腾大半天都没弄出什么有用的东西。嘿，我就奇了怪了，我经纪人干吗给我接一这么难的通告啊？"

夏习清差点儿没笑出声，好歹也是个偶像，一开口跟说相声似的，难怪被网友吐槽"开口跪"[1]呢。

"两个人总是快一点。"周自珩走到了商思睿的身边查看他现在的进展。

不比较还不觉得，两个人站一块儿的时候夏习清才发现，周自珩还真是高，肩膀也比商思睿宽，衬得原本是男团标准身材以上的商思睿都娇小了起来。

虽说商思睿和周自珩都有数不清的喜欢他们外貌的粉丝，但他们的好看是完全不同的两种风格：商思睿的五官偏清秀，少年气十足，看起来像个高中男孩儿；而周自珩却是十足的浓眉大眼，深邃的五官一度被误以为是混血。

---

1 用于说话人听到他人开始发言或唱歌时，表达说话人被震惊、出乎意料的感受，等同于"听到他开口，我就跪了"。

第二章

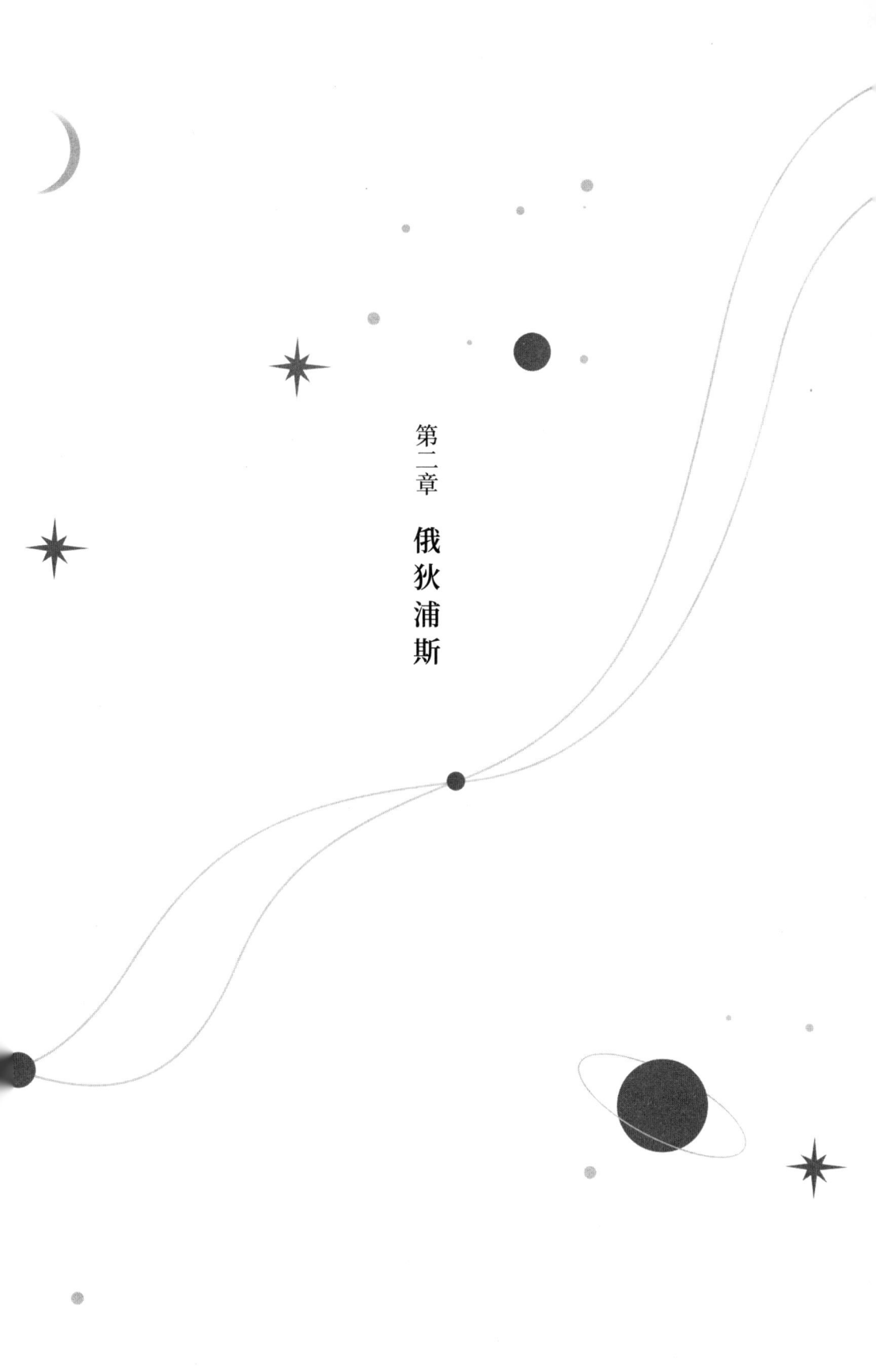

俄狄浦斯

结束了对这两个人的外貌鉴赏，夏习清四处查看了一下，这个房间和他们的很不同，很明显是一间卧室，里面的陈设也很简单，黑木衣柜，羊毛地毯上放着一张圆桌，还有一张尺寸不大的床。

商思睿和他们的策略不太一样，他把所有看起来像是线索的东西都收集起来放到了圆桌上，然后再逐一分析。

"自珩，你帮我看看，这些东西到底有没有用？"

周自珩应了一声，走过去跟他查看已有的线索。

夏习清没有过去，而是绕着这个不大的空间转了转，这个房间和之前的书房不太一样，墙上几乎没有挂什么东西，他摸着纹理细腻的墙纸，发现卧室的床正对着的墙壁上有一个小小的摄像头。可是很奇怪，这个摄像头的摄像范围是一片空白的墙。

忽然，他在墙壁上发现了两颗细小的钉子，和墙纸上的花纹融为一体，很难令人察觉。夏习清伸出手指摸了摸，觉得哪里不对劲。

这里是不是挂过一幅画？

"习清？你也来看看这些线索吧，我就怎么也看不出头绪。"商思睿叫了他一声，又冲他招了招手。夏习清这才从思绪中抽离，回头看见围着圆桌的周自珩和商思睿，他"嗯"了一声，走了过去。

桌上的线索并不算多，一张字条，一个备忘录，还有一台笔记本电脑。

商思睿正在跟周自珩交代着自己是从哪里发现这些线索的，夏习清动了动鼠标，电脑的屏幕亮了起来，显示的是一个浏览网页的页面。标签栏上有三个网址，夏习清依次点了进去，第一个是一个关于画展的信息，第二个是一本书的预订页面，当他点到第三个页面时，忽然感觉到了什么。

"思睿，你动过这台电脑吗？"

正和周自珩说着话的商思睿把脑袋往这边凑了凑："啊？我没有，那台电脑没有联网，我进来的时候上面就显示着这三个页面。"

周自珩微微侧脸瞥过去，屏幕的光照在夏习清的脸上，他的眼睛缓缓地眨着，似乎在沉思着什么。

"你发现什么了？"

听到周自珩的声音，夏习清转过头："你还记得我们房间里那张便笺吗？它的反面写着一句留言。"

正当夏习清准备继续说的时候，周自珩从口袋里拿出了那张便笺，这倒是把夏习清给惊着了，他已经领教过周自珩的耐心和细心，可这程度真是有点超出他的想象："你居然带出来了。"

"有谁说过携带线索违反规则吗？"周自珩抬了抬眉尾，将便笺翻过来放在桌子上，然后拽过旁边的一张椅子坐了下来，念出了上面的信息，"今晚十点，Sophia 餐厅见。"

"Sophia 餐厅？"商思睿皱着眉，发出了疑问。

"对，"夏习清将那台笔记本挪到了周自珩和商思睿的眼前，"最后一个页面就是这个 Sophia 餐厅的官网。"

商思睿眯着眼睛看向屏幕，又为难地抓了抓自己的头发："全英文的啊……"

你可有点偶像包袱吧。夏习清在心里摇了摇头，这句话要是不剪掉直接播出去，"黑粉"[1]又有了可以借机发作的点，说不定还会给他安上个文盲的人设。

"玫瑰日？"周自珩似乎从官网页面捕捉到一丝有趣的信息。

商思睿一脸迷茫，夏习清大概地解释了一下："应该是什么情侣用餐的活动，说是当天会用成千上万朵玫瑰布置餐厅，特供菜单中也都是玫瑰制作的餐点和酒品。"

"这跟我们逃出这个房间有什么关系吗？"商思睿猫着腰，仰着脑袋看向夏习清。夏习清心里虽然无奈，但依旧温柔地冲他笑了笑："我也不知道。"

---

[1] 粉丝类型，他们不是传统意义上的粉丝，而是基于利益对特定明星实施抹黑作业的群体。

051

商思睿又一脸懵懂地看了看周自珩,周自珩左手支着下巴,右手食指轻轻地点着那张便笺:"既然有两条线索指向了这个餐厅,那就绝对不是无意义的。"

他说得没错,如果只有一条,那或许还有可能是偶然,如果两条都指向了这个餐厅,并且线索逐级递进,一定是刻意为之。

看着商思睿一脸迷茫的样子,承担天使人设的夏习清怕他尴尬,也怕节目效果不太好看,主动将注意力从暂时得不到完整线索链的餐厅转移。"你们刚刚从其他的线索里讨论出什么了吗?"说完他顺手从桌上拿了一张字条,字条正面写着一行字,笔画工整又不乏稚气,大概出自一个10岁孩子的手。

"爸爸,老师今天给我出了一道题,可是我怎么也算不出来,您能帮我算一下吗?"

夏习清翻到了背面,上面写着一个四位数字,还有两个空着的括号。

1634(　)(　)

数列吗?

这给的条件也太少了。

照第一个房间的经验来说,节目组不至于这么为难嘉宾,如果是类似数列的谜题,起码会给三个以上的数字,可现在只有一个,还是四位数,真是让人头疼。

夏习清看向商思睿:"思睿,你是在哪里发现这张字条的?"

商思睿指了指床头柜:"就在那儿,不过上面只有这一张字条。"

夏习清点了点头,虽说他相信商思睿的话,但总觉得这个小孩儿不靠谱,因此还是自己走了过去,仔细地检查了一下。的确,床头柜上面没有其他的东西,但他总觉得不对,节目组一定还藏了点别的什么。他绕着床头柜看了看,发现它和床的边缘之间夹着一个不易被察觉的废纸篓。夏习清伸着胳膊拿出纸篓,将里面的东西统统倒在地板上。

"妈呀,我都没发现。"商思睿见状,立刻站起来跑到夏习清跟前蹲着,有样学样地把揉成团的废纸一一展开放在地板上,"这里面有什么?"

"我也不确定,但是节目组刻意'制造'出这么多垃圾,应该是有目的的。"

夏习清一面翻着，一面回应商思睿，直到展开了一张废纸，上面写着几行计算公式。

他仔细地看了看，是只进行了一半的计算过程。

"找到了。"夏习清拿着这张纸站了起来，走到之前的圆桌跟前。周自珩正看着电脑上酒店玫瑰日的宣传页面，脸上的表情意味深长，看到夏习清和商思睿走过来，他又恢复了之前的表情："找到了什么？"

"计算过程，你看，这字是不是很眼熟？"夏习清将手中的废纸递给周自珩，周自珩接过看了看，将纸放在了桌子上，嘴角略微勾了勾。

这个表情也太帅了。夏习清被晃了一下，走了会儿神。

"解题过程的字迹和之前书房里书签的字迹是同一个人的，果然便笺上的字是女人的字。"周自珩将废纸放回圆桌上，"看来我们可以确认这个主人公的身份了，是个有孩子的已婚男性。"

"说不定还有婚外情。"夏习清冷笑了一声。

商思睿完全是丈二和尚摸不着头脑，一脸迷茫地问："你们怎么知道的？"

夏习清眨了眨眼睛："瞎猜的。"

商思睿"哦"了一声，然后又呆萌地笑起来："我觉得我跟你俩都不在一个次元，你俩也太有默契了，一下子就能明白对方说什么。"

这不是默契，是脑子好使罢了，夏习清心想。

他拿了支笔弯下腰在那张纸上的计算过程上画了道线："不管怎么样，先看一下这个吧。"

题目上给出的只有1634，而这张废弃的稿纸上也只写了一行字。

$1\times1\times1\times1+6\times6\times6\times6+3\times3\times3\times3+4\times4\times4\times4=?$

夏习清很快地算了一下，立刻就明白了，可是还没来得及开口，身边还看着那个电脑页面的周自珩抢了先。

"这是四叶玫瑰数吧。"

夏习清用笔画掉了草稿上的问号，在等号的后面写上了一个数字——1634。

等等，他是怎么做到的？

"没错。"夏习清挑了挑眉,有些讶异地看向周自珩,"你没算就知道是四叶玫瑰数?"他不是学物理的吗,心算这么厉害?

周自珩指了指电脑:"你看这个页面的玫瑰花。"

对计算天生无能的商思睿一直跟着周自珩看着电脑的页面,他也发现了其中的秘密:"哦!这上面的玫瑰花都是复制粘贴的,长得一样,都只有四片叶子,我说怎么怪怪的呢。"很快,他秀气的脸上又露出疑惑的表情,"不过……什么是四叶玫瑰数啊?"

夏习清指了指草稿纸上的公式:"这个写得很明白了。你看,1634这个四位数,每位数字的4次幂相加之后就等于1634本身,这就是四叶玫瑰数。其实就是四位数的自幂数。"

商思睿似懂非懂地点了点头,看着两个人已经知道了这个数的属性,一下子开心起来:"那这后两个数字也是四叶玫瑰数,对不?那现在是不是能填出来了?"

这孩子也太乐观了。夏习清觉得有些头疼,他的手下意识地转了转笔,直截了当地给了否定答案:"我不能。"说完他手上的笔一停,眼睛看向周自珩:"你知道有哪些四叶玫瑰数吗?"

周自珩摇头:"我只知道有三个。"

他是学物理的,又不是学数学的。大概只有闲得每天只能研究数字的数学家才知道。

谁没事儿记这个啊?夏习清叹了口气,一遇到这种需要耐心的事情他就变得非常躁动,笔尖在纸面上一下一下地点着:"所以我们现在怎么办?穷举?"

"穷举到这一季节目结束吗?"周自珩毫不客气地自嘲,"暴力求解法在这种时候就不奏效了吧。"

"什么穷举啊,暴力求解啊?"商思睿一脸蒙,抓狂地揉着自己的脸颊,"你们都在进行什么神仙对话,明明都是中文,我怎么一句都听不懂呢?"

夏习清笑了出来,他将过长的额发夹在了耳后:"反正这个呢,靠手算基本不可能算出来,所以听不听得懂,一点也不重要。"

"我要是知道上这个节目这么费脑子,早就让经纪人推掉了,哈哈哈。"商思睿是很自来熟的个性,手搭在夏习清的肩膀上笑得见牙不见眼,一点偶像包袱也没有，"毕竟我是草包人设。"

这小孩儿也忒逗了，夏习清侧过脸看向商思睿，微笑着纠正了他对自己下的定义："更正一下。就算是，也是草包美人。"

"哦——"商思睿钩住他的脖子，两个人靠得极近，"可是我觉得你长得比我美啊，哈哈哈……"

看着两个人勾肩搭背，周自珩浑身发麻，一面对夏习清产生了更深的鄙夷，一面有点担心商思睿这个没心没肺的小孩。

夏习清这个人简直有毒，说话的时候眼睛都流着蜜，笑盈盈的，不论对象是谁。

周自珩皱了皱眉，咳嗽了一声，转移了大家的注意力："我觉得我们应该是漏掉了什么重要的线索，节目组不会这么为难嘉宾，手算是基本做不到的。"

夏习清认同地点点头，节目组不会为难嘉宾，尤其是这个房间的原玩家商思睿，这个房间比起上个房间的难度低很多，所以一定是漏掉了一个重要的细节，才会让线索断开。

他不喜欢这种需要暴力求解的东西，挨个儿地计算，循环成千上万遍，这种低级工作早就不需要人类来完成了，想到这里，他不由得笑起来："哎，要是我侄子在的话就好了，像这种四叶玫瑰数啊、水仙花数啊，是他们编程入门的经典例题，编了那么多次，说不定早就记住这几个数字了。"

"哇！你侄子？你侄子多大啊，就学编程啦，你们一家子都是神仙吧……"商思睿仍旧用胳膊搭着夏习清，半个身子快挂在他的身上了。

随口一提的话刚说完，夏习清就在一瞬间惊醒，他侧过脑袋看了周自珩一眼，发现坐在椅子上的周自珩也抬眼看他，两个人之间又开始产生某种诡异的默契。

周自珩的手动了动鼠标，关掉了一开始的界面，查看着电脑桌面和一些文件夹。

夏习清自言自语道："这样找应该找不到……肯定有写路径……"说着又走回到了之前的废纸篓跟前。

"哎哎哎，你去干吗？"

"可能有线索了。"

夏习清一张一张地翻看他们理平整的废纸，有的写着无关紧要的话，有的是小孩子画废的纸，直到他翻到了一张，上面只写了一行字。

如他所料，是电脑里的一个路径。

"在D盘的下面。"夏习清将那张纸拿到了周自珩的跟前，周自珩照着那行字输入了路径，果然在一个藏得很深的文件夹里找到了一个名为"rose"的可执行文件，执行过后，黑色的屏幕上直接打印出三个数字。

1634 8208 9474

"科技就是第一生产力啊。"夏习清由衷地发出一声感叹，然后顺手将剩余的两个四叶玫瑰数抄写到题目的空格上。

周自珩背靠在椅子上，过长的腿憋得慌，只能岔开到圆桌的两边，手揣在冲锋衣的口袋里，凝眉专心地梳理着目前的线索。

周自珩的逻辑很明确："我们现在得到了两个四位数字，照之前那个房间来看，大概会是某个东西的密码，然而我们现在并没有找到任何需要用密码打开的物品，说明有一个线索在这里断开了。"

周自珩的音色很沉，有着漂亮的共鸣，这让夏习清不自觉想到了佛罗伦萨乔托钟楼的钟声，还有百花圣母大教堂的夕阳。

他背着画板从那里经过的时候，沉重的钟声一下一下地敲击着自己的心脏瓣膜。

"嗯？"

对方发出疑问，夏习清这才从佛罗伦萨的夕阳中回过神，看到周自珩正疑惑地看向自己，并又一次发问："你觉得呢？"

夏习清这才点了点头，尽管他并没有听清之前周自珩说了什么话，但大概也能猜到应该是跟目前的线索链有关。"没错，我们现在的目标就是找到那个缺失的线索。"他翻了翻之前商思睿找到的线索，只剩下一个手掌大小的备忘录还没有被查看过，他大致地翻了翻。

一直东看看西看看的商思睿在旁边说道："我刚刚是在枕头边找到这个的，翻了好久也没翻出来有什么可以用的，记的都是一些杂七杂八的事，什么几号去参会啊，接小孩儿啊。这个备忘录上还有孩子写的字，乱七八糟的。"

孩子写的字？

夏习清察觉到不对劲，又翻了翻，果然，这本备忘录里不只有房间主人的字迹，还有写四叶玫瑰数学题的字迹，不过内容无非是孩子写给爸爸的一些话，有的是希望他带自己出去旅游，有的则是参加家长会之类的想法。

重新翻了一遍，依旧没有什么值得揣摩的信息。

究竟是哪里不对？

夏习清放下备忘录，手撑着额头低头思考着，周自珩伸手将备忘录拿了过去，翻了翻，忽然开口："这里缺了一页？"

"是吗？"夏习清抬起头，他还真没发现。周自珩将备忘录的某一页扒开，果然有被撕过之后留下的锯齿纸边。

"所以刚才的纸篓里……"夏习清忽然想起来，那里的确有一张和备忘录的大小一样的废纸，是那个10多岁孩子的笔迹！

他走了过去，单膝跪地找到了那张纸，商思睿虽然还没搞明白状况，但也跟着上前，凑到夏习清身边念出了被撕下的备忘录上所写的信息。

"爸爸，您送我的钢笔掉到床底下了，可是我够不着，您可以帮我找到它吗？"

钢笔？

周自珩走了过来，直接跪在地上查看床底，可是这张床似乎是实心的，四面都是木柜结构的木面，根本没有所谓床底的空间。

夏习清敲了敲木面。

不是实心的。

他站起来的瞬间，看见床脚安置了一个摄像头，更加确定了心里所想："我们得把这张床挪开。"

"真的假的？"商思睿有点怀疑，"不是，我觉得，会不会还有什么别的线索啊？一支笔感觉……而且备忘录里有那么多信息……"

周自珩摇了摇头，问道："这张纸在备忘录里面吗？"

商思睿没反应过来："没有啊，这不是被撕掉了吗？"

周自珩点头："所以……如果你是这个备忘录的主人，你会因为什么撕掉其中的某一页呢？"

听了他的提问，商思睿抱着双臂思考了一下："撕掉的话……有很多可能吧，比如没什么用，啊，不过我感觉整个备忘录都没什么用……又如，不想被别人看到……？"他忽然明白了周自珩的意思，打了个响指指向对方，"他是不想被人看到！"

周自珩用一副"你终于开窍了"的表情微笑了一下。

夏习清一个人抬着床的某一边，正要寻求帮助，却发现这张尺寸不小的床惊人地轻，他自己就可以抬起一半。

果然是道具啊……

三个人没费多大劲就把床搬开了，床下并没有什么钢笔，只有一个箱子。准确地说，是一个有着两个密码栏的保险箱，每一栏需要安置四个数字。

箱子上放着一朵玫瑰花，花枝上保留着四片细小的叶子。

"哇，我有种不小心被两个王者罩了的感觉。"商思睿一脸兴奋地把箱子拿起来，照着之前计算机算出的答案将密码输入，嗒嗒两声，保险箱果然打开了。

夏习清无奈地笑了笑。

周自珩在一边看着他这个笑容，他简直对商思睿好极了。

"钥匙！"商思睿激动得过了头，一下子就把钥匙拿了出来，其他什么也不管了，"终于可以从这个房间出去了。"

夏习清却发现箱子里还有一个文件袋，他将文件袋打开，里面是一份财产转移委托书，他的表情冷了下来，将文件袋放到了一边。

周自珩抱胸靠在墙壁上，观察着夏习清脸上的表情，这是他身为演员最喜欢做的事。他觉得奇怪，夏习清刚才是没有藏住自己的表情吗？明明是那么谨慎的人。

"里面还有什么吗？"周自珩问道。

其实还真有。夏习清查看密码箱，里面有一个空病历袋。"好像粘在箱子里了，"他使了很大劲也没能弄下来，只好作罢，"就是个空壳，里面没有病历，也没有名字和年龄。"

商思睿不解地瞟了一眼，没什么太大的兴趣，对他而言，走出这个房间就等于完成任务，他拿着钥匙直接往自己房门上的锁里插："钥匙是对的，可以转动！"

"你小心点。"周自珩开口,"门外面是敌是友都不一定。"

夏习清轻轻笑了笑,懒洋洋地瞥向周自珩,两人视线再一次相对。

门里都不一定,何况门外。

商思睿被他这话吓得手都收回来了:"那、那开吗?"

夏习清笑着走过去,接过他手里的钥匙:"开啊,费这么大劲才找到的钥匙。"说话间他就打开了门,商思睿有意识地站到后面。

三个人的手机都响了响,同时,新的房间里也传来了同样的声响。

是他们破解房间之后的公告。

"哇……"商思睿侧了侧脑袋,越过前面的夏习清看了看前面,"这个房间好大……"他看到了站在房间另一个门口的两个女生,其中一个光是侧面都很眼熟:"哎,岑浠姐……"

被叫到名字的女生穿着一身白色的长裙,系一条玫瑰色腰带,黑色的长直发垂至腰间,妆容素雅,深红色的唇妆格外醒目,五官称不上多么惊艳,却有一种天然的疏离感。她也看见了商思睿,于是抬了抬手,微笑了一下:"思睿。"

夏习清平时几乎不听华语歌,但岑浠的名字他是知道的,以前是一个乐队的主唱,后来因为生病退队,复出后直接单干,因为气质清冷,受到了很多女粉丝的喜欢。

"岑浠姐,"商思睿看见是熟人,于是放心大胆地走了过去,"你是这个房间的吗?"

岑浠摇了摇头:"我刚从原房间里出来。"

夏习清看了一眼手机,果然,几条消息的送达时间没有差太多。他们现在所处的这个房间,与其说是一个房间,倒不如说是一个客厅。

他到现在终于摸清了这个房子的结构,实际上就像是一个封闭的四室一厅,他和周自珩的原始房间与商思睿的原始房间在一排,对面一排是这两个女生的原始房间,但是只有商思睿和岑浠的房间通向这个客厅,而自己和另一个女生只能通过别人的房间,再来到客厅。

为什么这样安排?夏习清思考了一下。

他终于注意到岑浠的身边站着的那个女生,微卷的中长发盘起,穿着一身黑色的针织裙套装,妆容精致,生着一双漂亮的眼睛。

他忽然想起录节目之前小杰说过的话，除了自己，还有一个素人，还是门萨成员。

那应该就是这个女孩子了。

所以她是第一个从自己房间里出来的人？

夏习清明白了，节目组是根据嘉宾的能力安排突破房间的难易程度，以保证大家能在差不多的时间里来到客厅这个集中地，否则嘉宾还没等碰头就已经逃出去，节目就没有看点了。

可为什么要把他和周自珩放在一起呢？难道只是为了话题度？夏习清一开始是这么认为的，可经过了两个房间之后他对这个节目组，或者说幕后编剧有了改观，总觉得对方的每一个安排都是有目的的。

所以究竟是为什么？

周自珩一直没有说话，大概是演员和歌手两个圈子交集不多，他和岑浔又都是不爱说话的性格，聊不上几句。

"大家好，我的名字叫阮晓。"那个长相甜美的女孩主动跟所有人打了招呼，夏习清觉得她面熟，但又不确定，对视的时候也对她笑了笑。

大家随意地相互介绍了一下，在宽敞的客厅里四处走了走。客厅很大，包含了一个半开放式的餐厅，有张大大的椭圆形餐桌，还有一排沙发。虽说东西不少，看起来不合理的东西却很少，谁也没找到什么有效的线索。

客厅有一道双开的大门，上面同样是一个密码锁，却有两个密码输入栏，上面那个输入栏有四个空格，旁边有九位数字可以选择，而下面一个却只有三个空格。

夏习清试着用手指触碰了一下下面的三格输入栏，在点击的瞬间，旁边的电子屏出现了输入键盘，上面是二十六个英文字母。

所以是要填单词？

"我们要不试试？"商思睿在旁边提议。

阮晓开口否决："26个字母选三个排列组合，26的三次方，17576种可能。"

听到阮晓这么说，商思睿神情复杂地笑了笑："当我没说，哈哈。"

夏习清倒是吃了一惊，门萨俱乐部的果然不一样啊，心算速度也太快了。不过阮晓说得没错，在这个游戏里，穷举是最不可能的方法，应该是有线索指引的。他四处走了走，发现沙发旁边的地板上画了一个正圆形的圈，正好可以站一个人。

"出局席？"跟着夏习清走过来的商思睿蹲在地上念着圆圈边写的字。

夏习清轻轻地"嗯"了一声："大概是投票处决时，被处决的人站的地方。"

商思睿站起来，正抬脚想踩一踩这块圆形的地板，夏习清又补充道："处决的方式大概是咻的一下掉下去吧。"

"啊？"商思睿赶紧收回了自己悬在半空中的脚，悻悻地笑着，"别吓我啊。"

"瞎猜的。"夏习清笑着转身，一抬眼看见站在餐桌边的周自珩，对方也正好看见了他，可又很快撇过脸去。

我有这么可怕吗？夏习清无奈地笑笑。

他走到了这间客厅的另一个房门，对着正在查看冰箱的阮晓和岑浠问道："你们俩应该不是被困在同一个房间的吧？"

阮晓摇头："我们是分开的。"说着她领着其他人走到了客厅的另一扇门前，也就是一开始岑浠和阮晓站着的地方。

"这扇门后面是岑浠姐的房间。"她推开门，里面的空间并不大，一股玫瑰香气扑面而来，夏习清微微皱起眉，这香味实在是太浓了。

这房间里的陈设和其他的房间有着很大的差距，米白色的墙上挂着许多裱好的画，床的另一侧立着一个画板，上面是一张什么都没有的白纸，整个房间的格调看起来倒更像是夏习清再熟悉不过的画室。

阮晓带着他们走到画室最左边的一个巨大的立柜前，她将衣柜打开，里面有好些衣服，她用手将衣服都挪到了一边，露出了通往另一个房间的门。

"这一间才是我的原始房间。"

众人依次通过那个"衣柜门"，夏习清1.83米的个子，过的时候都有些不方便。夏习清想到了周自珩，于是回头看了看，发现他没有跟上来，不知做什么去了，站在原地等了一会儿，果然看见他猫着腰十分艰难的样子，忍不住笑起来。

"欸，习清，你笑什么？"商思睿一脸迷茫地看了他一眼。

夏习清摇摇头，笑意在嘴角抿开。

"没什么。"

"那走吧。"商思睿想拽拽他的袖口,拽了个空,因为夏习清已经转身过去,站在衣柜后门那儿把门拉得开些,好让周自珩出来。

周自珩刚从衣柜里踏出来,抬头就看到夏习清那张漂亮的笑脸,不知道为什么,他觉得那种笑里面隐隐透着嘲笑,心情更加不悦,但碍于周围布置的镜头,只能用微笑掩盖过去,违心地说了句"谢谢"。

"不客气。"

这个男人每句话的尾音都像是在戏弄人,周自珩心想。

阮晓、岑溎和商思睿在前面走,夏习清和周自珩走在后面。这房间看起来像是一个女人的房间,里面摆放着一个精致无比的梳妆台,上面是各式各样的化妆品和香水,衣柜里也是各种昂贵的套装和礼服,欧式白色木艺床上挂着一幅肖像画,是一个穿着一身黑衣的女人,容貌姣好。

"这也是名画?"周自珩意外地先开了口。夏习清脸上带笑,点了点头:"克拉姆斯柯依的《无名女郎》,很有名的女性肖像画。"

走在前面的商思睿听见了夏习清的话,忍不住转过头一脸崇拜道:"我感觉习清就像一本行走的艺术百科大全,太厉害了。"

周自珩在心里想着,如果你想听各种物理公式和定律,我也能一条一条地讲给你听,连带着给你科普物理学术界各个大佬。

不过下一秒,他就被自己心里的幼稚想法给吓了一跳。

大概是太讨厌夏习清了,以至于都不想听到任何人夸赞这样一个狡猾虚伪的人。

夏习清和商思睿打着哈哈,没说几句,思维跳跃的商思睿就把注意力放到了阮晓的身上:"所以你是从这个房间里逃出来,进入了岑溎姐的房间?你一个人啊,好厉害啊。"

阮晓笑着摆摆手:"或许是我的房间比较简单吧。"她笑起来很甜美,又透着股和别的女孩不太一样的韧劲。

"是什么谜题?"周自珩难得地开口。

"嗯……一个数字华容道。"阮晓走到床头柜的首饰盒边,将它打开,里面是她破解出来的华容道布局,"我先是发现这个化妆盒有锁,觉得里面应该是有线索的,于是找了一下钥匙,打开华容道之后出现了一束红色激光。"

她试着按了按里面的一个按钮，果然出现了一道红色激光，直直地射在对面的墙角："我的门很奇怪，没有密码也没有锁眼，一开始我卡在根本没有找到逃脱方法上，后来我试了一下挪动化妆盒，发现利用对面化妆镜的反射，让红色激光照到门的金属把手上，就自动开锁了。"

"天哪……要是我可能一辈子也出不来。"商思睿佩服得五体投地。

"你不是也出来了吗？"岑涔笑道。

"我是托这两位大佬的福才出来的。"商思睿嬉皮笑脸，又自动地贴在了夏习清的身上。

夏习清也没推开，他忽然想到自己在其他房间找到的与逃离房间无关的信息，于是问阮晓："你有没有在自己的房间找到什么别的信息……我的意思是不太用得上的那种。"

阮晓的眉尾微微动了一下，但只有一个瞬间，她笑起来："没有啊，我感觉我的房间里信息不太多。"

她在说谎。

夏习清觉得奇怪，可又觉得这是情理之中。阮晓也是个聪明人，聪明的人都有戒备心，尤其对另一个聪明人有戒备心。现在所有的玩家都在场，她是断然不会把自己手上的线索随便说出来的。

只能自己找了，夏习清想。

大概是对聪明的人有着天然的好奇和崇拜，商思睿一直和阮晓聊着如何破解这个房间的门锁，阮晓和岑涔的房间又是相连的，两个人已经有了战友的关系，三个人很自然地走到了一起，从这个房间走到相通的房间，又从那个房间走到客厅。

夏习清没跟着他们，反而跟着女主人房间里布置好的特写镜头一步一步缓慢地走着，观察着每一个细节，直到他来到衣柜旁边，不知为何，忽然被一个小废纸篓吸引了注意力。趁着另外几个人都暂时不在这个房间里，他悄悄走到了衣柜边，却发现周自珩也过来了，两个人又一次同步。

他也是跟着摄像头，只不过是从反方向摸过来的。

两个人最后在这个衣柜前相遇。

"你也觉得不对劲？"夏习清蹲下来，将那个纸篓倒过来，碎纸片撒落一地。

周自珩点点头:"这个游戏教会我两点:第一,每一个碎片都不是偶然。"

夏习清不置可否地耸了耸肩:"还有呢?"

周自珩捡起一张碎片,抬眼看向夏习清的眼睛:"多任务并行的时候,要学会抓住重点。"

大家都专注于解密和逃脱,忘记了更加重要的一点。

"这个游戏不只是密室逃脱,如果不揪出'杀手',最后还是输。"

他说得一点也没错。这个节目最大的难点不是谁能第一个逃出来,而是普通玩家能不能找到"杀手"并将其"处死",否则一旦"杀手"成为最后的胜利者,所有人的心血都白费了。

夏习清想着,如果自己是"杀手",在这个时候会做什么。

首先是要尽可能地隐瞒自己的身份,把所有可能暴露自己的线索掩饰起来,但对"杀手"来说,暴露身份是不可避免的,毕竟他无论如何也要"杀掉"一个人。其次……

正思考着,周自珩又一次开口:"现在所有人都到齐了,第一轮投票处决也快了。马上就会有人出局。"

"太赶了。"夏习清抓了抓垂在前额的头发,眉头皱起,抬眼看向周自珩,"如果你是'杀手',在第一轮投票开始前会做什么?"

两人对视了一眼,眼神里交换着危险的信号。

"'杀掉'最有可能猜出'杀手'身份的那个人。"

夏习清轻笑一声,舔了舔嘴唇:"啧,太刺激了。"

自己不是"杀手",看着周自珩这么投入地寻找"杀手",肯定也不是,除非他的演技真的高超到可以完全伪装成一个普通玩家。

以他的演技,的确做得到,但夏习清此刻竟然更愿意相信他不是,如果他是"杀手",自己都不知道"死"了多少回了。

无论如何,夏习清很清楚,现在自己才是最危险的那一个。作为普通玩家,从一开始就找出了太多线索,唯一算得上盟友的人还对自己抱有敌意。

"我很好奇,你不相信我,那刚才阮晓说的话,你信多少?"夏习清问道。

周自珩没抬头,只低声道了一句:"解密思路是真,没有线索是假。"说完他指了指地上的碎片。

很中肯了。

果然，这个人只对自己有偏见。不知道为什么，夏习清竟然还觉得挺开心。

很显然，地上的碎纸片曾经是一份完整的文件，两个人半蹲在地上一起拼凑着，周自珩没有说话，他的脑子里仍旧一遍一遍地想着之前的那些碎片化的线索，害怕自己遗漏了什么，又害怕自己会因为对夏习清的第一印象产生误判。

安静的气氛下，夏习清忽然开口："你现在相信我不是'杀手'了吗？"

周自珩抬眼看他，那双深邃的眼睛望了他几秒，就好像要将他穿透一样。夏习清也没有一丝一毫的躲闪。

他想知道，周自珩企图从自己的眼睛里看到什么。

最后周自珩认输似的率先垂下眼睑和微颤的浓密睫毛。他什么也没有说，低头继续拼凑着那些支离破碎的纸片，就好像之前根本没有听到夏习清的提问一样。

夏习清早料到自己得不到他肯定的回答，没有答案已经是答案了，他并不十分在意，只是笑着发问："那你心里怀疑谁？"说完他又补充一句，"我的意思是除我之外，还有其他嫌犯吗？"

周自珩没有抬头，甚至没有过多的思考，直接给了他否定的答案："没有。

"你是唯一的嫌犯。"

夏习清听罢愣了愣，嘴角勾起笑意："那还真是荣幸。"

纸片在周自珩的手里渐渐复原，排列在地上，文件完整的封面渐渐出现。

"离婚……协议书？"他低声念出了文件上的字，想到了之前在商思睿那间卧室里找到的另一份文书。

"之前那个保险箱里的文件，是财产转移的委托书吗？"周自珩头也没抬地开了口，却没有得到回应，疑惑地侧过脸，发现夏习清正对着地上的字发呆。

他忍不住用胳膊肘碰了碰夏习清，对方才忽然反应过来，脸上的表情有些奇怪："啊，对，好像是的。"

虽然认识不太久，可周自珩已经见过这个人的太多面，懒散狡猾的、阴狠决绝的、虚伪做作的。可刚才那一瞬间，让他觉得意外。

夏习清意识到自己的情绪外露了，脸上的表情再次变了变，周自珩也发现自己过于紧盯他的脸，于是低下头看着那份被拼好的协议书。意外的是，周自珩发现这份协议书竟然还写得挺完整，下面还有一些关于财产分割和14周岁独子抚养权判定的叙述，这让他不得不佩服节目组的细致程度。

"看完了吗？我有话要说。"为了不被其他人看到，夏习清将地上的纸片收了收，放回废纸篓，压低声音将自己厘了很久的思路告诉给周自珩。

"你跟我来。"说着他站起来，拉着周自珩宽大的冲锋衣袖口就往衣柜那儿走。

商思睿看见这两人，在另一头喊道："哎，自珩，你们……"

周自珩也没有反抗，反而对商思睿说："我们去那个房间看看有没有什么别的线索。"谁知说完这句话，原本抓住自己袖口的那只手换了换，直接抓住了他的手腕，周自珩愣了一下："喂……"

夏习清不管不顾地把他带到了另一个房间，松开了他的手，轻合上了衣柜门。

"你有什么话要说？"周自珩看着他的眼睛。

"现在人到齐了，"夏习清走到那张床跟前坐下，房间里的玫瑰香氛熏得他有些头晕，"也就是说，我们几个人之中一定有一个'杀手'。"

周自珩双臂抱胸，表示认可地点了点头。

"你有没有发现，每个房间的线索都是两条线，一条线是每个房间专属的，只要连上了就可以解锁房间，另一条线索则是跟逃脱单间密室无关的。"夏习清难得地露出认真的表情，逐一分析起他们所掌握的线索，"书房里关于约会的便笺、卧室里餐厅的预订页面、财产转移委托和只剩下空壳的病历，刚才那个女人卧室里的离婚协议书……"他顿了顿，目光看了看自己身处的这间房，"所以，这一间应该也有跟解锁无关的线索。"

"你觉得这些线索是用来干吗的？"

夏习清整个人后仰倒在床上，这些信息都太破碎了，他觉得有些头疼，扯开了后脑扎起的发圈，抓了抓头发，偏过头去的时候不经意间发现了墙上的一幅画。

"你怎么不说了？"

原本躺在床上的夏习清坐了起来，他的头发散落在耳边，看起来更加温柔。他走到挂着画的那面墙边，仔细地端详着上面的一幅幅画，最后给出了一个肯定的回答："这个家的男主人的确是偷情了。"他回头看向周自珩，继续道，"偷情的对象就是这个房间的主人。"

"因为这个房间的玫瑰花香？"周自珩其实也有些怀疑，但没有更具说服力的证据，他并没有妄下论断。

夏习清摇摇头："不完全是。"他指了指墙上挂着的一幅画，画中是一对相拥的男女，白色衬衣勾勒出男子肌肉的线条，有力的手臂揽住了女人的腰肢，他们的身后是错落的红色帷幕和分明的明暗光影，"这幅画是弗拉戈纳尔的《门闩》，主题就是偷情。"

走过来的周自珩仔细看了看这幅画，对艺术没有任何先验知识的他只能发问："怎么表现出来的？"

夏习清享受被周自珩询问，更享受解答的过程，他微微勾起嘴角："看见右下角的花了吗？那是这个男人给他的情人带来的，但是他一开门见到这个女人，情难自抑，直接将花扔在了地上，一只手搂住她的腰，另一只手伸过去想要拴上门闩。"他侧脸望了一下周自珩的眼睛，"你能想象那个画面吗？"

周自珩忽然被噎了一下，脑子里还真冒出那种刺激的偷情画面了。

这个人怎么这样，每次都这么直白地问他，他以后大概都无法直视"想象"这个词了。

为了掩饰尴尬，周自珩皱了皱眉，生硬地转了话题："所以呢，这幅画跟这个房间有什么关系？"

"不止这一幅，这个房间的所有画，不是跟爱情有关，就是男子的肖像画。再看看这张床边的画板，还有衣柜里的衣物，可想而知，房间的主人就是个女画家。"夏习清走到画板的跟前，"我总觉得这些房间里的线索连起来是一个故事，像是有剧情的。"

主题式的密室逃脱游戏，大部分是在设定好的剧情里一个一个推出谜题的，可这个真人秀不是这样，每一个房间似乎都是独立的，但又有一个独立于房门密码的线索链，在一步步揭开剧情。

究竟是一个什么故事？夏习清觉得现在有的线索很乱，没办法组合到一起。

一定是漏掉了一个最关键的点。

凝视着夏习清的侧脸，周自珩发现他的下巴那儿有一处不易被察觉的疤痕，看起来有缝过针的痕迹。老实说，夏习清认真起来的时候顺眼多了，加上那一张漂亮无害的脸，可以骗过所有人。

心里不断地挣扎着，时间也一分一秒地流逝。

周自珩从来没有觉得做出一个选择这样艰难。

已经过去了好几个小时，马上就会开始第一轮的投票，他没办法确认第一轮会不会有人被"处决"。

唉。

周自珩有些无奈地将手放到外套口袋里，拿出一个深棕色滴管瓶递到了夏习清面前。

夏习清有些意外，接过瓶子的时候看了周自珩一眼，对方脸上的表情别扭得要命，他都形容不出那是一种什么样的表情。

他忍不住笑起来："这是什么啊？"

又是这种轻佻的尾音，周自珩的心里不由得烦闷起来，甚至已经开始后悔把自己独有的线索分享出来的决定。他看着夏习清细长的手指，圈着棕色广口瓶的瓶口。

想收回来，现在就从对方手里抢回来。

见周自珩不说话，夏习清看着他的眼睛，挑了挑眉尾："你怎么不说话？"这一次的尾音拖得更长了。

周自珩咳了一声。

算了，给都给了。

"我刚刚在客厅发现的，掉在了餐桌的一角。"夏习清看了看瓶子，上面贴着一个标签，写着化学符号。

"这是氰化物，有毒。"周自珩发挥了理科生的作用，直截了当地告诉了夏习清答案，听到这三个字，夏习清愣住了，所有的线索在这一刻都在脑子里汇集。

难怪……

难怪书房的桌子上插着白菊，家具都蒙上了白布。

"男主人被杀了。"夏习清抬眼看向周自珩，对方轻轻地点了点头，对他说："这样剧情是不是就串起来了？"

没错，没错。夏习清开始试着串联起之前的线索："男主人出轨女画家，试图转移财产，和女主人离婚。他现在死了……"

"照常理来看，女主人的嫌疑最大。"周自珩接道，"撕碎离婚协议，一时情急杀掉男主人也不是不可能的。"

夏习清的眉头微微蹙着："很明显，男主人收到了女画家的邀约，去 Sophia 餐厅，或许男主人最后没能和妻子离婚，选择了家庭，那么画家也不是没有杀人的可能。"

周自珩看着《门闩》那幅画："你说得也有道理，太多信息是通过画给出的。"

如果不是有夏习清这种专业人士在，很多线索都会变得模糊，可他的视角会不会过度解读？

也不一定。

"对，画给了很多信息，"在周自珩的提醒之下，夏习清试图整理出没有得出有效信息的画作，"这个房间里的画大部分是在提示女画家和男主人的暧昧关系，女主人房间里挂着的那幅《无名女郎》，还有我们的房间里……"

挂着《着衣的马哈》。

他忽然想到了画中马哈的穿着，眼神放空，愣愣地开口："你发现了吗？马哈身上穿着的衣服……"

周自珩沉着地"嗯"了一声："和岑淯身上的一模一样。"

玩家，实际上对应了密室剧情里的角色。

夏习清难以置信地将手指插进发丝间，眼睛看向《门闩》那幅画，还有墙上的男子肖像，他们的共同点之一，就是都穿着白衬衫。

"所以我对应的就是那个男主人？"

玩家自己都不知道自己有角色上的对应，完全被蒙在鼓里，到了线索渐渐还原之后才会发现。

谁写的这么"细思极恐"[1]的剧本？

周自珩皱着眉："如果是按照这样的思路，每个玩家，被分配到哪个房间，就自动赋予了哪个房间主人的身份。像你，一开始的时候连造型都是节目组安排的，现在看来都是设定好的，但是不会提前告知，这样才有浸入式的游戏体验。"

"就是为了刚刚那一刻。"夏习清往椅子背上一靠，脚踩在画板的架子上，

---

1 指仔细想想，觉得恐怖到了极点。

成功被编剧骗到的他有些不爽，"为了能让玩家在发现真相的时候惊叹一把。"他很快又发现了不合理的地方，"可是我和你都是第一间房的玩家，那个书房的主人应该只是男主人才对，如果我对应的是死去的男主人，那你是谁？"

周自珩微微皱眉，这也是他疑惑的地方，他看了看夏习清身上的白衬衫，又想到其他几个玩家的着装，最后看了看自己的冲锋衣。

"节目组没有安排我的造型。我就穿着自己的衣服进来了……"周自珩试着推理，"你扮演的是死去的男主人，所以你的眼睛被蒙上，双手双脚都无法活动，因为你已经'死'了，我帮助你逃脱出来，找寻真相……"

"你是类似侦探的角色，或者说是这个密室真正的突破者。"夏习清已经可以下定论了。

自己是死去的男主人，周自珩是侦探，阮晓是女主人，岑涔是女画家，商思睿是孩子。

那么，从他们五个人之中找到"杀手"这一难题，就转化成了寻找杀人凶手的问题。

所有碎片化的线索就像是被拆散的拼图一样，在找到每一小块并将它们复原的那一刻，才能看到全貌。

夏习清低头看着自己手上的"毒药瓶"，将它还给周自珩，他抓了抓自己的头发，露出略微带些美人尖的额头，一双桃花眼亮亮的："哎，你给我透了这么大一个底，我也告诉你一个秘密。"

我一点也不想知道你的秘密，周自珩心想。

但摄像头对着，他没能直接说出口，夏习清又一副"我等着你问我是什么秘密"的表情仰望着他的脸。

周自珩只好言不由衷地开口："什么秘密？"

"我怕黑。"

就知道这个人的嘴里没有一句真话。

周自珩扯了扯嘴角："哦，是吗？"

"我是认真的。"夏习清脸上的笑意收敛了许多，撇过头去看着面前的画板，"所以……如果之后有黑屋子，不想被拖后腿就丢下我吧。"

说得好像我多喜欢跟你待在一块儿似的。周自珩第一反应有些别扭，可冷静下来后更加别扭，气氛突然变得很陌生，让他有点束手无策。这个人平时说话总是三分真七分假的，周自珩不得不怀疑，可他现在的语气，似乎和平常又有很大的不同。

还没等周自珩回过味儿来，夏习清很快又转换了表情，伸出两条长腿，一只脚就快蹭到周自珩的鞋，他笑着伸了个懒腰："你现在相信我不是'杀手'了吧。"

周自珩吃过一次亏，嘴硬得厉害，直接回避他的提问，低下头，眼神掠过他的皮鞋，还有西装裤腿和鞋口间洁白的脚踝。

一个男人，怎么这么白？

"反正我的嫌疑也排除了。"周自珩避开了他的提问，只谈自己。

"剩下的三个……"夏习清还是觉得，大部分的线索指向了女画家，包括第一个房间里的《着衣的马哈》，"第一个房间里的画，会不会暗示着什么？我始终觉得第三者的嫌疑最大。"

第三者……

他竟然用了这么尖锐的表述。

周自珩看着夏习清的表情，知道他已经浸在游戏里了，可这完全违背了他在第一个房间里说过的话。

"玩这种游戏，代入感不能太强。"

他试图将夏习清拽出来："画的确给了很多信息，可是你想，几乎每个房间都有画，第一个房间是《着衣的马哈》，目的大概是希望我们在看到岑涔的时候发现她的身份，或者说岑涔进入我们的房间之后发现自己的身份。这个房间里的画提示画家和男主人的私情，以及你的身份。女主人的房间只有一幅半身肖像画，也是穿着黑色的上衣，目的是暗示阮晓对应的身份。第二个房间……"

夏习清有一搭没一搭地听着，有些出神，手指不由得抚上画板上的白纸，却忽然发现有些不对。他再一次仔仔细细地抚摸画纸的每一寸，确定了自己心中所想。

这不是单纯的白纸。

坐在画板前的夏习清看了看一边木柜上的绘画工具，拿起画笔在水中蘸湿，蘸了水彩颜料抬手就要往纸上画。

"你干什么？"

夏习清笑着落笔："很显然，我要画画啊。"说完，他斜斜地握着画笔，原本周自珩以为他又在犯病，没想到纸上渐渐出现了一些字样，是颜料无法附着上去的部分。

他将纸从画板上取下来，周自珩也凑近了些。"果然，你看……"

"你们在干什么啊？"商思睿的声音忽然出现，打断了夏习清的话。夏习清下意识地将纸按在画板上，不动声色地从桌上拿了几张白纸放在上面，遮住之前那张，几张一起夹住。然后他沉着地转了转手里的画笔，在白纸上随手画了些线条，保持着这个姿势回过头，看向了靠近的商思睿和岑浠，还有跟在后面的阮晓。

不知道为什么，夏习清觉得岑浠看着自己的表情有些奇怪，难不成在怀疑他是"杀手"？

还是说，岑浠是"杀手"？

各种猜想在脑子里碰撞，如果是平时，静下心来他的逻辑一定会更清晰，可现在他还必须面对其他的玩家，在减少对自己的怀疑的前提下去搞明白谁才是幕后黑手，实在有些令人分身乏术。

"自珩，你有什么发现吗？"

周自珩的手放在口袋里握着那个毒药瓶，面无表情地开口："有一点我觉得挺可疑的，刚刚在那个房间发现了一张撕碎的离婚协议书。"

想要消除嫌疑，只能牺牲次要线索转移他们的注意力了。

"在哪儿？"

"我带你们去。"说完周自珩抬脚走向刚才那个废纸篓。

"习清，你坐着干吗？"商思睿并没有跟过去，反而走到夏习清的身边。夏习清的手还在纸上飞速地画着："啊，就是看见有画板什么的，有点手痒，想画画了。"

"好厉害啊。"商思睿看着画板上渐渐成形的线条，佩服极了，"你画得好好看啊。"

带着阮晓和岑浠从另一个房间回来的周自珩从衣柜里费劲地钻出来，绅士地替后面的两个女生拉住衣柜门，让她们出来。"小心。"

带着她们看了离婚协议书，周自珩心里思考着是不是减少了一点怀疑，他不自觉地走到画板跟前。连他自己都没有发现，他已经把夏习清视作这场游戏里唯一可以信赖的人，会下意识地靠近对方所在的区域范围。

"你真的好厉害啊，我从小就很崇拜会画画的人。"

"下次多花点时间，给你画一幅。"夏习清侧过脸，冲站在一旁的商思睿笑了笑，眼睛眯起的弧度很柔和、很阳光，和他对着自己露出的那种笑完全不一样，怎么形容呢？那种笑连眼角都透着一股子邪气。

怪扎眼的，周自珩丝毫没有注意到，自己的视线已经完完全全钉在了夏习清的脸上。

这个表里不一的人，真的无时无刻不在玩儿套路。

他表情冷硬地走到画板前，却发现，夏习清就着之前的红色水彩颜料，画了一朵盛放的玫瑰，花瓣温柔地舒展在洁白的纸张上，柔软又艳丽。

血红的玫瑰花，苍白的纸张，夏习清的侧脸。

有种莫名契合的感觉。

"你真的要给我画吗？我可以要那种实体的吗？"商思睿有些激动地解释道，"就是那种可以挂在家里的。"

"没问题，闲下来给你画幅大的，油画怎么样？"夏习清没看他的脸，随意地握笔收了个尾，习惯性在画纸的右下角签了个"Tsing"。

"和大画家做朋友也太爽了吧。"商思睿连连感叹。

夏习清把笔搁在了桌子上，转过头对他笑起来："你太夸张了。"谁知一回头正好看到周自珩的脸，有些意外。

没想到他一直站在背后，不过这是什么表情啊？一副不太高兴又有些惊讶的样子。

真是奇怪。

夏习清脸上没有什么变化，心里却有些想笑。他回过头，抬手将夹子打开取下那张画着玫瑰的画纸和藏在下面的线索纸，人也跟着站起来走到周自珩的身边，把画随手叠了几下直接塞到了他的冲锋衣口袋里。

"送你。"夏习清拍了拍他的口袋，冲他露出一个看起来很爽朗的笑，"别嫌弃啊。"

就在那个笑容里，他和周自珩交换了一个眼神，然后假装什么都没有发生一样转过身子，揽住商思睿的肩膀，开始说些有的没的。"阮晓那个房间里有一张离婚协议书，我觉得应该跟那什么有关，你看了吗……"

周自珩将手伸进口袋里，里面的纸张散发出一种奇妙的温度。

"谢谢。"周自珩最终还是冲着他的背影开了口。

你是该谢我。夏习清没回头，只朝背后扬了扬手。

他在画上颜料的时候，看见了纸上空白痕迹组成的字迹，只有四个简简单单的词语。

沙发 手电筒 书房 关灯

刚离开没多久，室内音响就传来了节目组的通告："各位玩家请注意，距离全员投票处决还剩三十分钟的时间。倒计时将会显示在各位的手机屏幕上，请在规定时间内选出心中怀疑的'杀手'人选，前往餐桌共同完成处决。"

时间这么紧张吗？夏习清不自觉地皱起了眉。

这样的游戏类似于"狼人杀"，所有人的身份都在黑匣子里，谁也看不见，只能相互猜疑，甚至连投票都是通过手机这种变相无记名的方式进行的，谁也不知道身边的人会投谁。

如果草率地做出决定，很可能会错杀无辜，甚至影响最后的结果。

老实说，这只是真人秀，一个无关紧要的游戏，但是夏习清偏偏最讨厌失败的"游戏结束"。他是为了追求胜利而活着的那类人。

如果没有可以佐证事实的证据，不能随便做出决定。

夏习清领着商思睿来到了之前那个女主人的房间，遇到了还在里面的岑涔和阮晓。直到这一刻，夏习清依旧认为她们之中存在一个"杀手"，但他没有证据，也没有足够的线索来佐证。

如果试探的话……太容易暴露了。

"习清，"没想到的是，阮晓竟率先叫住了他，"我想问你一些关于画的问题，我不太了解艺术方面的知识。"

夏习清绅士地微笑着："当然可以。"

商思睿笑了起来："不知道为什么，你们俩一起的画面让我联想到贵族小姐和艺术家的浪漫爱情故事，哈哈哈。"

原本因为倒计时紧张起来的气氛变得活跃很多，岑浠却打破了这其中微妙的平衡。

她那张冷淡的脸上总是没什么表情，此刻却露出了些许狐疑，深红色的口红将她的脸色衬得更冷了："你学艺术？我有点想不明白，一个学艺术的人为什么可以那么快地解出这些题目？难道是全凭你的艺术天赋吗？"

尽管这些话都是出自合理的揣测，任何一个不了解夏习清的人都有可能说出这样的话，但是岑浠明显抱有更多的敌意，这让夏习清心里觉得很不舒服，准确地说，是不爽。

但他还是微笑着回答："我是学艺术的，但数学是我的爱好。就像凡·高说的，他的画是精密的计算。一个可以被称为优秀的艺术家，往往都具备深厚的数学功底，或者灵敏的数学嗅觉。"

站在一旁的商思睿因为后半句话笑了起来："习清画画也很厉害啊，不过他数学是真的很好，刚才我们在那个房间的时候很多都是习清解出来的，'大神'级别。"

夏习清微微皱了皱眉，这是一个很细微也很短暂的动作，他心里觉得不对，但说不出是谁的话不对还是气氛的原因。

"是吗？"岑浠笑了笑，"我一直在猜，'杀手'本身是不是也有多出普通玩家的信息，否则他单打独斗似乎太吃亏了。所以……假如你本身就不是普通玩家呢？"

她这么问……是在试探自己，还是在反咬一口？夏习清无法确定，但他很清楚，自己现在的处境非常危险。

所有人都等着夏习清的回答，却见他露出一个没有破绽的微笑，看起来既友善又温和，说出的话却非常果决。

"如果我真的是'杀手'，我要做的第一件事，就是'杀掉'周自珩。"

岑浠明显没有预料到他会说出这样的话，在她的眼里，夏习清和周自珩等同于盟友。"可是你们从逃出房间后就一直在一起，你们不是……"

"现在呢？我和他在一起吗？"夏习清双手抱胸，笑着靠在墙上，"现在自珩在哪儿呢？"他的眼睛扫了扫周围的几个人，阮晓的脸上依旧看不出表情，岑浠也不说话了，反倒是商思睿，干笑了几声："不可能吧，我觉得不会是自珩哥，他一直都在很认真地解谜……"

"我也是啊。"夏习清眨了眨眼睛，"我难道不是在很认真地解谜吗？"

他顿了顿，继续说道："我告诉你们一个很重要的情报，从一开始，我的逃脱难度就比周自珩高，手脚全部被绑住，连眼睛都蒙上，而他却可以轻松逃脱，你们不妨想一想，节目组怎么可能给'杀手'设置得那么难？反而是自珩，从一开始思路最清晰的就是他，照岑浠你的观点，他难道没有可能是拿了剧本的？"

说完，岑浠神情复杂地看着夏习清，一本正经胡说八道的夏习清也无所畏惧地看着她，片刻后，岑浠抬脚准备离开这个房间，反被夏习清叫住："劝你不要去找他，如果他真的是，被发现了身份，你一定'活'不了。"

岑浠的脚步顿住了，尽管她不那么愿意，但她不得不承认，夏习清说得的确有道理。

夏习清观察着她脸上的表情，心里暗笑。

数学的确只能算作爱好，捉弄人心才是他真正擅长的。

他不能让自己就这么被投出去。他相信，这么一番"带节奏"的话，对于阮晓来说属于无效干扰，动摇不了她那种人，岑浠却不一样，如果一开始她手里的票是给自己的，那么被扰乱思路之后，说不定会给谁，这就为自己生存下来创造了空隙。周自珩这种安全人物，多上岑浠这一票也无关紧要。

可是商思睿会投谁呢？夏习清看向他，却发现他在发呆，似乎在想什么心事。

"先别猜了，"阮晓冷静地打破了僵局，"你还是给我讲一下这些画吧。"夏习清不置可否地点了点头，站直了身子走到阮晓身边，抬手指了一下墙上的《无名女郎》："你是想问这幅吗？"

正抬头看着《无名女郎》的阮晓先是点了点头，很快又给出了否定答案："不只是这一幅，每个房间的画我都觉得有问题，节目组是不可能随随便便挑这些画来当作装饰品的。"

虽然阮晓手里的线索比他和周自珩少很多，但她的直觉很正确，夏习清明白了她的意思，于是开口道："你说得没错，不过也不是每个房间都有画，除了客厅，我记得……"他看向身边的商思睿："你的原始房间就没有画，对吧？"

商思睿先是愣了愣，然后想了想："对，我房间没有画，客厅也没有。"

他为什么犹豫？

"你一进去的时候就是没有画的吗？"夏习清再一次问道。

这一次商思睿没有犹豫，非常肯定地回答："嗯。"

夏习清缓缓地点了点头，眼睛离开了商思睿的脸，就在此时，岑滂提出要回到自己的原始房间，走之前还回头看了一眼商思睿："思睿，你过来帮我搬一下床，我想看看下面有没有什么线索。"

商思睿应了一声，跟着岑滂出去了。

这么长的时间，周自珩那边应该已经找到线索了吧……夏习清还是有些担心，怕他被岑滂和商思睿干扰。

如今最关键的线索就在周自珩手上了。

听到衣柜门关上的声音，阮晓从自己的晚宴包里拿出一张叠起来的纸，什么话都没说，直接递给了夏习清。

这一举动出人意料，但又在情理之中。这个阮晓果然是个聪明人，她做出这样的决定，大概已经排除了自己的嫌疑。

夏习清接过纸看了一眼。

这是一份病历的内页，上面写的一行字很快夺取了他的注意。

"患者，男性，14周岁，经诊断患有双相情感障碍。"

双相情感障碍，那不就是躁郁症？抑郁时会出现情绪低潮，狂躁时情绪难以自控，会做出一些思想上不可控的极端事件。

"你在哪里找到的？"夏习清有些惊讶，他一瞬间联想到了之前商思睿房间里的那个只剩下空壳的病历袋。

"商思睿房间，藏在衣柜里的一件大衣里。"阮晓轻声回答，"藏得很深，感觉不像是节目组放线索的方式。"

错了。

从一开始就错了。

夏习清靠在了墙壁上，脑子里飞快地过着之前发生的所有事，才发现从最初的碰面开始，几乎每一个对话和动作都是精心设定好的圈套，等着他去跳。

他原本以为，按照一般节目的设定，嘉宾之中一定会有那么一个人拿的是新手剧本，可是他搞错了对象，真正一无所知的实际上是看起来难以接近的岑涔。不仅如此，他天生对于第三者的偏见也导致他在判断上出现了偏差。

夏习清眼神放空，在短暂的时间里飞快地思考着"杀手"的战术，如果他可以利用处决这一个公共出局方式，再加上他的黑暗权力，那么就可以除掉两个人。

这两个人，不用说，一定是自己和周自珩。

站在"杀手"的角度分析完所有可能的方案，夏习清终于明白了。他抬眼看向阮晓："你帮我演一场戏。"

阮晓觉得有些不对，这个人明显已经知道"杀手"是谁了，现在马上就要开始投票了，在这个时候最保险的做法难道不应该是拉拢场上的玩家，在投票局保证自己不被投出去吗？可是他这个样子分明就是要搞事情。"你要做什么？"

夏习清将前额的头发向后抓了抓，无意识地舔了一下干燥的下嘴唇。

"自杀式攻击。"

岑涔看着空无一物的床底，有些焦虑："还是没有线索吗……"她转头看向商思睿："思睿，现在怎么办？"

商思睿叹口气："还是等着待会儿的处决投票吧。"他把手机拿了出来，屏幕上显示着投票的倒计时，"还有十三分钟。"

"那我们投谁？还是之前的吗？"

商思睿鼓了鼓嘴，眉头皱在一起，像个没有抢到糖果的小孩儿："岑涔姐，你不会这么快就被习清说服了吧，你真的觉得自珩会是'杀手'吗？反正我不觉得，自珩的各种表现看起来都不像是一个反派角色，何况他本来就是学霸，思路清晰，解题迅速不也很正常？我们现在要做的事就是尽早把最有可能的人投出去。"

岑涔犹豫了一会儿，不确定地发问："那我们再去游说自珩和我们一起？"

商思睿摇了摇头："自珩就算了，他之前一直跟习清一路，不一定会听咱们的，阮晓之前已经和我们说好了，如果我们这三票都投……"忽然，他听到了什么声音，于是轻手轻脚地打开了衣柜的门，阮晓的声音从另一个房间传了过来。

"那好吧，我跟你投自珩。"

夏习清的声音也出现了。

"相信我，他一定有问题。"

听见两个人的脚步声靠近，商思睿很快退开了些，夏习清和阮晓从衣柜那儿走了出来，看见商思睿和岑涔站在被搬开的床边，夏习清开口："找到什么有用的线索了吗？"

商思睿哀叹一声："没有……感觉找不到了。"

夏习清挑了挑眉，冲阮晓使了个眼色："那我先去找自珩了，你要一起吗？"

阮晓看了看岑涔，岑涔也看了看她，冲她使了个眼色，阮晓的脸上露出些许犹豫："我……我就先在这边吧。"

商思睿脸上的表情明显松懈了许多。

看着三人没有要走开的意思，夏习清心里舒了口气，他脸色淡然地离开了女画家的房间，还体贴地为他们带上了房门。

如果夏习清没有猜错，商思睿和岑涔一定会努力说服阮晓跟着他们一起投自己出局，在这期间，阮晓和他们俩的周旋就可以为他腾出找证据的时间。

商思睿不傻，一定会发现自己的计划正在落空，到时候一定会因为害怕事情败露，情急之下"杀死"夏习清。

而这正是夏习清想要的。他要逼着这个"杀手"用掉自己唯一可以主动"杀"人的权利，这样就再也不会对周自珩造成威胁。

前提条件是，他真的可以在"死"前找到证据向周自珩证明商思睿的身份，否则以周自珩对自己的偏见，恐怕是不会相信自己的一面之词的。

客厅里空无一人，夏习清不知道周自珩现在究竟在哪儿，也没有时间知道了。

他拿出手机看了一眼倒计时，还有八分钟。

快步朝商思睿原始房间走着的夏习清，将白衬衫挽到手肘，进门之后直接走到了摄像头对着的那面空墙壁，再一次确认，那两颗钉子依旧在那儿，也的确在那儿。

这里一定有过画。

夏习清将衣柜里的每一件衣服都取了下来扔在地上，衣柜一下子变得空空如也，什么都没有。夏习清试着代入当时商思睿的想法去考虑问题。

照其他房间的画来看，这里的画应该也是被装裱过的，除非他把框卸下来了，不，不会的，太麻烦了，而且没有工具。商思睿连病历都没有带出去，那么大的一幅画就更不可能了。

夏习清环视了一下整个房间，画一定是被藏在了这个房间的某个角落里。

在哪儿，究竟在哪儿？

情形实在紧张，夏习清感觉自己的手心都冒出了汗。

他吸了口气，试图让自己冷静下来。站在衣柜面前的他仔仔细细地扫视着整个房间，这间房并不大，可以藏匿一幅画的地方也不算多。

地毯？不可能，他们踩过好几次。夏习清掀开了地毯，果然什么都没有。圆桌下？不会的，他还是弯腰查看了一下，背面什么都没有。

不会是这么明显的地方。

他走到了床边的立柜前，将所有的抽屉都打开，里面也没有画，事实上也装不下一幅画。

夏习清的视线最终停留在了床上。

他忽然想到，之前他们得到那张捡钢笔的备忘录时，自己提出要将床挪开查看，商思睿一开始是不情愿的。

想到当时商思睿的表情，夏习清可以确定，床一定有问题，他立刻将这张道具床上所有的床上用品扯了下来，一一扔到地上，只剩下光秃秃的床板。

没有。还是没有。

不可能的。

夏习清试图再一次代入商思睿的角度，回想当初的种种细节，他脸上的表情，他说过的话。

记忆变得模糊，夏习清唯一确定的是，商思睿不愿意他和周自珩将床挪开。

这说明"挪开床"这件事本身很容易暴露商思睿藏起来的画。

他想到了一种几乎没什么可能的可能。

夏习清独自将床挪动，准确地说，并不是挪动，而是挪到墙边后抬起了一侧。这张重量很轻的道具床轻而易举地被他侧放在地上，床面靠着墙壁，整个床底完完全全暴露在他的眼前。

如他所料，床底贴着一幅油画，被宽胶带草率仓促地固定起来。

这幅画的主人公是一个长着一头浅棕色长发的美貌青年，被一只人面兽身的女妖紧紧缠绕，女妖美丽的面孔仰望着少年严肃的双眼，两只兽化的利爪紧紧抓住他的胸膛，眼神中充满了诱惑。

这幅画夏习清再熟悉不过，是古斯塔夫·莫罗的《俄狄浦斯和斯芬克斯》。

俄狄浦斯几乎是古希腊神话中最负盛名也是最具有悲剧色彩的人物。

他善良而聪慧，充满了人性之美，然而终其一生都没有逃脱弑父的神谕。

"俄狄浦斯……弑父……"夏习清皱起眉头，果然，一开始就被骗了。

这幅画就是指示"杀手"身份的最大线索。出轨的父亲，关系紧张的父母无心对他施舍关爱。

只能用字条和父亲沟通的乖巧儿子，是抑郁症病发时的低潮状态。

狂躁症病发时，他杀掉了背叛家庭的父亲。

这样的剧情，真实到令夏习清感觉不适，但当下的紧张感又稍稍稀释了生理上的不适。他半跪在地上，试图扯开胶带将画取出来，可是实在粘得太紧，他费了很大力气也只扯下几条胶带。

"习清？习清，你在哪儿？"

是商思睿的声音。

夏习清心跳都快了起来，他以最快的速度判断了事情的紧急性，选择放弃扯下这幅画。

这件事不能只有他知道，他必须告诉别人。夏习清原本打算拿到这幅画，给怎样都不相信自己的周自珩，有了最有力的证据，他才会相信自己说的话。可现在来不及了，直接解释给他听吧。

他的时间不多了，商思睿一定等不了。

在他"杀"了自己之前，要把所有的胜算都押在周自珩的身上。

夏习清立刻走到了自己原始房间的那扇门前，试图碰碰运气看看周自珩在不在里面，如果不在，那就麻烦了，商思睿已经堵在客厅。

刚推开书房的门，夏习清就发现里面一片漆黑。

一瞬间，他感觉到严重的呼吸不畅，甚至出现了眩晕感。

他有些犹豫，脚步不受控制地滞住，那个黑色的房间就像是一个没有尽头的黑洞，危险而未知，黏稠的黑色从光与暗的边界渗透过来，吸附在他的脚尖、他的双足、他的小腿，将他整个人活生生地拖拽进去。

好难受……

夏习清伸手慌乱地摸着房间门口的灯开关，手腕却忽然被另一只手抓住，那只手拽着他走了几步，直接走进了房间里。夏习清觉得难受极了，甚至情绪失控想要骂脏话，正当他忍不住想开口的时候，那个不讲理的人将他推在了墙壁上，捂住了他的嘴。

"嘘。我发现了线索，可以出去……"

是周自珩的声音。

过强的应激反应让夏习清甚至都忘了问周自珩，为什么第一时间就知道是自己，明明什么都看不见。

门外，商思睿的声音越来越近。

嘴被捂住，没法说话，可周自珩的力气又大，夏习清只好狠狠咬了一口他的手掌。

周自珩吃痛地松开手："你干什么？"

"我出不去了。"夏习清背靠着冰凉的墙壁，喘着气，声音带着些许嘶哑。

黑暗中，他费力地摸索着抓住了周自珩的手，声音又沉又急："商思睿是'杀手'，你相信我，这一次我绝对没有骗你。"

这句话夏习清说得急促而慌乱，周自珩的心跳忽然快了许多，心猛烈地在胸腔撞击着，他说不清为什么，大概是觉得黑暗中的夏习清太陌生了。

没来得及多说上一句，多解释一句，天花板就传来了那个熟悉的带着金属感的声音。

"玩家夏习清，死亡。玩家夏习清，死亡。"

重复的死亡通告在头顶盘旋，在黑暗中扩散。

尽管视野里的一切都是无止境的黑色，可周自珩能感觉到，抓住自己的那双冰凉的手松开了，手指渐渐地离开了手腕加速跳动的脉搏。

"从现在开始，玩家夏习清失去话语权，请前往客厅的出局席等待出局。"

周自珩将房间的灯打开，才看见靠在墙壁上的夏习清，他的额角满是细密的汗珠，唇色苍白，半垂着头，胸口小幅地起伏着。

不知道为什么，周自珩会不自觉将此刻的他和那朵纸上的玫瑰联系在一起。

脑海里忽然出现了夏习清之前对自己说的话。

"我怕黑。

"如果之后有黑屋子，不想被拖后腿就丢下我吧。"

他说的是真的……

原来他真的怕黑。

相识以来，夏习清在周自珩心里的形象负面而强大，过于狡猾，过于自信，过于聪明。这样的人好像无论如何也不会有什么软肋，可现在，他的软肋就暴露在自己的面前。

周自珩说不出这是一种什么样的情绪，好像获得了某种特别的权利，又好像产生了一点异常的保护欲。

这个词从脑海里诞生的瞬间就被周自珩自我否决了，他无法想象自己是如何把夏习清这种人和保护欲联系在一起的。

大概是快被这个真人秀给逼疯了。

夏习清一动不动地靠在墙上，似乎在等待恢复。

聪明又狡猾的反派第一个出局了。不知为何，周自珩的心情有些复杂。

说不上意料之外，因为夏习清实在是太聪明了，锋芒毕露的人总是容易出局。可周自珩想不通，他为什么不藏拙呢？

他又怎么知道，夏习清岂止是不藏拙，半个小时倒计时开始之后，夏习清几乎是拼尽全力把商思睿的所有注意力往自己身上引，目的就是打乱商思睿最初的计划，让周自珩能安全逃脱。

反正在他的心里，只要"杀手"不获胜，作为牺牲品的他也不算输。

夏习清一只手撑在墙壁上，身体缓缓直起来，转身想走到门口。

"喂……"

夏习清转过头，视线没有对上他，疲惫地低垂着，修长的食指放在唇边，没有说话，他的额发有些乱，垂到了鼻尖，遮住了那颗漂亮的鼻尖痣。

他已经失去话语权了。

周自珩也没再说话，跟着他一直走出了书房，穿过那个卧室来到了客厅。

岑溇、阮晓和商思睿都在客厅站着，阮晓脸上的表情很严肃，似乎已经预料到这个结果，岑溇脸上的表情更加难看些，她的眼睛在两人身上瞟着，先看了看前面的夏习清，又看了看夏习清背后的周自珩。

夏习清觉得稍稍缓过劲儿了，他并不希望被人看到自己脆弱的那一面，老实说，就算对方是周自珩他也不愿意，更不愿意。

他勾起嘴角，习惯性露出一个根本不应该属于失败者的微笑，眼睛笔直地望向"杀掉"自己的商思睿。对方的表现简直超出了一个偶像的表演素养，尽管有些愣神，但很快就恢复镇定，做出有些错愕的模样："习清，你……"

真厉害。夏习清自认倒霉，他一直以来都有"聪明病"，只对聪明人产生兴趣或防备，呆呆傻傻的那一类，在他的眼里和宠物没什么两样。

恶习是失败的温床。

但夏习清不觉得自己失败了，只要周自珩能成功逃脱，他就没输。

面对商思睿的发问，夏习清没有回应，他缓缓地举起手，食指和拇指捏住置于嘴角，轻轻拉到另一边，以示缄口不言。然后他潇洒坦然地走到了客厅的出局席，背着手乖乖站在那个小小的圆圈里面。

周自珩不想看他。

他的眼睛先是瞄着最远处的餐桌，后来又看了看沙发，然后看了看地毯，最后才把视线落到他身上。

好像这样绕一圈，就不是在看夏习清一样。

夏习清也看向了周自珩，甚至歪了歪脑袋，冲他笑了一下，牙齿白白的，很晃眼。

周自珩一下子就像是被一根针扎了一下似的，随即转开了视线，奇怪的是，脑海里却滚动播放刚才那个笑容。

他歪脑袋的时候，长长的额发会从脸颊边落到鼻梁，一丝一丝地扫过去，扫在他的鼻尖上。

还笑什么啊这个人，明明都要出局了，真是搞不明白。

"玩家夏习清，出局。三、二、一。"

圆形出局席的地板突然向下打开，失去支撑的夏习清掉了下去，地板再次合上，被"杀手""杀死"的夏习清就这样消失在众人的面前。

周自珩盯着那个圆形区域看着，心里莫名其妙有些不舒服。岑涔此时却忽然开口："难不成夏习清说的是真的？自珩，你真的是'杀手'？"

原本想要帮周自珩说话的阮晓忽然想到夏习清之前的嘱咐，将话咽了回去。

周自珩转过身子，两只手插在口袋里，镇定地开口："我如果是'杀手'，的确会第一个'杀'他。"他扯了扯嘴角，"他太聪明了，所以我还觉得挺可惜的。"

"可惜？"岑涔微微皱眉，"可惜他被'杀'了？"

"可惜我不是'杀手'，不能亲自'杀'他。"周自珩语气平淡地说着听起来挺可怕的话，然后走到了餐桌边，拉开一把椅子坐上去，"还剩不到一分钟的时间了，大家过来投票吧。"

岑涔也跟着走过来坐下："你怎么证明你不是？"

周自珩手撑着下巴，抬眼看向她："我如果是，从一开始就不会帮夏习清解开锁链。"

岑涔还想继续追问，节目组的通告再一次响起。

"倒计时结束，第一轮投票正式开始。请各位玩家入座。"

尽管周自珩这样解释了，但岑涔是看着被"杀掉"的夏习清与周自珩从同一个房间出来的，她的心里早已经认定周自珩就是"杀手"。"不管你承不承认，这一轮投票结束之后就知道真相了。"

"不会的。"周自珩难得地笑起来，"就算你们把我投死了，也无法知道究竟谁是'杀手'。只有游戏结束，输得干干净净的时候你才会了解真相。"

岑涔被他这样一说，有些哑口无言。商思睿和阮晓也坐了下来，岑涔冲着阮晓使了个眼色，阮晓轻轻地点了点下巴，依旧一言不发。

周自珩表面上一副镇定淡然的样子，心里还是忐忑的，岑涔这次铁定是要把自己投出去了，如果真的像夏习清说的那样，商思睿是"杀手"，那么他手里的那一票一定也是对准自己的。阮晓……

他跟阮晓几乎是零交流，不过看刚才的样子，阮晓已经和岑涔结盟了。

说不紧张是假的，周自珩现在手心都开始不受控制地冒出汗来。

"请各位玩家通过手机发送你心目中的'杀手'人选，机会只有一次，务必在反复确认之后发送。倒计时十秒，现在开始。"

"十——九——"

奇怪。

在这紧要关头，周自珩的脑海里竟然浮现出夏习清出局前的那个笑容，还有他在黑暗中信誓旦旦的那句话。

"八——七——"

"商思睿是'杀手'，相信我。"

他似乎已经预料到结局了。

"六——五——四——"

尽管周自珩不愿意承认，但在这场游戏里，自己唯一称得上盟友的人只有夏习清而已，所以在此刻，就算因为相信他而被处决，周自珩也认了。

何况他早就开始怀疑商思睿了，缺的只是证据而已。

"三——二——"

周自珩在手机里输入了心里的答案，毫不犹豫地点击了发送。

"一。时间到，正在统计各位玩家的投票结果。"

餐桌前的四个人面面相觑，气氛微妙。周自珩背靠在椅子上，眼睛盯着坐在对面的商思睿，像一只伺机而动的猎豹，对方却微妙地将头垂了下来，躲避了他的眼神。

老实说，这并不像一个那么会隐藏的人的临场反应，但他还是选择相信夏习清说的话。

"现在公布投票结果。经过各位玩家的无记名投票，这一轮被处决的人是——"

通告的声音顿了几秒，周自珩感觉自己的心跳已经开始不受控制地加速。

如果他被处决了，手里得到的线索怎么办？

必须全部公开出来吧，那这样的话"杀手"一定会赢，不管对方究竟是这三个里面的哪一个。

想到这里，周自珩不免觉得沮丧。

"没有人。这一局是平局，我们将不会处决任何人。请各位玩家继续游戏。"

这样的结局有些出乎意料，尤其是岑岑，她讶异地看向身边的商思睿，又转头看向阮晓："你们谁没投他？"

阮晓无辜地皱了皱眉："我投了啊。"

置身事外的周自珩观察着对面每个人的表情，阮晓说话的时候手指一刻不停地轻点着桌面，很明显有问题，他又将目光转移到商思睿身上，对方的表情不太对，但似乎对这个结果也不感到意外。

周自珩分析着所有人手上处决票的归属，自己这一票投给了商思睿，岑涔一定是投自己的。

最后出现了平局，说明商思睿和阮晓分别把票投给了自己和商思睿。商思睿绝对不可能自投。

所以，阮晓投了商思睿。

周自珩弄明白了场上四个人的倾向，更加确信商思睿就是"杀手"，夏习清之所以"死"得那么快，一定是发现了可以证明他是"杀手"的证据。

周自珩现在手里握着的是可以离开整个房子的线索，老实说，没必要向所有人证明商思睿的身份了，只要在他之前逃出这个房子，游戏就结束了。

想到这里，周自珩从座位上站了起来。

岑涔抬头看他："自珩，你去哪儿？"

"当然是找线索逃出去。"周自珩将椅子推了回去，"反正这一轮没人出局，干坐着还不如去找线索逃出去。"

说完，周自珩转身往书房去，不出所料，商思睿叫住了他："自珩，我跟你一起去。"

周自珩没有阻拦："嗯。"

两个人一前一后进入书房。

书房里的一切几乎没有变化，商思睿轻轻带上了房门，试探性地开口问道："自珩，你刚刚投票投了谁啊？"

周自珩一面假装正在努力地寻找线索，一面淡定地反问："你投谁了？"

商思睿笑起来："哎呀，我弃票了。"他一脸轻松地坐在了长书桌前的椅子上，"我什么都看不出来，不如不投，免得错杀无辜。"

弃票？这倒是个聪明的解释。

周自珩看了商思睿一眼，然后缓缓地点了点头："你说得也对。"他走到了商思睿的身边，这把椅子是先前他被绑起来时坐的那把，一把做工精致、两边各有扶手的办公椅。

大概是因为紧张，商思睿放在扶手上的手微微有些抖，为了掩饰，他干脆抓住了扶手，好让自己看起来更正常一些。

周自珩观察到了这一点，他移开眼神，开口道："现在夏习清出局了，我觉得我需要找一个人结盟。"说着他将左手伸进了口袋里，拿出一张纸放在商思睿面前的书桌上，"这是我找到的一个重要线索，你看。"说话间，他的右手伸进另一个口袋里。

"线索？"商思睿身体微微前倾。

趁商思睿将全部的注意力都放在所谓的重要线索上时，周自珩抓住了这一两秒的空当，右手从口袋里拿出之前从留声机旁拿来的锁链，将商思睿的手牢牢地固定在这把办公椅上。

商思睿瞬间反应过来，桌上那个重要线索根本就是白纸一张！

周自珩捡起地上的绳子，将商思睿绑在了椅子上。

"自珩！你！喂，你干吗把我绑起来？"商思睿不断地挣扎着，可周自珩就是没有停下来的意思。

"你是不是搞错了，还是你就是'杀手'？"

"嘘。"周自珩看着他的脸，轻声开口，"别演了，游戏马上就结束了。"

大功告成，周自珩伸出一条腿，轻轻踢了踢办公椅的下缘，商思睿连人带椅滑开。

"抱歉，你先休息一下吧。"

商思睿拼命地在椅子上挣扎着，怎么也起不来，只能眼睁睁地看着周自珩离开这个房间，关上了房门。

他根本不知道，在这之前，周自珩就已经将离开这座房子的线索全部找齐，引他过来，只是想将他困在这里，以免在最终破解的时候被他以"杀手"的身份抢占先机，逃出房子。

此前，周自珩趁着夏习清四人在另外的房间纠缠时，打开了夏习清送给自己的画，根据"沙发、手电筒、书房、关灯"的线索，在客厅的沙发里找到了节目组藏好的手电筒零件，组装成了一个完整的手电筒，他试着用手电筒照射客厅，绕了整整一圈，最后在大门的第二个密码输入栏边发现了用手电筒照射才会显示的字样。

就在那个只需要输入三个字母的密码栏左侧，写着一句话。

"谁是'杀手'？"

但这只是其中一个密码，另一个密码仍旧需要他去寻找，周自珩想到了"沙发、手电筒、书房、关灯"的后两个线索，于是进入了书房，关上了灯，黑暗之中，周自珩举着手电筒检查房间的边边角角，竟发现在房间的四个墙角有着红色的发光字样，分别是 2、3、7 以及 prime。

理科出身的周自珩很快明白过来，prime 是质数，2、3、7 都是质数，而且都是个位数，同样满足这两个要求的，只有一个数字，那就是 5。

从书房出来的周自珩大步离开，来到客厅，商思睿的呼喊声在客厅都能够听见。

"思睿怎么了？"岑浔刚准备去书房，就被阮晓拦住："岑浔姐，你先等一下。"

"等一下？等什么？"

周自珩此时已经来到了大门前，他用最快的速度在第一栏输入了"2、3、5、7"四个数字，并在下一栏输入了问题的答案。

"SON"。

儿子是凶手。

触摸屏变成了一片蓝色，闪动三次之后，出现了一行绿色提示符。

"密码正确，恭喜通关！"

砰的一声，大门打开了。

周自珩抬眼看向前方，他想象过很多种可能，这扇门之后，大概是一大堆摄像，或是节目组的策划人，他甚至想好了出来之后的台词。

但他怎么都没想到，自己浑身冷汗地从这扇门逃出来之后，看到的第一个人竟然是夏习清。

穿着白衬衫的夏习清站在门口，节目组布置好的光线从他的身后打过来，逆光蹭过他的肩线，轻柔地覆盖在自己的左胸口，他的面孔在背光的角度下变得模糊，只留下唇角翘起时漂亮的弧度："太好了。"

话音刚落，相隔不到半米的夏习清突然上前抱住了自己，是以男人间庆祝胜利时的那种方式紧紧地抱着他。

周自珩怔住了，任由这个人拥抱，都忘了反抗。

真是奇怪，先前那股极具侵略感的香水味似乎渐渐变了味道，烟草味淡了，麝香味也湮灭，周自珩感觉自己疲惫的身体被一股温暖的木质香气轻轻柔柔地包裹起来。香味，体温，掌心贴在脊背的熨帖感，以及这个人说话时总是显得不那么真诚的尾音。

"我就知道我们会赢。"

光是这一期真人秀的录制，就花费了将近五个小时，从晚上七点录到十二点，整个节目组的工作人员都盼着他们快点出来，所以周自珩打开大门的时候，场外的人几乎都在欢呼。

阮晓和岑浠紧跟在他的后面，出来的时候也被在门外等候的工作人员喷了一身的彩带。

"所以我们是赢了还是输了？"头上挂着彩带的岑浠一脸问号地看向阮晓。

阮晓笑得趴在了岑浠的肩头："我们是第二出来的，积分还很高呢。"

岑浠一脸震惊："所以自珩不是'杀手'？"

站在旁边的夏习清笑着开玩笑道："是我啊。"

岑浠又一脸震惊地看向夏习清。阮晓推了夏习清一把："你别逗岑浠姐了。"

这一推不要紧，正好把夏习清推到了站在后头的周自珩怀里，下意识的反应让周自珩伸手从后面抓住了夏习清的胳膊，扶住了他。

他的发梢轻轻扫过周自珩的下巴，痒痒的。

夏习清也没料到阮晓能推倒自己，被周自珩接住的一瞬间有些意外地回头看向对方，视线相触之后，他又很快恢复镇定，轻声开口："谢谢。"

这句话就像那不经意的发梢一样扫过，夏习清主动退开了一点距离，然后像什么都没发生一样继续开玩笑："阮晓，真没看出来，你这么柔柔弱弱的，居然还是个怪力少女呢。"

"我会说我是靠力气大进的门萨吗？"阮晓伸了个懒腰，"在里头待着一直神经紧绷，现在一松懈就觉得好饿哦。"

岑浠表示认同："我也是，感觉又累又饿，之前还不觉得。"

周自珩难得地提出建议："收工后去吃消夜吧。"

"好啊。"阮晓拽住了岑浠，"我们一起去啊，我想吃火锅。"

大家都在热火朝天地谈论着夜宵的选择，只有夏习清觉得哪里不对劲，他的眼睛扫过在场的几个人，又朝门内望了望，最终发出疑问："等一下……思睿呢？"

"思睿……"阮晓这才想起来，"啊！思睿刚刚还在书房叫来着……"

欢呼声太大，盖过了商思睿的求救声。

等大家终于赶到书房的时候，商思睿已经放弃求救，脑袋后仰靠在椅子上看着天花板，听到书房门打开的声音，他才猛地坐直："你们终于想起我了！"

几个人笑作一团，周自珩也挺想笑的，但现在笑的话太不是人了，他只好憋着笑走过去帮商思睿解开身上的绳子。

"不是，自珩，你也太认真了吧。"坐在椅子上的商思睿开始对他发牢骚，"锁着就算了，还用绳子绑着我。"

"我们一进来这个房间就是这样的。"周自珩把绳子团了团扔到了一边，看着固定住他手腕的锁链，才想起来自己没拿钥匙，正要起身，就看见一只手将钥匙递到了自己的眼前。

周自珩一抬手，视线里就是夏习清那张干净单纯的笑脸。

只是看起来干净单纯而已，他又在心里否认一遍，然后接过夏习清手里的钥匙。

"他一进来的时候才没有被固定呢。"夏习清笑道，"只有我被固定了，比你还惨，我的眼睛也给蒙起来了。"

"哇……你这逃脱难度也太大了。"

商思睿和夏习清两个人聊着，半蹲着的周自珩一言不发地解着锁链，这让他想到了之前给夏习清解锁链的样子。商思睿的手也挺好看，不过老实讲，没有夏习清的手长，似乎也没有他的手那么白。

为什么要比较？

咔的一声，锁链打开。周自珩回过神。

有什么可比较的？

解开束缚的商思睿一身轻松地蹦了几下，一只手揽住夏习清的肩膀，另一只手十分勉强地揽住周自珩的肩："终于结束了。"几个工作人员上前帮他们把身上的麦克风取下来，夏习清顿时感觉一身轻松，抬手揉了揉自己的脖子，一侧脸看见周自珩的后颈那儿有一条之前没有弄掉的彩带。

他把手伸过去。

"你干什么？"周自珩忽然感觉到一股凉意，一回头，看见夏习清的手伸到了自己的脖子那儿。

活像一只竖着毛的小老虎。夏习清憋着笑说了句不好意思，然后取下了那条彩带。

细长的手指捏着彩带的一端，在周自珩的面前晃了一下，松手，任由那条彩带像羽毛似的慢慢悠悠地飘落，最后躺在他的脚边。

彩带的颜色扎眼极了，就像此刻夏习清脸上的笑。

周自珩别扭了半天，还是说了"谢谢"。

"不客气啊。"

为什么这个人说话的尾音总是这么轻飘飘的？像一片躺在风里，怎么也抓不住的，轻佻无比的云。

节目组的导演走过来："我们等一下会录一个结束之后的花絮。"他将手里的摄像机一台交给了商思睿，另一台交给了岑涔，"这里有两台机器，你们可以分两队参观一下这座房子，这是我们制作组花了两天半搭起来的。"

"放心吧导演，正好我也想逛一下。"商思睿笑嘻嘻地接过摄像机，拿在手上对准周自珩的脸，"已经开了是吗？"

"开了开了。"导演说完走到一边。商思睿见周自珩要躲镜头，立刻拽住他，顺便将镜头转向自己的脸，咳嗽了两声："大家好啊，我是今天的带班影像骑师兼主持人，HighFive 的成员商思睿！嗨！下面我来介绍一下，当当当当——"他将镜头转向周自珩的脸，"周自珩！哇！自珩，你的脸在镜头里好好看啊。"

周自珩玩笑着用手掌捂住镜头，商思睿挣扎了一番才让镜头脱离他的"魔掌"，转向一边的夏习清："这一位就是我们超级无敌聪明的夏习清，在密室里的表现真的惊呆我了，如果不是习清的话，说不定我就赢了。"

"所以你在表示不满？"夏习清柔柔地笑着，"你的表现也让我惊呆了，好吧？"

"嘿嘿。"商思睿举着摄像机转了一圈，对准了房子的入口，"我们先来参观一下吧。"

录制结束之后的商思睿就像打了鸡血一样，拿着摄像机四处转悠，周自珩和夏习清跟在他的后头走着，被镜头拍到了才会说几句话。

走到书房的时候，商思睿激动万分："就是在这里，我被自珩囚禁了！他把我锁起来了，还绑了绳子！"他的镜头转向周自珩，"就是这个大帅哥，他绑架了我。"

"噗。"夏习清忍不住笑出了声。被商思睿拿着镜头靠到脸上的周自珩镇定自若地开口："谁让你骗人。"

"那都是节目组逼我的，我慌死了好吗！"商思睿有些好奇，"对了，你是怎么发现最后的密码的？我找了好久都没有找到。"

"就是这个房间。"周自珩从外套口袋里拿出一个手电筒，"这个是我在沙发那儿找到的手电筒，线索上写着两个关键词——'书房'和'关灯'……"

周自珩的话还没说完，反应过快的商思睿就伸出空着的一只手想要去按门口那个灯的开关："是关了灯才能看到的线索吗？"

他的手被抓住了。

"你别关灯！"

夏习清愣了愣，连自己都没反应过来关灯的事，就看见周自珩毫不迟疑地将商思睿的手臂抓住，阻止了他的行动。

"怎么了？"商思睿一脸疑惑地看向周自珩。

老实说，周自珩也没想到自己居然就这么阻止了他，那句话几乎是脱口而出，完全没有思考的过程。

"他的意思是，机器拍着呢，这个应该是没有红外拍摄的吧……"夏习清不动声色地握住了周自珩的手腕，是露出袖口的那一截凸起的腕骨，将他的手拿下来："是吧？"

"嗯。"周自珩悄无声息地将手从夏习清的手里挣脱了："我直接跟你说吧，关上灯之后用这个手电筒去照四个墙角，就会出现数字密码，破解一个就行了。"

"这样啊……"商思睿似懂非懂地点了点头，然后有些懊悔地感叹了一句，"感觉我就差一条线索啊！不然赢的人就是我了，好气好气。"

拍完最后一个房间，三人来到了出局席连通的地下通道，这条通道直接连接了外部的录制准备区。通道很是狭窄，周自珩猫着腰艰难地走着。

还好有灯，不然他刚刚掉下来……

还好？为什么是还好？

周自珩觉得奇怪极了,他现在越来越搞不清自己了,脑袋里好像是强行住进来了一个小人,一天到晚说着奇奇怪怪的话,害得他整个人都有些神经错乱了。

商思睿一个人走在前面,走得很快,对着镜头说着花絮的结束语。夏习清跟在周自珩的后头,靠得很近。

狭长的甬道将空间连同呼吸一并压缩,周身的空气似乎化作一个一个悬浮在身体四周的细小粒子,浮游生物一样飘动着。

忽然感觉自己后背的衣服被抓住,周自珩微微侧过身。夏习清没有料到这个不好搞定的家伙竟然会这么顺从地转过来,他抓住衣服下摆的瞬间直接凑近了一步,想要说话。

就这样,距离再一次急剧压缩。

周自珩有些慌张地想匆忙后退,可又忘了这个地方这么狭窄,根本容不得他这个192厘米高的人随意走动。

"哎,小心。"夏习清眼看着周自珩的头撞在了通道上端,试图抓住他却落了空,慌乱时周自珩的脚又滑了一下,整个人跌坐在地。

那些旁人看不见的细小粒子也跟着统统急速坠落,像是一大罐从天而降的珍珠糖,叮叮当当地砸在周自珩的身上。

周自珩晃了晃脑袋,试图将眼前的幻觉甩出视野。

真是狼狈到了极点。

听到后头传来的动静,商思睿朝着这头喊了声:"你们怎么啦?"

夏习清立刻回应:"没事儿,自珩不小心摔了一下。你先上去吧。"

说完,他朝周自珩伸出一只手。

周自珩看都没看那只手,自己站了起来,尴尬地拍了拍身上的灰,转身的时候发觉尾椎骨一阵疼,只好扶着墙壁慢慢地走着。

"没事儿吧?"

"没事。"

"噗。"又是一阵轻笑。

周自珩心里觉得不舒服,似乎是被人小瞧了,他想尽快摆脱这种尴尬的氛围,岔开这个不怎么光彩的话题,于是干咳了两声,背对着夏习清问道:"你……你刚刚要说什么?"

"你还记得呢。"夏习清的语气一如既往，像风一样轻柔又轻佻，能把人心里搅得翻天覆地平息不了。

"你到底说不说？"

语气还挺凶，明明耳朵尖都红了。

"我就是想问……你是怎么认出我的？"夏习清一步一步踩着周自珩走过的路，踩着他的影子，"就是在我进了那个关掉灯的书房之后。"

周自珩突然不说话了，快出去了，他沉默地上着台阶。

夏习清心思极深，深谙人际交往间的话术，就算对方不说话，他也总能让话题不陷入尴尬的境地。"我猜……是因为香水味？"夏习清笑起来，也跟着一步一步踏上台阶，"原来你对气味这么敏感吗？"

周自珩还是没有说话。

他登上最后一级台阶，空气再一次嘈杂，工作人员相互说着辛苦了，大家庆祝着第一期节目录制的成功，商思睿跟岑涪相互抱怨的声音，阮晓甜甜的笑声，还有好多好多混杂其中的声音。

混杂其中的，还有周自珩低沉的音色。

"我下意识地觉得是你。"

靠近你，抓住你的手时，才闻到了身上的香水味，于是更加确信。

夏习清的最后一步在空中停留了一秒，伙同他停顿的大脑一起发怔。

下意识……

落了地，踩在最后一级台阶上，夏习清抬头看着周自珩的背影。这个人自己恐怕都不知道，这句话对别人的影响有多大。

收工后，商思睿的助理在录制地附近找了一家凌晨还在营业的火锅店，订了个包间。五个人出来就直奔饭店包厢，商思睿熟门熟路地点了一大堆招牌菜："我之前跟团员一起来这边录过几次节目，这家火锅可正宗了，地道川味。"

"你是四川人？"阮晓问道。

商思睿笑得见牙不见眼："北京人。"他抬眼看了看大家："你们喝酒吗？"

岑涪摇了摇头："最近要开巡演了，得护着嗓子。"

"我不喝酒。"周自珩脱下了外套，给自己倒了一杯水，"不用给我点了。"

从他脱下外套的那一刻起，夏习清的眼睛就没有离开过他，只穿一件白T恤的他看起来清清爽爽，像个大学生。

握住杯子时手背凸起的青筋，骨节分明的修长手指，低垂时浓密的睫毛，棱角分明的下颌线，高挺隆起的眉骨，拆解而成的每一个碎片，都是完美的。

他的视线顺着周自珩的侧颈延伸下去，几乎要与肌肉纹理交织在一起，从宽松的棉质衣领一直向下，一直到看不见的地方。

这人长得也太完美了。

"习清，你喝酒吗？"

商思睿的提问打断了夏习清的遐想："我？"回神的那一刻，夏习清发现，坐在对面的周自珩仍然保持着那个握着玻璃杯的动作，眼睛却瞟向了自己，但是只有一瞬间，因为他很快又看向别处，眉头也微微皱起。

真是有意思。夏习清将右手手肘支在桌面上，掌心托着自己的下巴，脸侧过去对着商思睿："要啊，我要红酒。"

"火锅配红酒？"商思睿笑起来，"你还真会搭啊。"

"我其实还不太饿。"夏习清依旧侧着脸，对着商思睿笑，"就是想喝点酒，缓解一下之前紧张的情绪。"

同桌吃饭，几乎可以算作最快提升陌生人之间亲密度的事，何况他们五个人已经在真人秀里被关起来相处了好几个小时，距离就更近了。没有了游戏中的紧张刺激和相互猜疑，大家聊起天来也轻松不少。

岑涔为了巡演养嗓子，不能吃辣，她见周自珩也不碰辣锅，有些意外："你不吃辣吗？"

周自珩摇了摇头："不太能吃。"

"自珩饮食超健康，我跟他一起录节目的时候发现他平时烟酒全都不沾，吃饭超清淡，还会在保温杯里泡枸杞。"

这是什么老年人作风啊，夏习清忍不住笑起来。

不对，是三好学生作风。

阮晓一面涮着毛肚，一面隔着热腾腾的雾气问商思睿："你平常的性格反差就这么大吗？我有一个朋友挺喜欢你们组合的，不过她最喜欢的是另一个成员，也追过挺多次现场，我听她说你台上台下都挺迷糊的啊。"

商思睿咬着筷子的头，长长地"嗯"了一声："其实我平常也没那么迷糊，怎么说呢，我们团成员的年纪都挺小的，好多粉丝把我们当儿子来看，特别是我的粉丝，平时接机的时候都喊着'妈妈爱你'这样的话，所以公司也就有意地在一些日常花絮里体现可爱、孩子气的一面，时间一长，就被迫安上了呆萌的人设。"

他从火锅里捞出一个牛肉丸放进自己的碗里，顺便提醒阮晓："啊，你的牛肚可能老了。"

"啊，对对对。"阮晓慌张地夹起自己的牛肚，岑浠在一边紧接着开口："那你不觉得很累吗？装出另一种性格。"

这句话一说出来，夏习清就感觉有人在看自己，一抬头，果然看见周自珩就这么盯着他。

这么有意思的事，怎么会累？夏习清嘴角微微勾起，眼睛从周自珩的身上瞥开，端起杯子抿了一口酒。

"还好吧，其实平常我的确也挺迷糊的。"说到这里，商思睿又开始唉声叹气，"我难得当一次反派，真的差一点点就赢了，太可惜了，本来我都计划得天衣无缝了，结果半路被习清一折腾，一下子就慌了。"

夏习清轻笑了一下："这只能怪你太容易被影响。"

"你之前是什么计划？"岑浠问。

"我一开始伪装得挺好的，本来我不是撺掇着你和阮晓，说习清的嫌疑很大吗？你也相信了，等到第一轮投票开始，我们的票就可以把习清投出局，习清太厉害了，留下来是个隐患。等到自珩差不多把线索都集齐的时候，我再用'杀手'的特权把自珩'杀'了，坐收渔翁之利，一举攻破城门！完美！"

眉飞色舞讲解着最初计划的商思睿表情一变，跟蔫儿了的茄子似的靠在椅子背上："唉，可惜啊，我的计划被习清识破了。他一发现就跑去找曝光我身份的线索，当时马上就要投票了，我当然着急了，于是想都没想就把习清'杀'了。"

听到这里，夏习清不禁笑起来："是不是刚'杀'完就后悔了？"

"可不吗！后悔死了。"商思睿摇了摇头，"后悔也来不及了，就想着要不硬着头皮跟自珩硬碰一下吧，结果自珩那个时候已经拿到所有线索而且还知道我是'杀手'了，我还没开始呢。"商思睿又往自己嘴里塞了一块年糕，看向一直沉默不语的周自珩："对了，自珩，你是怎么知道我是'杀手'的？习清告诉你的？"

说起周自珩的时候，夏习清刻意地没有转过去看他，依旧侧着脸用一种温柔至极的表情望着商思睿的方向。

周自珩"嗯"了一声，坐在一边的岑涔难得笑了起来："他说你就信啊。"

"……"周自珩又一次被噎住了，不知道该说什么好。

阮晓也跟着参与进来："照理说，最后破解大门密码的线索应该也是习清给自珩的吧。"

商思睿也突然反应过来："啊，我知道了！是那幅画！"他激动地晃着筷子，半转着身子看向夏习清："就是那幅玫瑰花是吗？啊啊啊好气，我当时应该把那幅画抢走的。"他使劲儿拍了拍自己的脑门，"我怎么这么傻啊！"

夏习清彻底被商思睿这副一失足成千古恨的样子给逗乐了，依旧保持着那个手撑着下巴的懒散姿势，伸出左手拉过商思睿拍着自己脑门的那只手，笑道："别拍了，越拍越傻。"

"我的天，真的是那幅画。"商思睿就着夏习清伸过来的手反抓住，使劲儿地摇晃着夏习清，"不行，我可太难过了，你必须补偿我，给我画画！我要超大的，两幅！一幅挂我宿舍，另一幅给我妈！"

本来就喝了酒，虽说还不算醉，可被他这么一晃，夏习清是一阵头晕目眩，只能笑着妥协："好好好，不就两幅画吗？明儿回去就给你画。"

这样宠着惯着的姿态，夏习清自己倒是稀松平常，不仅对朋友这样，以往碰上些脾气任性的，在没厌烦之前，夏习清也总是这样惯着。对方只要一看见他脸上温柔无比的笑意，便总以为自己在他的心里占领着可观的地位。殊不知都是假的。

可这副样子，在周自珩的眼里都看得真真儿的。

倒也不是别的，周自珩就是想不明白，怎么都想不明白，这个人明明是自己的粉丝，口口声声说着喜欢自己，表忠心的时候一套一套的。照理说，身为粉丝，好不容易跟偶像一起吃饭，不应该抓紧一切机会跟偶像说话吗？

可夏习清整整一晚上，居然都没有正儿八经看他周自珩一眼。

没来由地烦闷。

果然，粉丝的感情是最不牢靠的，说喜欢你的时候恨不得把心都掏给你，一旦喜欢了别的明星，不回过头来踩你一脚都算是仁慈了。

周自珩握着筷子，一口也吃不进去，耳朵里塞满了坐在对面那两个人的欢声笑语。

一顿消夜吃了将近两个小时，快散场的时候商思睿突然想起些什么。"我们弄一微信群吧。"他掏出手机，"这样咱们平时也能聊天，多好。"

周自珩一点也不想进群，可商思睿直接把他拉了进去，手机振个不停，打开一看，一个名为"让我猜猜今天谁是杀手"的群不断地闪着新消息。

"大家都改一下备注啊。"阮晓提醒道。

被逼无奈的周自珩改了备注，退出来的时候瞥了一眼群成员，一下子就看到了夏习清。事实上，夏习清还没有改备注，但他的头像让周自珩一眼就认了出来。

是周自珩穿着红色球衣打球的那幅画。

不知道为什么，胸口那股子烦闷的劲儿忽然散了许多，周自珩皱着眉盯着那个小小的头像，还怕别人发现他在盯，都不敢点开大图来看，只能这么半眯着眼睛看着。

看了好一会儿，周自珩才抬头去望坐在对面的夏习清。

他整个人歪在椅子上，脑袋偏到一边，头发遮住了大半张脸，看不清究竟是睁着眼还是闭着眼。

像是醉得不轻。

商思睿瞧见周自珩朝这边望着，自己也侧头看了看："呀，习清，你是不是喝醉了，没事儿吧？"他把夏习清的头发拨到一边，露出有些泛红的脸。

夏习清疑惑地"嗯"了一声，好像没听清商思睿说了什么，这一声"嗯"倒是百转千回，音色里透着一股子喝醉酒之后的沙哑。

喝得这么醉，我看你等会儿怎么回去。周自珩就差没给个白眼了。

"习清的酒店在哪儿啊？"岑涔问道，"我今天好像见他旁边跟着个助理来着，不过这么晚了……"

阮晓拿出手机准备叫车："要不让他住我那儿？我家离这边不远。"

"不行的。这样容易被人误会，说不定外面有记者，你们一男一女，很容易被乱写，还是带去我住的酒店吧，我俩凑合一晚。"刚说完，商思睿就开始犯愁了,"哎,不行,我明天一早的飞机,到时候就丢下他一个人了。"

大家讨论着夏习清的归属问题,只有周自珩一言不发。

他现在莫名其妙有种上课怕被老师点起来回答问题的既视感。

"自珩,不然你带着习清去你那儿吧,我记得你住的酒店离这里挺近的,你不是还开了车吗?"

怕什么来什么。墨菲定律诚不欺我。

周自珩自暴自弃地"嗯"了一声,接受了命运给他的挑战。

商思睿帮着把夏习清架着弄进了周自珩的车里,合上了副驾驶的门:"那我走啦,我明天还赶场呢,你也早点休息。"

周自珩点了点头。

"你别忘了给他系安全带。"走了老远的商思睿又回头冲他喊了一句。

醉得毫无知觉的夏习清歪在副驾驶座上,像一只昏睡过去的猫。周自珩努力地把他扳正,身子倾过去替他把安全带拉出来,这个姿势使不上劲儿,试了半天都没能成功。

麻烦死了。

狡猾、无耻、说谎成性、风流下作的夏习清成了周自珩心里的一个小人偶,吧唧一下又被他在脑门上狠狠地贴上了一个"麻烦"的新标签。

录完节目真是再也不想看到这个人了。

周自珩在心里这么念叨着,也不知道念叨给谁听。

忽然,那个醉得不省人事的人发出了一声像小动物一样的呜咽声,然后从正面倒向了他。

第三章 宠粉人设

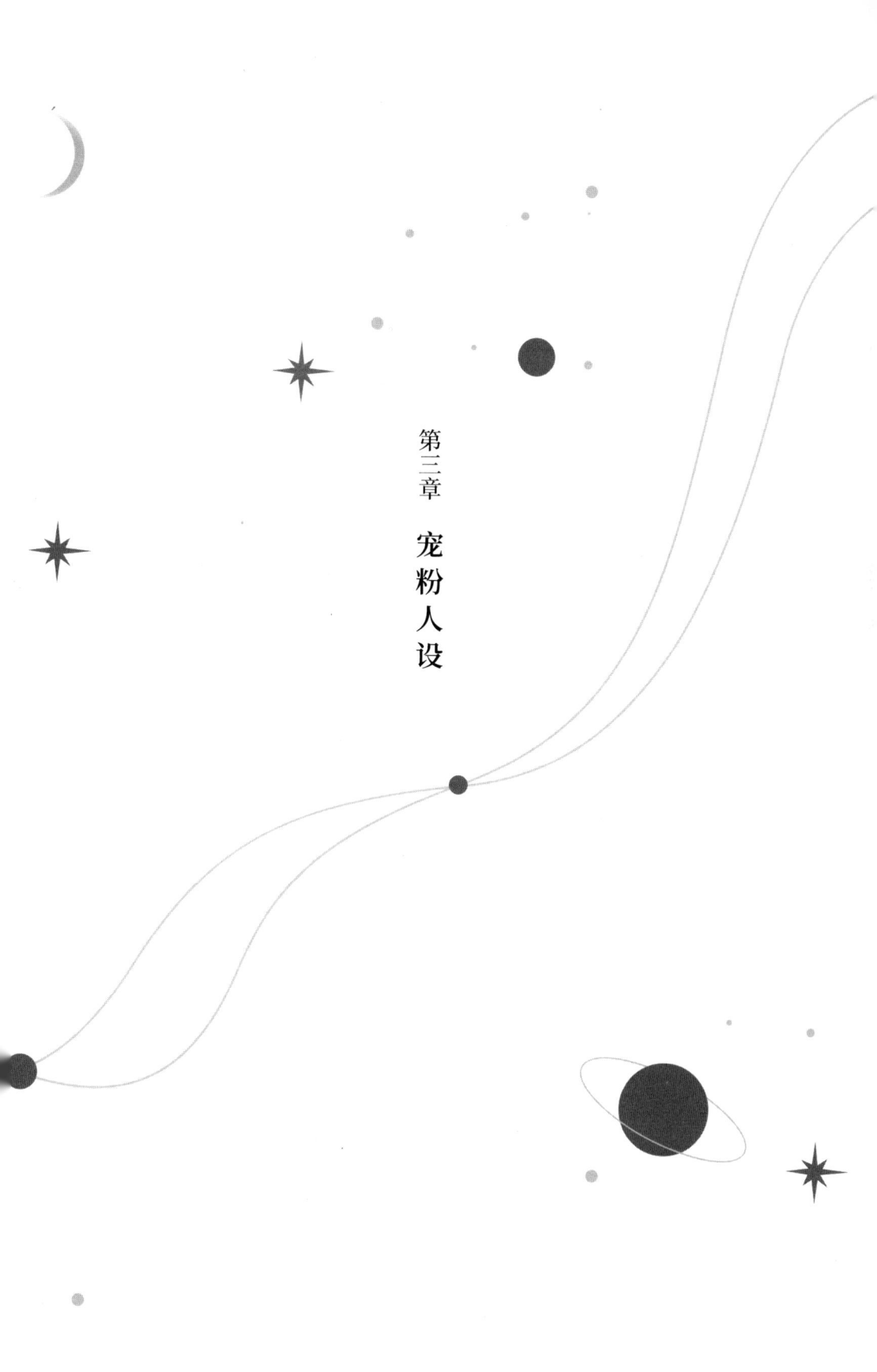

周自珩当场愣住了。

这是什么情况？

"喂……你清醒一点……"周自珩费劲地腾出手推了一下夏习清。

他迅速扶好夏习清，给他系上安全带就直接发动了车，晕晕乎乎地开到了酒店。

下车前周自珩戴上了帽子，之前的慌乱还没有完全消散，害得他连口罩都忘了戴，就这么架着夏习清进了酒店。

幸好之前蒋茵告诉过他夏习清的房间安排在他附近的一家酒店，不然周自珩还真不知道夏习清住在哪儿。

已经是凌晨两三点，酒店大厅的工作人员并不多，但还是有一个热心的男生上前来，帮着周自珩一起把夏习清扶进了电梯。电梯门合上之后，周自珩就嫌弃地松开了手，任由那个工作人员扶着夏习清。

电梯里的气氛忽然安静下来。

工作人员看了周自珩好几眼，周自珩想起来自己没戴口罩。

啊……被认出来了吧。

是粉丝吗？一直在看自己。

"那个……"工作人员有些不好意思地开口，"先生……"

周自珩冲他露出职业性的微笑："不好意思，合影签名什么的可以先上去了再……"

"不是……先生，是这样的，"工作人员扶了一下快要滑下去的夏习清，尴尬地咳嗽了一声，一脸抱歉地开口解释，"我们这边的电梯都是要刷过房卡才能使用的，能不能麻烦您拿出房卡刷一下？"

周自珩此刻恨不得这个电梯直接爆炸。

原以为，把别人错认成自己的粉丝已经是一件够尴尬的事了，没想到还有更尴尬的等着他。

他搜遍了夏习清的身上，竟然没找到房卡。

"嗯……我朋友的房卡好像没带在身上……"周自珩头皮都发麻了，表面上还维持着一个知名演员应该有的镇定，"那不然我现在再开一间吧。"

周自珩这二十年来，几乎称得上是顺风顺水，自从遇到了夏习清，好像一切都开始不对劲，丢人都丢到姥姥家了。

前台的小姐姐倒是比这个男工作人员热情许多，一双眼睛跟钉在了周自珩身上似的："您好，请问有什么可以帮您的吗？"

"还有空的房间吗？"周自珩觉得有些不适应，看见另一个值班的女生拿出手机偷偷地拍照，只好拉了拉自己的衣领，悄无声息地遮住了小半张脸。

"请问需要开几间房呢？"前台小姐冲着周自珩露出甜美的笑容。

周自珩朝后头看了一眼被工作人员扶到大厅沙发那儿的夏习清。

把他送到房间里就回自己的酒店吧，反正也不远。

周自珩转过头，对前台小姐说道："一间吧。"

前台小姐低头查看了一下系统："好的，我们这边只剩一间豪华大床房，您看可以吗？"

"嗯。"反正他自己睡。

刚才那个酒店小哥又帮着周自珩把夏习清扶进电梯，这回周自珩可算是长了记性，一进去就刷了房卡。夏习清虽然看起来很瘦，但好歹也是个一米八几的男人，周自珩和酒店小哥费了不少劲才把他扶进了房间。

果然是豪华大床房啊，完全是特大号的。周自珩看着这个房间的装修，忍不住在心里翻白眼，但还是转身对酒店小哥笑了笑："谢谢你，辛苦你了。"

"没事的。"小伙儿不知道是累的还是怎么了，脸上红红的，"不辛苦不辛苦。"

周自珩干笑了一下，看见这个小伙儿也没有要走的意思，等了半天才开口："那你……"

小哥这才说出了真正的诉求："啊，我、我其实挺喜欢你的，我是说，你的戏我好多都看过，自珩，你可以给我签个名儿吗？"说着他不知道从哪儿拿出了一支黑色记号笔，两只手捧着小心翼翼地递到周自珩面前，然后把酒店工作服脱了，露出一件T恤，兴高采烈地背过身去，"签后背可以吗？"

得，这T恤还是周自珩机场同款呢。

周自珩这才是真的尴尬了。要是这人不是自己的粉丝，刚才发生那档子事儿也没什么，反正过两天也就被忘了，可这个人居然真的是自己的粉丝！

太丢人了，丢人丢到自己的粉丝跟前了。

周自珩悻悻地拿着笔，脸上挂着一副职业假笑给小哥签了名："谢谢你的支持。"

小伙儿高兴坏了，拿过笔一边往后退一边说话："自珩，你要加油啊，我会一直支持你的。"一直退到门外，还在小声絮叨，"注意身体哦，最近要变天了，加油。"

"……"周自珩走到门口，想要替这个舍不得走的小粉丝把门关上，还特地笑着对他说："不要把今天的事发到微博上哦。"

"嗯嗯！自珩再见！"

世界终于清静了。

被他这么一弄，周自珩都差点忘了，床上还躺着一个真正的大麻烦。他感觉一切都格外不顺利。站在床边看着昏睡过去的夏习清，周自珩想着是不是应该帮他擦个脸什么的，可自己从来没照顾过别人，实在是不习惯也不擅长。

一纠结，手就感觉没地方放，拽着自己外套的拉链拉上又拉下。

算了，送佛送到西吧。

周自珩走到洗手间，打湿了毛巾给夏习清胡乱擦了把脸，这个人的皮肤太好了，比他以前搭过戏的好多女明星都好很多，让周自珩不由自主地就放轻了动作。

手指隔着毛巾，从鼻梁轻轻擦到了鼻尖，顿了一下。那颗小小的鼻尖痣像一粒小芝麻，点在鼻尖，看起来好乖。

乖？算了吧，夏习清跟这个词根本就不沾边。坐在床边的周自珩站起来，将毛巾放回浴室里，走回来给夏习清把被子盖好，准备离开酒店房间。

刚抬脚要走，手腕被拖住。

一回头，发现迷迷糊糊的夏习清抓住了自己的手，嘴里还念念有词，但听不清在说什么。

好像是让他别走。

他的手怎么这么烫啊？周自珩转过身子，捏住了夏习清的手心，发觉真的挺烫。夏习清今天一天就穿着一件单薄的白衬衫，晚上喝了酒又吹了风，肯定是着凉了。

老实说，这个时候如果喝醉躺在床上发烧的人不是夏习清，周自珩一定会毫不犹豫地留下来照顾对方。

可偏偏是他避之不及的夏习清。道德感极强的小周同学都开始犹豫了。

夏习清又发出了一声嘟囔，眉头微微皱起，整个人侧身蜷着，手依旧牢牢地抓着周自珩的手。

有点心软。

不行，不能心软！

反正就一晚，看起来也不像是高烧，一个大男人应该不至于烧死的，他已经仁至义尽了。

给自己找好了借口，周自珩狠心地掰开了夏习清的手，毫不拖泥带水地打开了房门，走了出去。

夏习清差点儿没给气死。

自己都这样了，这个人是冷血恶魔吗？他烦闷地睁开眼，盯着天花板。

明明都给自己擦脸盖被子了，结果呢，就这么走了？？

夏习清正在心里骂着周自珩不讲义气，突然又听到了门被拉开的声音，于是赶紧闭上眼。

又不走了？夏习清在心里犯着嘀咕，这小孩儿怎么回事，总是颠来倒去的。周自珩倒也不是不想走，他是真想走，可关键他一出门就发现了一件重要的事——他摸了半天没找到自己酒店的房卡。于是，刚准备啪的一下关上夏习清房门的周自珩只能又悻悻地掉头回来，心想是不是落在这间房里了。

"哪儿去了？该不是没带吧……"周自珩一面找着，一面小声地自言自语。

夏习清心里头乐了，真是绝了，老天爷还是帮着他的。

找了整整一圈，周自珩也没找到自己的房卡，心里估摸着自己肯定根本就没带，只能一屁股坐在沙发上，丧气地看着躺在床上一动不动的夏习清。心里

105

挣扎了好久，最后还是放弃了回酒店的念头，他拍了拍沙发，还算柔软。

凑合一晚上得了，反正以前拍戏多艰难的环境都经历过，何况夏习清还发着烧，万一真烧死了，算谁的责任啊？

乱七八糟想了一大堆，周自珩叹了口气，去浴室草草洗漱，出来的时候又走到床边看了一眼被自己裹在被子里的夏习清，他的脸被头发半掩着，有种莫名的脆弱感。

周自珩伸出手，想摸一摸夏习清的额头，但不知道为什么，手悬在半空，又顿住了。

手的影子落在他的侧脸，和散落的发丝在晦暗的色调里融合，黑蒙蒙一团，随着收回的手一点点撤回。

应该不会怎么样的，还是睡觉吧。

周自珩离开了床边，手刚放到灯的开关那儿，又想到了黑暗里夏习清的样子，顿了顿，最后只关了天花板的顶灯，留下了床头的一盏灯。

瞟了一眼背对自己蜷缩着的夏习清，周自珩放轻脚步走到沙发前，录了一整晚的节目，他早就累得半死了，躺到沙发上没多久就睡着了。

夏习清不知道自己躺了多久，从周自珩躺下的那一刻起，他就一直没有合眼，表情平静得仿佛月夜下的海面。

身后是周自珩替他留下的灯，暖黄色的光似乎穿透了厚厚的棉被，直直地打在他的蝴蝶骨上。

辗转反侧睡不着，夏习清掀开被子从床上下来，走到了沙发边。周自珩的个子太高，整个人姿势别扭地窝在沙发上，也没有盖被子。

抓了抓头发，夏习清走到床边将被子拿到沙发边，把周自珩盖着的那件灰绿色冲锋衣取下来，相当随便地将被子扔到他身上。明明都冷得缩起来了，他还真能撑。

点了根烟，夏习清坐在另一张沙发上，烟雾浸泡着他不算清醒的大脑，化身成某种奇妙的镇静剂。一根烟抽完，他差不多也清醒了，顺手抓起周自珩那件冲锋衣套在身上，离开了酒店。

出电梯的时候还在前台碰见了那个扶着自己的小哥，对方一副疑惑的表情盯着他出电梯门，夏习清特地脱了帽子，走到前台，一双桃花眼弯成漂亮的弧度。

"谢谢你啊。"

"你……"小哥回过神，赶忙改口，"您……您不是喝醉了在房间……那、那他……"

"啊，对啊，我酒醒了。"夏习清的手指轻快地敲着前台的大理石柜面，"如果自珩明早起来，麻烦你告诉他一声，他的衣服我穿走了。"

说完，夏习清两只手揣进口袋，下巴往立起的衣领里缩了缩，轻飘飘地扔下一句："好冷啊！"

他就这么堂堂正正、潇洒坦荡地离开了酒店。

回到家的夏习清哪儿也没去，在公寓里睡了整整一天，录个节目简直把他的精力耗得干干净净，好几天都没缓过劲儿。终于恢复元气的他背着画板准备去外面写生，刚走出门，就收到了陈放的电话。

陈放是夏习清的发小，跟他一起长大，几乎是被夏习清骗大的，但交情一直不错。

"喂，习清啊。"

"哟，还记得我呢。"夏习清用肩膀夹住手机，费劲地锁着门。这个公寓环境倒是不差，当初看中它就因为是上个世纪的建筑，很有艺术价值，花大价钱租了下来，可很多设施事实上并不好使，每次锁门的时候都费劲。夏习清平时也不着家，懒得折腾，可现在他拒绝了国外的邀约，回来了基本就不准备再出去了，总得正儿八经找个落脚的地方。

正好接到陈放的电话，夏习清顺嘴问了句："哎，对了，你现在是不是搞中介来着？最近有没有什么好点儿的楼啊？"

"你才是中介呢，你全家都是房屋中介。"

"不好意思，我家是搞开发的。"夏习清笑了笑，"认真的，我从你那儿拿套房子，你帮我看着点儿。"

陈放唉声叹气好一阵，最后还是妥协了："您老想要什么样的啊，夏大少爷？"

"景观好的，安静的，地段别太偏，别一到晚上乌漆墨黑的什么都看不见。价格无所谓。"

最后几个字简直就是一把刀扎进了陈放心里，陈放在心里啧啧了几声："您这要求可真够可以的，风景好又安静的都是小别墅群，那可都不在市中心啊。"

"少废话，你那儿到底有没有？"夏习清坐着电梯下了楼，外头阳光不错，照得人身上暖洋洋的，"你要是不想做生意，我可就把这盆肥水泼别人田里去了啊。"

"我还没说完呢，您老这要求给别人还真不一定能给你找出来，我陈放是谁啊？那可不是一般人。最近还真有一套房子，豪华公寓顶楼复式大二层，上下四百平方米，全落地窗，地段也贼好，隐私性还特别棒。要不等会儿我领你过去看看？"

这陈放，关键时候还真不掉链子。

"行，我下午去你们公司楼下找你。"

"别开太好的车，我求您了。"陈放想起上次他刚入职，好不容易跟一起实习的小姐姐好上，正要相约一起去公司楼下吃拉面，夏习清开着跑车去给他送西瓜的时候，三言两语地就把小姑娘给勾得魂都没了。

夏习清乐不可支："我打车去，放心吧你。"

说是写生，夏习清也没找着个特别合适的地儿，以前生活的城市在长江边上，他特别爱去江滩，春天的时候鹅黄色的柳枝软软的，夏日的向日葵开满了江滩，秋天有大片大片的芦苇，冬日里的雪景也很美。

站在湖心公园的人工湖前，夏习清感觉自己好像听到了江风。

在心里呼啸而过，吹得胸腔空荡荡的。

这里的风景实在一般，也没得挑了，夏习清随手扎了扎头发，后脑多出一个小辫，他站在画板跟前，左手揣在兜里，右手握着素描铅笔随意地勾勾画画，敷衍了事。身边走过几个小女生，偷偷拍着他，夏习清也不在意，估计是在微博上看到过他，认出来了。

湖边的长椅上还坐着一个年轻男人，长得倒是不错，一直低头玩着手机，偶尔会瞟他几眼。

正画着，一个看起来有五六岁的小丫头走到了夏习清身边，手里拿着一根比她的脸蛋还大的棒棒糖，仰着一张脸盯着夏习清，看了半天，伸手抓了抓夏习清的衣服角儿，结结巴巴地开口："哥哥，你、你可以给我画幅画吗？"

夏习清也盯着她看了一会儿，一本正经地反问："我为什么要给你画画啊？"

小丫头结巴了一会儿，又说："我想要一张嘛。"

夏习清乐了，看了看四周，一个大人也没有，他转了转手里的笔："小家伙，你爸妈呢？"

"我不知道。"小丫头舔了一口棒棒糖，奶声奶气地说，"妈妈刚刚还在。"

走丢了啊。夏习清叹了口气："行吧，哥哥给你画幅画，你可不许动啊。"夏习清指了指旁边的一个小花坛，"你坐在这里，记住，模特是不可以乱动的，乖乖坐着。"

"嗯！"

看见小丫头乖乖坐下，夏习清转身对刚刚还在偷拍他的妹子开口："不好意思，你能帮我一个忙吗？"

偷拍他的妹子一下子脸红了，这个网红小哥哥居然跟她说话了，还嘱咐她告诉工作人员有小孩儿走丢的事，怎么这么好！

自从夏习清给小丫头戴上了"模特"的高帽子，小家伙乖得不行，屁股都不挪一下，糖也不吃了，就这么举在胸前，夏习清看着就想笑。十分钟过去，从远处跑来了一个年轻的女人，嘴里喊着一个小名儿。

"哥哥，我妈妈好像在叫我。我可以动吗？"

夏习清笑着添了最后几笔："动呗。"

"妈妈！我在这儿！"小姑娘蹦蹦跶跶地高举着她的棒棒糖，年轻女人赶紧冲过来抱住她："吓死妈妈了，一回头你就不见了，心都快跳出来了。你怎么在这儿啊？"

小丫头拿棒棒糖指了指夏习清："哥哥说给我画画，说我是模特，不可以乱跑乱动。"

夏习清取下画，递给了小丫头："喏，你的画。下次跟妈妈走散了，也是一样哦，要像小模特一样在原地等妈妈。"

小丫头接过画，画上是一个扎着小辫儿的小可爱，手里拿着的棒棒糖变成了仙女棒，她高兴得像捡了宝贝似的："谢谢哥哥！"

年轻妈妈脸都急白了，又是说谢谢又是邀请他吃饭，夏习清笑着婉拒了，只是轻轻摸了摸小丫头的脑袋："你妈妈对你真好呀。"

109

他说完回到自己的画板前,正要收拾东西走人,之前坐在长椅上的陌生人走了过来。

"你们画画的都这么善良吗?"

夏习清乐了,善良?这词儿跟他可真是八竿子打不着,收拾好东西背在身上,冲对方挑了挑眉,刚想问这人是不是也想找自己画画,夏习清的手机就连响了好几声,拿出来一看,是一个没有备注的好友。

ZZH:谁允许你擅自穿走我的衣服?

ZZH:麻烦还给我。

ZZH:你这样真的挺过分的。

低头看着手机的夏习清一下子乐了,笑得停不下来。

他以为谁呢,原来是周自珩啊。

Tsing:我哪样了?

Tsing:啊,那天晚上你没趁机对我打击报复吧?我半夜醒过来浑身酸疼,检查了好几遍呢。

对方不回复了。

夏习清隔着屏幕都能想象到周自珩气得说不出话的表情,越想越好笑,完全忘记身边还站着一个人,对方感觉到自己被无视了,轻轻咳嗽了两声:"谁啊,聊得这么开心?"

夏习清抬起头,张口就来:"我家养的'二哈'。"话音刚落,手机又响了一下。

ZZH:你简直是我见过本性最恶劣的人。

这是什么小学生语气啊,哪里像个大明星?他抬起头,冲着来搭话的人笑了笑,漫不经心道:"抱歉,我还有事,先走了。"

说完他拍了拍那人的肩,背着东西离开了。

上了出租车,夏习清又收到一条新消息。

ZZH:把我的衣服还给我。

还不依不饶的,大明星这么闲的吗?夏习清脑子里忽然冒出一个坏点子。

周自珩其实一点也不闲,节目录完的第二天他就被拉去给一个相熟的导演救火。本来戏都快杀青了,里头一个还挺重要的配角突然被曝出轨,一时间微博上的网友讨论到停不下来，导演只能把那个配角的戏份都删光，可这样戏就连不上了，只好请周自珩帮忙。

三天的时间，周自珩就差住在片场了，这才把戏份都补上。对戏的演员也受罪，胃痉挛发作，周自珩这才逮住空儿在自己的小躺椅上休息一会儿。

想起来夏习清拿走了他的衣服，周自珩真是气不打一处来，自己明明做了天大的好事儿，这人不知道感恩就算了，居然还顺手牵羊，害得他早上连外套都没得穿！

周自珩靠在他的小躺椅上，双手握着手机噼里啪啦打了一长串教育夏习清的话，到了正要发送的时候，又一句一句删了。

明知道这个人就是个油盐不进的"浑不吝"，越说他越来劲，还想着教育他，可算了吧。懒得跟他多说的周自珩最后只发了一句——"还我衣服"，然后就把手机放在肚子上，闭目养神。

没过一会儿，手机振了一下。

周自珩拿起手机，点开新消息。

是夏习清发来的一张照片。

准确地说，是他裸着上半身穿着自己那件灰绿色外套，而且没拉拉链的照片。

"小珩，看什么呢，这么起劲儿？"同组大他好几岁的男主演走了过来，周自珩慌得不行，赶紧退出了微信："啊？没、没什么，刷微博呢。"

"看戏啊？你都在圈儿里这么久了还喜欢看八卦新闻啊。"男主演笑起来，"导演叫你呢，你过去看看。"

"行，我马上过去。"

周自珩尴尬地收起手机，走到导演那边。导演给他说戏的工夫，夏习清发了不下十条消息，手机在口袋里振个不停。

"小周，你手机跟电动牙刷似的。"导演打趣道，"看看吧，是不是有啥急事儿啊？"

能有什么急事儿啊？周自珩尴尬地摇了摇头："等会儿再说吧。"

夏习清快被周自珩逗死了，二十五年了，头一次碰见这么有意思的家伙，当时穿走他的衣服回来就拍了张照，还真派上用场了。

"到了。"

下了车，夏习清就给陈放打了个电话，没过多久就看见写字楼里出来一个平头高个儿，穿着一身板正的西装，老远就朝夏习清招手。

"还真没开车来。"陈放笑着撞了撞夏习清的肩膀，"哎，听其琛说你前两天去录节目了？你这是要出道啊，我这一手的边角料正愁没地方曝呢。"

夏习清下巴微微抬了抬，眼睛扫了扫陈放："你试试？"

"不敢不敢，"陈放嘿嘿笑起来，掏出钥匙，"走走走，带我们清哥看房子去。哎，你晚上有事儿吗？一块儿吃饭呗。"

"没事儿，我还能有什么事儿啊？"夏习清跟着他上了车，系安全带的时候忽然想起周自珩那个二愣子，忍不住笑起来。

"你就是一富贵闲人。"陈放叹口气，发动了车子，"真有福气啊，我每天都不想上班。"

啪的一下把安全带扣起来，夏习清侧过脸去看了一眼陈放："这福气给你，你要不要？"

想起夏习清那一家子乱七八糟的破事儿，陈放自觉说错话了，赶紧改口："那投胎投成你这么帅的福气我当然要了，立刻进军娱乐圈。"

"少来。"夏习清脑袋靠着车窗，跟陈放聊着最近一些有的没的，不算高峰期，车开起来还算顺，就是不知道为什么，眼前老是冒出周自珩那张脸，那副总是被自己折腾得不知所措又强装镇定的样子。

陈放带他来的这套公寓的确不错，几乎是市中心的好地段，小区进门就有一系列的安保系统，住户以外的人根本进不来。

"这里的电梯是指纹识别，一梯两户，现在是用后台系统的初始卡刷的。"陈放领着他进去，里面果然是没有显示楼层的，"怎么样，还不错吧？"

电梯门打开了，陈放走在前头介绍道："这里一出来有一个门廊，然后就是两户的门了。"他指了指右边那户，"这户就是我说的那套。"

夏习清看了看左边的门："那这套呢？"

"这套据说刚开盘的时候就卖出去了，不过这边客户都是保密的，我也不知道究竟住的什么人。"陈放拿着系统卡开了门。

里头果然不错。全落地窗的户型，一进门就感受到了饱满的光线，偌大的空旷客厅只有最基本、最简单的装修，楼梯的设计很亮眼，采用了斐波那契螺旋线的设计，漂亮极了。

"这里二楼有一个恒温游泳池，"陈放冲夏习清使了个眼色，"你开派对都没事。怎么样？"

"挺好的，就这套了。"夏习清的性格从来不拖泥带水，直接付了款，拉着陈放一起去吃饭喝酒。

人一喝酒，话就多起来，尤其是多年老友，陈放特好奇夏习清拍真人秀的事，问个没完，夏习清只能一一跟他说。陈放也不傻，听着夏习清的话越品越觉得奇怪，他说起别的都是一副懒洋洋的样子，可一提到周自珩，立马起了劲，脸上的表情都不一样了。

"哎，等等，周自珩不就是你之前喜欢的那个男明星吗？"陈放惊呆了，"所以你前几天跟你的偶像在酒店待了一晚上？！"

"瞎说什么？"夏习清抿了一口，手轻轻地晃着杯底的红酒，"他睡沙发，我睡床，半夜的时候我就走了。"

微信消息石沉大海，夏习清懒散地用手碰了碰手机，屏幕亮了又灭，都过了这么久，周自珩还没回消息。

陈放见他低着头，忍不住调侃道："你干吗老看手机，又等哪个小情人的消息呢？"

"喊，老子最近守身如玉。"他点开了周自珩的头像，有点奇怪，一个大男人，头像竟然是一朵纸叠的小花。

幼稚。

想到周自珩那副三好学生、五好青年的模样，夏习清就忍不住想笑，出于好玩的心理，他点开了"修改备注"，把周自珩简单直白的微信名改成了四个字——"道德标兵"。

夏习清其实也不知道自己究竟哪根筋搭错了，闲得发慌跟他在这儿耗。

或许是因为周自珩实在是太难搞了。

可是他最喜欢逗弄难搞的人了。

听导演讲完了戏，周自珩正要走，被导演揽住："小珩，别走，这两天辛苦了，走，跟大家一起去吃点儿好的，我请客。"周自珩原本是不怎么参加饭局的，但这个导演跟他关系特别好，很小的时候就带过他，也不好推脱，就跟着一起去了。

吃着饭，聊着天，他都忘了夏习清那档子事儿了。

"喝酒吗？"男主演啤酒瓶口对着周自珩，问了句。

"小珩不喝酒的，别给他倒了。"周自珩还没来得及开口，导演就替他接了话："哎，小珩，刚刚一直跟你说话，你都没顾上看手机，是不是有人找你来着？发了一连串呢，你赶紧看看，别因为我耽误你大事儿啊。"

什么大事儿啊……周自珩在心里冷笑了一下。

不抱任何期望地打开手机，夏习清之前发的一连串消息冒了出来。

ZZH：把我的衣服还给我。

Tsing：想要衣服啊，求我啊。

Tsing：讲真的，你觉得我怎么样？

Tsing：感觉三观挺不合的，不太能做朋友。但我可是你的忠实粉丝。

Tsing：要不我们做朋友试试看呢？

看到最后，周自珩生怕被坐在旁边的人看见自己的聊天记录，他下意识地拿手去遮，却不小心点进了夏习清的主页。

他竟然换头像了！他竟然把今天发给自己的那张照片换成头像了！

疯了吧？！

周自珩盯着那张照片看了好久，最后咬牙切齿地，将夏习清的微信备注改成了当下周自珩认为最符合他本人的四个字——"恐怖分子"。

房子装修好的那天，夏习清原本准备叫上许其琛他们几个来新家聚一聚，这个活动是陈放提起的，因为那天正好是《逃出生天》节目首播。

《逃出生天》节目组为了收视率花了大力气造势，播出前的各种物料自不必说，光是预告片都转发近两万。五个嘉宾几乎个个自带光环，尤其是之前以周自珩粉丝的身份受到关注的夏习清，如今和偶像同上真人秀，更是备受瞩目。

第一期节目预告的基调是非常正统的悬疑风格，碎片化的剪辑、错位的台词、越来越快的节奏和背景音乐一下子就抓住了观众的心。

比起传统的密室逃脱，《逃出生天》多出了寻找"杀手"的部分，剪辑也特意突出了这一点，把大家的矛盾和冲突在预告里放大。

夏习清一早就知道综艺节目的预告套路很深，但没想到这么深，自己被岑涔质问的那一段被剪了进来，味道完全变了。

"假如你本身就不是普通玩家呢？"岑涔的这句话正好配上周自珩替夏习清解开锁链的那一幕，很快，画面转到他靠在墙上微笑着回答这个问题。

"如果我真的是'杀手'，我要做的第一件事，就是'杀掉'周自珩。"

中间掺杂着阮晓解开首饰盒，还有商思睿坐在椅子上笑着说"我弃票了"的画面，接着，画面转换，变成了开始夏习清和周自珩被锁在房间里的一幕，全身被捆绑的周自珩和被锁链固定住、眼睛蒙着黑布的夏习清，面对着面。

岑涔的声音再一次出现："难不成夏习清说的是真的？自珩你真的是'杀手'？"忽然，画面变成一片黑暗。

不，不是黑暗，夏习清用手指按住了耳机，里面传来轻微的喘息声。黑暗之中，出现了红外线摄像头记录下的，周自珩将他抵在墙上捂住他的嘴那一幕。

周自珩的声音开始出现："我如果是'杀手'，的确会第一个'杀'他。"

每个人一开始在房间里的画面一一闪过，最终定格在大门打开的瞬间，从门中走出来的那个身影却被模糊了。

他听见了自己的声音，听起来虚弱而冷静。

"我出不去了。"

在猛地合上门的音效之下，"逃出生天"四个字出现在屏幕上，预告结束。

夏习清摇了摇头，摘下了耳机。这个节目组实在是太会制造冲突了，短短两分钟的预告，几乎没有剧透任何真正的剧情，反而把原本的剧情重组了，所有的矛盾点都集中在了周自珩和他的身上，让观众在看到预告之后就会不由自主地代入他们的冲突，弱化了对商思睿的关注，最终看到真相的时候才会有会心一击的感觉。

实在是太会玩儿了。

夏习清点开了预告下面接近一万的评论，基本和他预想的一样。

Shinyyyy：妈呀，密室逃脱加狼人杀的既视感，如果是"杀手"的话，第

一个想"杀"的人都是对方！这也太带感了吧，我爆哭！！好久没看到这么刺激的真人秀了！（非粉，但是觉得周自珩真的帅爆了）

小蝴蝶不是小福蝶：不得不说白衬衫小哥哥是真的好看啊，笑起来简直是人间天使，我不相信小哥哥会是"杀手"。

我家三三小可爱：奶黄色的思睿太可爱了，虽然三三这么可爱，但我还是想说他在这个高智商游戏里真的太不协调了，哈哈哈。

睿睿吃糖长大的：真的，哈哈哈，三三现场为大家演绎各种"蒙圈"脸。

还有比商思睿更可爱的人吗：拜托不要告诉我睿睿是第一个死的，虽然我心里真的这么觉得。

小姐姐是宝物：没人发现这个节目简直是颜值盛宴吗？那个门萨的小姐姐长得好漂亮啊，完全不像是素人级别的美貌，又有气质又聪明，这是什么仙女下凡啊！

岑哥是人间小天使：我涔难得上一次真人秀，全程都在承担质问别人的工作，哈哈哈，好凶哦。

我爱CC：我涔黑发红唇太美了！

KarenLee：路人，看预告就被"圈粉"了，感觉这个节目好良心啊，场景道具都特别真实，浸入感太强了。

我才不是小僵尸：真的良心啊，像在看电视剧一样！而且这种类型的节目现在真的很少了，完全对我这种悬疑迷的胃口啊！光是看预告就起了一身鸡皮疙瘩，爆红预定。

嘻嘻复嘻嘻：节目组感觉下了一盘大棋，只看预告还不能断言谁是黑暗角色，不过真的太会选嘉宾了吧！周自珩和他的粉丝真的气场爆表！爱了爱了。

……

蒋茵真不愧是金牌制作人，做出来的效果比夏习清想得还夸张，一万条评论里将近有一半在讨论周自珩和他。

不知道周自珩现在看到这条预告会是什么感觉。这么一想，夏习清就好像可以看到他板着一张脸不高兴的样子了。兴致来了，又想逗他，刚打开微信界面，夏习清又犹豫了，他发现了一个问题，自己好像还是头一次这么上赶着。

看着那个始终没有回复消息的聊天框，夏习清最后还是退出了微信，随手把手机扔到沙发上。

刚扔下，就来电话了。原本还挺开心，以为是周自珩那个傻小子，没想到来电显示却是另一个人，夏习清脸上的笑渐渐冷了下来，但最终还是接通了电话。

打完电话的他绕着客厅走了几圈，抽了根烟，又换上了稍微正式点的衣服出了门。

取车前他在四人微信群里发了个消息。

夏习清：今天的局先放一放啊。

陈放：你该不是为了小情人放我们鸽子吧！

夏知许：欢呼.jpg。

许其琛：怎么了？我还说等会儿跟知许买好菜带过去给你做饭呢。

夏习清：临时有点事，明天吧，明天我备好酒等着你们。琛琛，我要吃水煮鱼！

交代完，夏习清就发动了车子，快到晚高峰了，路上堵得厉害，原本就不怎么高兴的夏习清更是烦闷，好不容易磕磕巴巴地开到了目的地，忽然下起雨来。

幸好车上有把伞，不知道是之前哪个小情人留下的，也没得挑，停好车的夏习清撑着伞下来，四处看了看，下午六点的校门口到处都是穿着校服的学生和家长，一个又一个五颜六色的伞盖遮蔽了大部分的视线。

在哪儿呢？夏习清抬了抬伞面，望着四周经过的高中生。忽然，感觉背后一个人撞了上来，手臂环住他的腰。

"哥！"

夏习清叹了口气，掰开了圈住自己腰的那双胳膊，一回头就看见了夏修泽那张笑脸，湿淋淋的头发耷拉在额角，一双和他很像的眼睛弯成了新月。

"为什么不让你爸来？"面对所谓的"弟弟"的笑脸，夏习清并没有给出什么好脸色，手里握着的伞柄往夏修泽怀里一推，"拿着。"

"他去英国谈生意了。"夏修泽拿过伞替夏习清举着，自己的大半边肩膀都露在外面，明明还是个高一的学生，个头倒是蹿得快，跟夏习清比也只差半个头。

那你不会找你妈啊？夏习清本来想这么问，但最后还是没说出口，只冷冷

117

地道:"没家长去,你们老师能拿你怎么样?非得找个人过来?"

夏修泽咬着嘴唇内侧,小声说:"大家都有家长来……我、我要是……感觉不好。"

"有什么不好的,我不是照样毕业了?"夏习清嘴里不饶人,但脚步还是迈向了夏修泽的学校。夏修泽明白哥哥这是答应了,欢欢喜喜地给哥哥举着伞,借着同撑一把伞的机会紧紧地挨着他。

他从小就特别崇拜自己的哥哥,觉得哥哥是世界上最厉害、最好看的人,没人不喜欢他的哥哥,他就是最喜欢的那一个。

可他们身上终归流的不是完全一样的血。

夏修泽的妈妈,介入了夏习清的家庭。一个本来就残缺不全的家庭,终于真正地分崩离析,而夏修泽就是这场崩塌的结晶。

从小,夏修泽就没有得到过夏习清的一个好脸色,他一直很害怕这个年长他10岁的哥哥,因为哥哥永远是高傲的,无论何时都在无视他们母子俩的存在。直到6岁生日的那天,自己穿得像个小王子一样邀请了整个班的同学来家里聚会。站在窗户边指挥大家玩游戏的他望向楼下,不经意间看见被打得一瘸一拐的哥哥坐在家门口的台阶上。

他爬到凳子上在堆满礼物的柜子里找了很久,只找到一个很小的创可贴。夏修泽飞奔着下了楼,小心翼翼地拿着创可贴走到哥哥的身边,半天不敢说话。

站到他腿都发软的时候,哥哥终于转过头。锋利的月光刺在哥哥的侧脸,带血的嘴角一如往常那样高傲地扬着,如同艳丽颓靡的玫瑰。

"你开心吗?"

过生日是一件开心的事。

看到我这么狼狈,也应该是件开心的事。

夏修泽不敢说话,只是走上前,把创可贴递了过去:"哥哥,我给你贴上,贴上就不疼了。"

那一晚,夏习清第一次拥抱了他,就像抱住真正的弟弟一样。

夏习清埋在那个小小的肩膀上,痛哭了一场。

在所有人眼里,夏习清是一个只会对自己的弟弟颐指气使的人。只有夏修泽知道,哥哥才是真正关心自己的人。

初中时期的他还是个发育不良的小矮子，总是会被小混混儿堵，不把身上的钱交出来就会被打。有一次夏修泽没带钱包，身上一分钱也没有，碰巧时运不济，遇到了那几个流氓，被狠狠揍了一顿。

　　鼻青脸肿、满腹委屈的他刚回到家就被爸爸质问是不是在学校斗殴，差点又是一顿打，妈妈拦着爸爸，两个人吵了一夜，相互推脱着教育责任。

　　夏修泽至今都记得，当时靠在二楼栏杆上一言不发看着这场闹剧的夏习清脸上淡漠的神情。

　　第二天一早，夏习清砸开了他的房门，拎着把自己锁在房间不愿意去上学的夏修泽出门，找到打人的那几个小流氓，把他们吓得不敢再找夏修泽的麻烦。

　　"这个家伙确实又没胆又弱，但也轮不着你们几个来替我教训弟弟。"

　　说完，夏习清将夏修泽一把推到这几个混混儿的面前。

　　"以后再被人打成这样，出去别说我是你哥。"

　　从那一刻起，夏习清就成了夏修泽心里的英雄。

　　"行了。"夏习清刚被夏修泽带到教室就开始打发他，"别跟着我了。"教室外面站着一溜的学生，都是夏修泽的同学，一个个眼睛都不带眨地盯着夏习清，女生的表情尤其激动，不住地窃窃私语。

　　像夏习清这种长得好看的，平时被多看几眼是常态，只是这次的阵仗实在是太大了点。

　　他忽然想起来，自己现在已经算是不大不小的网红了，《逃出生天》的预告一出来，他的知名度估计更高了。

　　"修泽，这是你的……"

　　"我哥。"夏修泽又一次搂住了夏习清的胳膊，"帅不帅？我就跟你们说我哥比明星还好看了吧！"

　　"你们家基因真好啊……"

　　"哥哥真的好好看……"

　　夏习清一脸嫌弃地推开快嗨瑟上天的夏修泽："你先回你家去，我开完会就走了。"

　　"我没带家里的钥匙，张阿姨前天请假了。"夏修泽一脸委屈地解释，"她儿子最近动手术，说是要一个星期，最近我都是在学校吃饭。"

"于芳月呢？"夏习清挑眉，直接叫了夏修泽妈妈的全名。

夏修泽的脸色变了变："她也跟着去英国了。"

跟看狗似的看着自己抢来的东西，真有意思。夏习清把车钥匙扔给了夏修泽："先去我车上等着。"

对着这个同父异母的弟弟，夏习清一直都很冷淡，最初的时候甚至可以说是厌恶透了，只要看到这张天真的笑脸，他就会想到自己悲惨到笑不出来的童年。

他时常以这个孩子取乐，从来不把夏修泽看作自己的亲人。直到有一次，夏习清看见他被夏昀凯用高尔夫球杆打，那一幕，简直是看到了当初的自己。

于芳月和夏昀凯之间争吵不断，就像当初夏昀凯和他母亲一样，为了外面的女人争吵，为了钱争吵，为了推卸责任而争吵。夹在中间的夏泽修，几乎在重历自己当年的痛苦。

说不上为什么，夏习清开始对他产生同情，大概是自己小时候的生活实在是太恶心了，不想再看到一个和自己一样在这种畸形环境下长大的人。

那种感觉就像是照镜子，叫人难受。

家长会时间不算长，夏习清别的不说，特别能装，在老师面前给足了夏修泽面子，装出一个三好哥哥的样子，温文尔雅，关心弟弟，完事了还特意跟老师交流弟弟最近的学习和生活，再三感谢老师的照顾，简直不能再正经。

出来的时候雨下得更大了，还没走到门口的夏习清脱下西服外套正要盖在头上，发现夏修泽背着大书包站在教学楼一楼的门口，手里拿着那把伞，耷拉着的脑袋配上墨绿色的校服，活像棵被雨淋蔫儿了的小韭菜。

听见皮鞋的声音，小韭菜一下子挺了起来，转身看到夏习清之后，露出一个灿烂的笑，跟小狗见了主人似的跑过来："哥！开完了是吗？我好饿啊。"

"回你自己家。"

"家里没人给我做饭啊。"夏修泽晃着他的胳膊，"哥，我想吃你下的面条。"

夏习清冲他翻了个白眼，就自己那手艺，也就这缺心眼的傻小子吃得下去。不管夏习清怎么说，夏修泽就跟牛皮糖似的甩不掉，夏习清没办法，只能先开车带他回自己的新房子，身上的衣服半湿不湿地贴着，夏习清早就想换下来了。

上楼的时候夏修泽就一路叽叽喳喳没个完，倒豆子似的给夏习清讲最近的趣事儿，也不管夏习清笑不笑，自己笑得见牙不见眼。

"这个房子好酷啊。"夏修泽知道这电梯是直通房子的，不会有别人，于是一出电梯就抱住了夏习清的胳膊，"我以后能常来吗？我可以来你家做作业吗？我有好多题都不会做。"

夏习清一路上推开他太多次了，累得半死，也就任由他抱着搂着，自己只想赶紧开了门进去休息："你不是考了年级第三吗？"

"那、那我下次想考第一啊。"夏修泽晃着夏习清的胳膊，"我可以来这边做作业吗？哥哥，你现在没有女朋友吧，我不会打扰到你吧，我可以来吗？可以是不是？"

什么女朋友，他哪里有过正儿八经的女朋友？

反正小孩儿最好糊弄，如果他现在拒绝，夏修泽这性格肯定不依不饶，夏习清启动了房间的密码锁，语气敷衍地回答："随便。"

他忽然听到对门传来了声音，好像是开锁了，心里还纳闷，还真有人住在这儿呢，明明搬来一个星期了都不见人影。

夏修泽听见"随便"两个字激动得都要上天了，一下子扑到了夏习清的身上："啊啊啊太棒了，我爱您！快开门，我要进去！"

自己家的门半天没打开，对面的门倒是开了。

"你别抱这么紧，我开不开门了。"夏习清推也推不开，"你能不能不这么着急？"

"就不！"

这孩子，给点儿颜色还开起染坊了。夏习清正想教训他，突然听见对门一声巨响。

砰——

关门儿至于使这么大劲儿吗？什么素质啊！他皱着眉转过头看向一直神出鬼没的邻居。

什么？！夏习清差一点没绷住自己的表情。

这不周自珩吗？

他住对门？

穿着一件黑色风衣的周自珩背靠在自家大门上，双臂环胸，一脸冷漠地看着夏习清，以及像无尾熊一样黏在夏习清身上的穿着校服的小年轻。本来只是

121

出门吃饭的他，恍惚间听见了夏习清的声音，一开始还以为是自己太怕碰到他以至于出现了幻觉，谁知打开门，就看到了这一幕。

"下来。"

夏习清冷静地吐出两个字，眼睛却是盯着周自珩的。

听到哥哥发号施令，夏修泽也没有继续闹下去，乖乖地退开了一些距离，他看了一眼周自珩，这张脸无数次出现在班上女生的杂志和贴纸上，也无数次出现在哥哥的画室里。夏修泽潜意识里觉得对方和哥哥的关系不简单，于是只能委屈又识相地开口："那你把门打开嘛，我先进去。"

说完，夏习清果然给他开了门，他有些担心地望了一眼，小声说了句："我等你啊……"然后轻轻带上了门。

等他？等他做什么？周自珩皱起眉。

"好巧啊。"夏习清脸上早就没有了一开始的讶异，一如往常那样，他懒散地歪在自家门边，对着周自珩露出一个笑。

又是这句话，又是这样的表情。周自珩想到了初遇时候的夏习清，他根本没有变过。

夏习清是个没有下限的人，这一点周自珩早就清楚。前几天他还在戏弄自己，现在想想，没有一句真话。

没等周自珩反应过来，夏习清的手已经伸了过来，修长的手指细蛇一般悄无声息缠上黑色风衣，摩擦了一下，缓缓地替他系上了胸口前的那颗扣子，一双深黑的瞳孔望着周自珩的眼睛，轻声开口："哎。"

夏习清缓缓地眨了眨眼睛。

"这件外套也挺好看的。"

这个人在干什么？

周自珩一把抓住夏习清不安分的手："你又想做什么？"

夏习清的视线懒懒地转到被周自珩握住的手腕，又瞟过去，看向他的眼睛，面无表情地开口："疼。"

完全是下意识的，周自珩觉得自己做得不对，立马松开了夏习清的手腕，张了张嘴,"对不起"三个字就在嘴边了,他突然反应过来。

不对啊,明明是这个人先戏弄他的,凭什么他要道歉啊?

夏习清实在是太喜欢这种把周自珩逗到生气,又用他的好心肠将几近发飙的他束缚住的感觉了。就像一只小老虎,凶起来也怪可爱的的,稍稍逗两下惹得他生气,再用一个精致漂亮的小笼子将他罩住,看着他在里面发狂又无法发作的模样。

"你说咱们是不是挺有缘分的?"夏习清揉了揉刚才被周自珩握住的手腕,"怎么刚好就成了邻居呢?事先说明,我还真不知道你住在这儿。"越过周自珩的肩膀,夏习清往他那边的房子望了望,"一个人住?"

周自珩也没回答他的问题,向左一步挡住了夏习清的视线。

看来就是一个人住了。夏习清笑了笑:"我也是一个人住。"

"所以你想带什么人回来就带什么人回来?"周自珩面无表情地看着他,语带嘲讽。

"看你这话说的,我带什么人回来还得请示你吗?"夏习清仍旧笑着,周自珩却被他这话噎得不轻,一时间不知道该说什么。他也觉得奇怪,自己在这儿较什么劲儿呢,为什么这么大的火气?明明他比谁都清楚夏习清的真面目,早就应该见怪不怪的。

自己没有任何可以干涉他私生活的理由。

见周自珩不说话,夏习清继续道:"所以……如果你听到什么不该听到的声音,别惊讶。"他将散落在脸颊的碎发别到耳后,"不过这么贵的房子,隔音应该不错的。"

周自珩胸口的那口气堵得更深、更难受,他沉下脸:"如果被我听到,我会立刻搬走。"

"搬去哪儿?"夏习清冲他扬了扬眉,声音软了下来,脸上带笑,"搬我家来吧。"

无耻。

周自珩脸上再一次露出嫌恶的表情,忽然看到夏习清身后的门打开了一点点,一个脑袋扒在门缝那儿偷看,分明就是刚才进去的那个小孩儿。他的眉头皱得更深了,从风衣口袋里掏出口罩准备转身离开。

123

吃完饭就打电话给小罗，让他叫搬家公司来，今天就搬，连夜搬走。

谁知道刚迈出一步，他就感觉突然被一个人从后面抱住了，紧紧地抱着，一步都动不了。周自珩莫名其妙地转过身，竟然是刚刚那个穿着墨绿色校服的小孩儿。

"你、你干什么？"

夏修泽抬起脑袋，笑嘻嘻地仰望着周自珩："那个，自珩哥哥！我可喜欢你了！我是你的忠实粉丝啊！你别走，给我签个名儿吧！"

什么鬼？

不光是周自珩，夏习清也搞不懂这家伙突然插一脚是要干什么。

"不是……你先放开我。"周自珩费劲地掰着夏修泽的手，又怕劲儿太大把他给弄疼，"你快撒手啊。"

"我不！自珩哥哥，你要干吗去？"

这小子，一口一个自珩哥哥倒是叫得顺溜。夏习清翻了个白眼，走上前去拽住夏修泽的胳膊："你抽什么风？"

就是自家哥哥出面了，夏修泽也依旧不依不饶地抱着周自珩不让走："你说嘛。"

"吃饭，我去吃饭。"周自珩依旧保持着身为明星最后的风度，"你可以放开我了吧。"

夏修泽的眼睛突然一亮："真的吗？来我家吃吧，我哥哥正要做饭呢！"

哥哥？

周自珩一脸蒙地看向夏习清，夏习清直接照着夏修泽的腿踹了一脚："谁说我要做饭了？"你小子倒是精，卖起哥哥来一套一套的。

"哎哟。"夏修泽露出一张委屈兮兮的脸，屁股掉了个头直往周自珩背后躲，手臂却还是紧紧地环着他的腰，周自珩见夏习清还想动手，忍不住下意识地挡住夏修泽："你别动手。"

这都什么跟什么啊？夏习清纳起闷了："我打我弟弟，关你什么事儿？"

"真是你弟弟啊……"周自珩自言自语，转过头去看后头那个小子，还别说，眉眼长得挺像。

"自珩哥哥，你来我家吃饭吧。"夏修泽趁机又钻起空子来。

"夏修泽,你瞎掺和什么劲儿,是不是皮痒?"

"别动手别动手,都是一家人。"周自珩跟玩儿老鹰捉小鸡似的挡在前头,无奈地劝和。

"谁跟谁一家人?你跟我一家人吗?"夏习清挑了挑眉,脸上完全没有了笑容,恶劣本性展露无遗。他也懒得跟这两个人废话了:"行,夏修泽,我看你跟我这儿耍什么花招!"说完转头一脚把门踢开,走了进去。

见哥哥进去了,夏修泽松开了周自珩,两只手合在一起做出拜托的动作:"自珩哥哥,我真的特别喜欢你,你演的那个、那个……杨未,还有冯子铭,我都超喜欢。"夏修泽一面说着,一面在心里默念,可千万别出错,刚刚找班上的女同学打听的。

周自珩盯着眼前这小子,心想,难不成真是我的粉丝?再一想,夏习清自己都是粉丝圈里有名的画手,弟弟是粉丝好像也说得过去。

就这么,天真善良的大明星周自珩被一个小"假"粉丝的甜言蜜语给忽悠到了另一个大"假"粉丝的家里。

坐在夏习清家客厅的大沙发上,周自珩始终觉得有点不对劲,但又说不清究竟哪里不对劲。夏修泽先是嬉皮笑脸地坐在他旁边,跟查户口似的问了他一箩筐的问题。

"自珩哥哥,你有哥哥吗?你家几口人?

"你哥哥是干吗的?你爸爸呢?

"那你妈妈呢?你爸爸妈妈关系好吗?

"你平常多久回一趟家啊?

"你谈过几段恋爱啊?"

"你……"夏修泽正要继续问,脖子后头的衣领忽然被拎了起来,回头一看,是自己那个皮笑肉不笑的亲哥。

"你给我过来。"

"哦。"夏修泽悻悻地抿了抿嘴,连滚带爬地从沙发上起来,冲着周自珩嘻嘻笑了一下,跟在夏习清后头一直进了厨房。

"说吧。"夏习清弓着腰在崭新的橱柜里找着,翻了半天也只翻到一个小煮锅和锅铲,"你究竟在搞什么?"

"没有啊。"夏修泽像只小苍蝇似的搓了搓手掌,跟着哥哥蹲下来,咳嗽了一声,小心翼翼地开口,"那个……哥哥,我觉得你好像、好像挺想和自珩哥哥做朋友,我就想帮你打听……"还没说完,就被夏习清用锅铲狠狠地敲了一下脑门:"谁告诉你我想和他做朋友的?"

夏修泽委屈地揉了揉自己的脑袋:"可是……我真的觉得……哥哥,你画了好多他的画像,而且刚刚他误会你了你都不生气……"

话音刚落,他就听见夏习清冷笑了一下,站了起来。

"就是因为不想和他做朋友我才懒得解释。"

"那你为什么怕我掺和?"夏修泽也跟着站了起来,"你要是不想和他做朋友,被我搅黄了也没什么要紧啊。"

还真是……夏习清一时之间居然无法反驳这个小傻子的话,相当不爽地看了他一眼,一把揪住夏修泽的校服领子:"你少掺和我的事。"

夏修泽嘿嘿笑了两声,立马露出一副求饶的表情,一根一根掰开哥哥的手指头:"我知道了,我不掺和,不掺和。"说完他就拽着书包带子一步一步往厨房外头挪动,在快要离开厨房门的时候,超小声地丢下一句,"不要一语成谶哦,哥哥。"然后带着求生欲飞快地逃跑了。

最近还真是对他太仁慈了,三天不打,上房揭瓦,夏习清低声骂了一句,一脚踢在橱柜门上。

一个人坐在沙发上的周自珩尴尬又无聊,只能转着脑袋看看房子。这层楼只有两户,一个占据东半边,另一个在西半边,基本是一样的格局,但学艺术出身的夏习清显然不一样,家里的装修充分体现了他的个人风格,黑白的基调里混着少数的红色色块,不完全的冷淡和残缺的热烈。

"自珩哥哥……"

夏修泽的声音突然冒出来,周自珩吓了一跳,一回头看见他趴在沙发的一头,眼睛望着自己,露出一个可爱的笑脸。

老实说,夏修泽笑起来和夏习清几乎一模一样,周自珩几乎要将他们的脸重合。

如果是夏习清这样对自己笑,叫自己……

"自珩哥哥?"

脑子里冒出的奇怪幻想被周自珩的理智统统搅散，他有些慌张地看着夏修泽："怎么了？"

　　"没有，"夏修泽跪在地毯上，一点一点地挪到周自珩身边，笑嘻嘻地仰望着他，"我就是想问问你，你会做饭吗？"

　　等周自珩走到厨房的时候，夏习清站在电磁炉跟前捧着一个手机，还没走进去周自珩就闻到了一股煳味儿，他立马上前几步，关掉了电磁炉。

　　"你干吗？"

　　"你想毒死我们吗？"周自珩看了一眼锅里的黑色不明物，"这是什么？"

　　"煎蛋啊。"夏习清理所当然地跟着周自珩的视线朝锅里望了一眼，"看不出来吗？"

　　周自珩叹了口气，撸起了袖子，将平底锅端起来把里头的"煎蛋"倒进垃圾桶，洗了洗锅："还是我来吧，我可不想因为食物中毒上社会新闻的头条。"

　　"我看你是不想被人发现在我家出事而已。"夏习清耸了耸肩，笑着背靠在流理台上，摘下了身上的围裙扔到一边，手指轻轻地点着大理石台面，"啧，跟我这种人扯上关系啊……"

　　他的尾音一如往常，拖得又轻又长，习惯性地调侃他自己都无所谓了。

　　"对不起。"

　　夏习清愣了愣，连手指的动作都停了下来。

　　周自珩一面往锅里倒油，一面自顾自地开口："刚刚是我不对，我向你道歉。我不应该一直戴着有色眼镜看你，用固有的偏见去判定你做的每一件事，这样做是不理智、不公平的。"他单手握着鸡蛋在锅边敲碎，哧啦啦的煎蛋声显得厨房更加沉默。周自珩心里也很忐忑，他不知道自己的道歉是否诚恳，也不知道夏习清沉默的时候在想什么。

　　"我……""你为什么要道歉？"

　　两个人同时开口，又同时尴尬地结束。

　　"我就是想道歉，"周自珩将煎好的鸡蛋放在一个盘子里，"误会你是我的错，错了就应该道歉，我以后不会没证据就污蔑你了。"

　　"证据？"夏习清忽然笑起来，"怎么，你还想着会有抓现行的一天吗？"

　　周自珩一下子噎住，他的意思又一次被夏习清曲解，正想着合适的措辞来解释，夏习清再一次开口，语气冷淡："你没必要道歉，我就是你说的那种人，这一次是个意外，并不是常态。"

夏习清是一个喜欢反复斟酌言语的人，毕竟谎言和骗局都需要编织的时间。可这些话，他几乎是脱口而出，在他的大脑还没有反应过来的时候，在他听到周自珩的道歉之后。

关心和抱歉是他不曾感受过的东西，让他脆弱、失态、偏离航线，可周自珩偏偏充满了这些东西，仿佛是掌握着他所有弱点的天敌。

他转过身子仔细地洗着自己的手指："不要以为你很了解我，事实上，你所谓的'污蔑'才是我的常态。"这样一幕，让周自珩不禁想到了电影里杀人凶手在谋杀结束后的清理动作。

夏习清的每一个字都说得又轻又缓，手上的动作并没有停止，流动的冰冷的水穿过他的指隙："我喜欢对别人好，亲眼见证一个人把自己的心掏给我的过程会给我极大的满足感，但到手了我就会厌烦，会想方设法地离开，而且不想带着那颗心走，很累赘。"抽开手，流动的水珠骤然停止，夏习清一张一张抽取这台面上的厨房用纸，擦拭着沾满了水珠的手指，"所以你说得没错，我就是人渣。"

周自珩一时间无法回应他的话，想说点什么，张了张嘴，又没说出口，只能默默煮面。半个小时后，周自珩将三碗面条端到了餐厅，连同煎好的蛋和培根。

"冰箱里的东西实在是太少了，做不了什么好菜，就随便吃点吧。"

夏修泽倒是激动不已，像是好久没有吃饭一样。"好香，我超饿！"他脱下校服外套坐在餐桌的椅子上，挑了最大的一份搁在自己的面前，一只手握着一根筷子欢快地敲着桌面，"谢谢自珩哥哥。"

周自珩微笑了一下，以示回应。他想着要不要叫一叫夏习清，可想到刚刚对方突然的剖白，忽然不知道应该以怎样的姿态去接近。周自珩索性放弃了，自己坐到了餐桌边。

夏习清从客厅走到了餐厅，身上带着很重的烟味儿，毒舌地骂了一句："要饭的才敲桌子。"

说完，夏修泽就消停了，收了手上的动作，委屈兮兮地应了一声，乖乖吃面。

夏习清抽了椅子坐下来，低头一言不发地吃了一口面，然后抬起头对周自珩笑了一下："好吃。"

周自珩愣了愣，握着筷子的手在面条里戳了戳，他是个不擅长安心接受他人夸奖的人，尽管从小在这一行，受到表扬的时候还是下意识地找着各种自谦的台词。

"没有，材料太少了，下次……"

下次？

这两个字一说出口，周自珩就仓促结束了这句话。这一次都是临时凑到一起的，哪里还有什么下次？

夏习清轻轻笑了一声，低下头安静地吃着面。

"啊！哥哥，你的节目要开始了，我要看！"夏修泽捧着面碗噔噔噔地跑去客厅，没过多久又在那头大喊，"哥哥！电视怎么开啊？！"

吃完最后一口的夏习清翻了个白眼，拿出手机点了点，又扔到桌子上。

"好啦！打开了！"

这两兄弟的相处模式真是又奇怪又好笑，周自珩正想着，就被又噔噔噔跑回来的夏修泽给生拉硬拽到了客厅沙发那儿。"自珩哥哥，我们一起看吧。"

"我得回去……"

"别回去了！"夏修泽把他按在沙发上，一双眼睛亮亮的，期待的目光再明显不过，"你还有工作吗？"

周自珩犹豫了一下："今天倒是没……"

"那不就行了！"夏修泽坐在了他的旁边，两条腿盘起来，"你先陪我看会儿，我怕我看不懂，你告诉我嘛，反正你想回去还不是抬抬脚开两扇门的工夫。"

这小子的嘴皮子是真溜啊，不愧是夏习清的弟弟……周自珩一时之间竟然找不到可以反驳的地方，就这么被说服了。

不光他，夏习清也拜倒在夏修泽无敌的死缠烂打的功夫之下。就这样，三个人气氛微妙地坐在同一排沙发上看起《逃出生天》来。节目先播出了一个片花，有关于工作人员搭建密室，还有蒙着嘉宾的眼睛带着他们进入密室的过程。

刚开始没多久，原本坐在中间的夏修泽往前挪动着屁股，蹭着蹭着溜到了地毯上。

"你干吗？"夏习清没好气地问了句。

"我喜欢坐地板。"夏修泽笑嘻嘻地转过头，吃完了面，嘴里也没一刻消停，一边看着电视，一边转着脑袋问周自珩节目相关的各种问题。

"自珩哥哥，你们有剧本吗？我听说这种真人秀都是有剧本的，是不是真的啊？"

"剧本……有，但是我们几个嘉宾是没有拿到剧本的，扮演'杀手'的嘉宾好像有。"

"那你们那个房间是真的全封闭的吗？不是做样子的那种？"

"嗯……"

"你们试过撬锁没？我可会开锁了，有一次我跟同学们一起去玩那个密室逃脱，我跟你们说……"话还没说完，夏习清就一脚踹在夏修泽的背上，一脸不耐烦地开口："给我闭嘴。"

"我就问问嘛。"夏修泽屁股往周自珩那边挪了挪，一脸委屈。片花结束，正片的第一个镜头就是周自珩被捆绑在办公椅上的场景。

"哇，自珩哥哥好帅。"

周自珩已经习惯在电视机上看见自己的脸，此刻的他却有些紧张，说不清为什么。镜头切换到了夏习清的脸上，他的头发半扎起，穿着那件熟悉的白衬衫，双眼被黑色的眼罩遮住，一张精致的脸上没有多余的表情。

周自珩忍不住开始回想当时的场景。

"哥哥也好好看！"夏修泽的话打断了他的回忆。

印象中的夏习清、镜头里的夏习清，还有此刻就在身边的夏习清，明明是同一个人，周自珩却总觉得有哪里不一样。

忍不住想瞟上一眼。

夏习清半躺在沙发上看着节目，更准确地说，是在看镜头里的周自珩，比起现在的他，刚录节目的时候他还真是够讨厌自己的，无论怎么用一个演员的操守去掩饰、去伪装，总是会在不经意间流露出防备和敌意。不过现在的他，似乎没那么讨厌自己了。

这样想着，夏习清不禁微微侧过脸，去看那张面孔，不小心与他的视线相撞。

周自珩匆匆撇过头，强装镇定地看着电视屏幕，画面已经不再是他们的房间，转到了阮晓的房间。阮晓一个人冷静地观察着房间床头柜上的装置，低头摆弄着，这一段他们在参与的时候看不到，正好周自珩也想看看。

"自珩哥哥，你不是'杀手'吧？我感觉你不像。"夏修泽终于忍不住开始向两位主演寻求线索，如果这只是一个普通的悬疑真人秀，他肯定就安安静静一个人开始分析线索、代入情境了，可现在电视机里的两个嘉宾都坐在自己的身边，他还怎么坐得住啊？

于是夏修泽就这么开始了他没完没了的咨询。

"自珩哥哥，刚刚那个密码我没看懂，怎么回事啊？好神奇！"

"啊！那个我知道，摩斯密码！不愧是我哥，太帅太酷了！但是我不记得对应关系了，我查一查……"

"哎呀，都怪我刚刚去查表了，这一段没看到，这个姐姐怎么找到这个的啊？自珩哥哥……"

……

夏习清终于忍无可忍，将夏修泽的脖子一把钩过来，把他的脑袋夹在自己的胳膊肘弯里，脸上挂着"和善"的笑容，一字一句地说道："'杀手'是商思睿。

"我被他'杀'了。

"最后周自珩第一个逃出去了。"

说完，他松开了自己的手，夏修泽就这么保持着抱住膝盖的动作直直地侧倒在地，整期节目的意义连同小夏同学的内心，被夏习清狠心的剧透三连击击得粉碎。

"啊！你为什么这么狠心！！你疯了吗？你是魔鬼吗？"夏修泽在羊毛地毯上滚来滚去，脚泄愤似的蹬着空气，"我讨厌你！！！"

看着这么幼稚的两个人，周自珩的嘴角克制不住地上扬，忍不住去看一看身边的那个人。

令周自珩感到有些意外的是，歪在沙发上的夏习清，眼睛弯成两轮新月，和以往的笑都不一样，有种恶作剧得逞的满足和狡黠。这么孩子气的笑，周自珩还是头一次在夏习清的脸上看到。

夏修泽对着自家哥哥耍着小孩子脾气："我再也不要看到你了，你太过分了，我要回家自己看。"

双臂环胸的夏习清伸出一只手，朝着夏修泽的背影挥了挥："慢走不送。"

见自家哥哥一点留恋也没有，夏修泽更加生气，一把拽起玄关处的书包，气鼓鼓地开了门，站在门口半天不动，像是在酝酿什么似的。

"哎，我说你到底是走还是不走啊？"夏习清懒洋洋地将电视的声音调大了，"走的话麻利点儿，哦，对了，麻烦给我把门带上。"

周自珩一直在犹豫自己要不要开车把这孩子送回家，他始终有些不放心。

他想了好久终于准备开口："那个……要不我送……"

"啊啊啊剧透的人全家都没有好下场！！"夏修泽突然石破天惊地骂出一句，然后飞快地跑出门去，砰的一声把门关上。

经过短暂的平静后，夏习清气极反笑："什么毛病？闲得没事儿自己咒自己……"

这两兄弟真是……周自珩好笑又无奈地叹了口气，视线终于回到了电视屏幕上。好巧不巧，画面又一次回到了他和夏习清的房间，这一段正是夏习清破解《镜》组曲里摩斯密码的那一幕，电视机里的视角和他在现场的完全不同，应该是镜子附近安置的摄像头拍的。

正面视角里，双手被锁链固定住的夏习清高抬起腿，一脚将镜子踢得粉碎，再缓缓收回，果决又冷静。不知道为什么，明明剪辑很好，制作也很精良，甚至节目配的背景音乐都恰到好处，但周自珩总是觉得缺了些什么。

镜头无法还原出当时身在密室里，亲眼看见夏习清踢碎镜子的震撼。

夏习清的眼睛专注地盯着电视屏幕，看着自己将被固定的双手举到周自珩的面前。

"你知道吗？"周自珩忽然开口，"当时我想的是，要不我现在把钥匙拿走吧，夏习清这么狡猾，有钥匙在手的话好像保险一点。"他看向夏习清，笑得格外坦诚，"起码有把柄在手上。"

夏习清面无表情地看着周自珩，他微微弯起的双眼，上翘的嘴角，说话时露出的洁白的齿列，轮廓深刻，气质清爽，让人不由得想到了爱琴海沿岸雪白如浪花的屋顶。

"我当时还一直觉得你就是'杀手'，所以才会戒备心十足。"周自珩转过头去，看着屏幕中的自己接受了夏习清的请求，正低下头帮他解着锁链。

夏习清的声音很柔和："其实我最后能顺利出来，还是因为你，多亏了当时你愿意帮我。"

周自珩对他突如其来的示弱感到很不适应，反而找不到合适的方式去应对，只好反问："是吗？难道你不会觉得阴谋得逞？"

夏习清回过头，看着他，眼神里带着一丝轻佻的笑意："在你心里我就是这样的人吧。"

"我不是这个意思。"

"有什么说不出口的？"夏习清靠在沙发上，懒懒地转过脸，"从一开始就看破我的嘴脸是件天大的好事，我也不用藏着掖着。

"装好人很累的。"

说完，他关掉了电视。"我现在就累了。"瞥了一眼周自珩，夏习清微笑着说，"你走吧。"

家里的每一盏灯都亮着，夏习清一夜未眠。

早上的时候收到了蒋茵的消息。

"在吗？节目的收视率爆了，现在××杂志邀请你和自珩拍特辑，双人封面和内页，你晚上有时间吗？"

夏习清正要回"没空"，电话就打了进来，他犹豫了一下还是接了。

"考虑得怎么样了？"

这女人还真是个风风火火的个性，夏习清笑起来："你说得跟我有时间考虑似的。"

"五大刊里只有这一本自珩没上过，而且这一次他们安排了林墨来拍，你应该知道他有多难请吧。"

林墨的名气的确不小，算是半个艺术圈的，夏习清也听说过，不过不仅仅是在业务能力方面，还有堪比夏习清的私生活作风。

"所以呢，"夏习清靠在床上，"跟我有什么关系？"

蒋茵对他的态度变化有些摸不透，之前明明还是一副乐于合作的样子，她犹豫着措辞："你是不是不愿意？"

"对，我不愿意。"夏习清直截了当地回答，"不仅我不愿意，你们家大明星更不愿意。"

跟周自珩有关？蒋茵有些奇怪："你们发生矛盾了？"

"我们之间的矛盾还少吗？"夏习清倦怠地转了转脖子，给自己点了支烟，"你让他自己去吧。"

"对方指明让你和他一起。"蒋茵叹了口气，"你估计还不晓得你们俩现在有多高的热度，昨天第一期的收视率破5了你知道吗？你们俩的名字几乎占满了热搜榜的前十位，网上那些女孩儿跟疯了似的，我还是头一次见网友这么疯魔。到处都在转发你们在节目里的片段，简直是刷屏。"

夏习清想到了昨晚的场景，忍不住讽刺地开口："那又怎么样，都是演出来的，怎么，现在还要让我真情实感地负责售后吗？"

蒋茵有些诧异，此刻的夏习清似乎和她印象中那个优雅的痞子有很大的出入，像是吃了枪药一样。"我不太清楚你们之间发生了什么……我刚才通知自珩的时候，他也没回复我，估计还在睡，不过这一次的机会实在是难得，本来我们就一直在时尚这一块努力……"

"你要是真想让我跟他一起上。"夏习清突然开口打断，"就让他给我道歉。"

蒋茵愣了愣："道歉？"

"对，让你们家大明星给我道歉。"

蒋茵这才发现，夹在中间的人有多难做。

也不知道是怎的，夏习清觉得气顺了许多，幼稚得像和隔壁班小男生打架的小孩似的。洗了个澡来到画室，坐在了空白的画板前，他脑子里还是周自珩那张脸。

夏习清皱起眉，握笔的时候放弃了脑海里的第一人选。

之前答应给商思睿的画，到现在都多久了还没动笔。他凭着脑海里的记忆用铅笔定了个草稿，上色也没有花费太多时间，但呈现出来的效果还不错。水彩调出的鹅黄色在纸张上的表现力十足，阳光之中透着一种少年的天真感。

签完名，夏习清拍了张照发给商思睿，对方几乎是秒回，他都怀疑这还是不是那个行程满档的万人迷偶像了。

三三：啊啊啊好好看！大触受我一拜！

习清：你公司在哪儿，另一幅画完了我开车给你送过去。

三三：抱住大触！等会儿给你发定位。哎，我现在可以把这张图片发微博吗？

习清：当然了。

刚放下手机没多久，又来了一条消息，夏习清拿起来一看，原来是商思睿发微博提到了自己。

HighFive商思睿：爱您@Tsing_Summer。大家看了昨天的节目吗？

动作真快啊，夏习清笑着给他点了个赞，想了想，毕竟是节目组的嘉宾，似乎应该转发一下意思意思，于是转了这条微博并且附上了一个爱心的表情。

他的转发立刻得到了商思睿粉丝的狂转，这倒让夏习清挺不习惯的，虽然"神仙大大""大佬"这些话他以前也没少听，但突然换了个群体，变成了另一个人的粉丝。

三三全世界最可爱：啊啊啊习清！天哪！我节目里最喜欢的两个人！

睿宝今天也很奶：我一个爆哭，没想到这两个人关系这么好！谢谢习清的画！

我爱三三：画风太美了，节目里习清就对三三很温柔，感谢习清！

……

没过多久，他俩的名字就一起上了热搜，夏习清没想到居然有那么多人在讨论。

我是一个棉花糖：我昨天看的时候弹幕都在吹周自珩和夏习清，我觉得夏习清和思睿也很可爱啊。感觉周自珩和夏习清有点太针锋相对了，没有信任感，互相都在试探。夏习清和思睿就很要好，明明是陌生人，但是有种一见如故的感觉，而且习清对思睿真的很温柔。

那都是装出来的。夏习清的手指往下滑了滑。

小飞侠Aries：对对对！他们真的可爱，夏习清对思睿超好！

谁还不是小可爱：我还是比较喜欢周自珩和夏习清欸，他们的气场简直了！

有博主将三个人的照片放在了一起，微博标题直接写了"高口碑真人秀《逃出生天》首播，你更喜欢谁？"，这条微博下有接近一万的评论，几乎聚集了各个圈子的路人，他们为了各自喜欢的人聊得热火朝天。

靠奶茶续命：我觉得朝代组三个人都很萌啊，我名字都想好了，就叫"夏商周"！
……

夏习清关掉了微博，准备继续画画，忽然收到了一条微信。

道德标兵：跟我去拍杂志。

夏习清乐了，这人脑子里到底在想什么？

恐怖分子：是蒋茵没告诉你，还是你根本听不懂？

等了好一会儿，周自珩都没有回复，夏习清越发气恼，看着满屋子周自珩的画像更是堵得慌，于是走出了画室，来到了阳台，他从烟盒里抽出根烟，打火机却不好使，按了几次也不出火。

他索性把烟揉成一团。

手机的界面仍旧停在和周自珩的聊天界面，靠在阳台上的他就这么看着界面上方，上面一直显示着"对方正在输入中……"，但他怎么都等不到对方发过来的消息。

就像怎么都点不燃的打火机。

恐怖分子：你有完没完？磨叽个什么劲儿？

过了几秒，终于收到了消息。

道德标兵：对不起。

夏习清长舒了口气，感觉自己差点儿就着了。

道德标兵：我不应该那样说你，其实我并没有觉得你品行恶劣，这中间有很多误会。

这根本不是夏习清想听的。

他没什么好让周自珩道歉的，因为周自珩根本没做错什么，但他就是想让周自珩求他，修补他昨天被周自珩踩碎的矜贵。

可周自珩真的向他道歉了，像个做错事的孩子那样诚恳。

他突然不知道怎么说才好了。

一拳打在了棉花上。

隔了好久，夏习清才回复了一条消息。

恐怖分子：回来接我。

周自珩的通告很赶，他一晚上几乎也没怎么睡，本来放了一天假就是为了第二天的广告调整状态，结果还是以半失眠的状态去拍了一上午的广告，其间就一直被蒋茵撺掇着向夏习清道歉，一开始他觉得自己根本没错，可后来越想越觉得自己不对，也做了不太好的事，愧疚感越来越重，忍不住还是联系了夏习清。

周自珩本来觉得松了一口气，心情都轻松了不少，广告也顺利拍摄完毕，回公司的路上突然看到了商思睿发的微博。

心里忽然就不舒服了。

原来他给别人画画也画得这么好看。

点开转发和评论，全都是商思睿的粉丝，还有夏习清和商思睿的粉丝，不知道为什么，周自珩有种进了敌营的感觉。

尤其是夏习清的那颗爱心，怎么看怎么扎眼。不小心点进了夏习清的首页，看见他点赞的一条微博，周自珩瞬间就不高兴了。

我是一个棉花糖：我昨天看的时候弹幕都在吹周自珩和夏习清，我觉得夏习清和思睿也很可爱啊。感觉周自珩和夏习清有点太针锋相对了，没有信任感，互相都在试探。夏习清和思睿就很要好，明明是陌生人，但是有种一见如故的感觉，而且习清对思睿真的很温柔。

针锋相对，没有信任感，互相试探。

明明一个字都没说错，可周自珩就是不舒服，尤其是知道夏习清点赞了这一条。

道歉成功的他，还以为一切都可以过去，还为此感到轻松愉快。心情起伏之大，连周自珩自己都想不明白。

在前面开车的助理小罗突然开口："自珩，是现在回家吗？"

周自珩摇了摇头："我不回去了，你把我送到公司，然后去接一下夏习清。"

小罗"哦"了一声，也没觉得有什么不对，想着周自珩应该不太想跟自己的粉丝走得太近。

回到了公司的周自珩不知道去哪儿，直接进了蒋茵的办公室，她正开着会，没工夫管他，周自珩就靠在沙发上刷着微博，看着粉丝之间的讨论。

谁说不是呢：周自珩和夏习清的互动就是那种很有张力的互动啊，名场面、名台词不要太多，"我没让你信任我，我让你利用我"，这一句简直了，配上习清抓住周自珩的那一幕！

心悦君兮：可是老实说，感觉周自珩不太喜欢夏习清，夏习清还是他粉丝，可能觉得有那种偶像和粉丝的距离感吧，全程他也几乎不怎么跟夏习清说话，很冷淡的样子，都没有关注他的微博，昨天节目首播，周自珩和夏习清在微博上也没有互动，而且夏习清还点赞了他跟商思睿那条。别打我，我只是说说自己的想法。

看到这一条，周自珩滑动屏幕的手指顿住了，有种无法反驳但又很想反驳的感觉。

我喜欢吃兔兔：哇，这么一分析，这三个人还真是"修罗场"啊，夏习清是周自珩的粉丝，却点赞了他和商思睿的微博，好想采访一下周自珩现在是什么感受，哈哈哈。

我的感受非常不好。周自珩的眉头深深地拧着，越想越觉得窝火。

节目里的本来就是假的，他们心里都很清楚，只是节目效果而已。不管是他们三个人里的哪一个，随机组合几乎都是受益的。

但他总觉得有种败下阵来的感觉，明明他和夏习清在全网是压倒性胜利的，仅仅一晚上，到处都是他们的画和文章，截图、剪辑满天飞，一个个都吹上了天。可看到这么一两条微博，他还是不舒服。

尤其是最后两条。

于是，赌气没去接夏习清的周自珩同学，换上了自己的小号，点赞了一火车皮称赞他和夏习清的微博，看见一条点赞一条，以此泄愤。

正起劲儿，微信连续弹出几条对话框。

恐怖分子：道歉的时候一套一套的，放起鸽子来连借口都懒得跟你助理编是吗？

恐怖分子：要不我晚上也放放你的鸽子吧。

恐怖分子：我还真是好奇，大明星，你现在在忙什么呢？

小罗怎么这么点事都办不好？！周自珩气得从沙发上一下子坐了起来，正要发短信质问小罗，蒋茵就回来了。

"你在我办公室干吗？有事儿？"蒋茵将手里的文件放下。

"没。"周自珩站了起来，他想着要不还是回去一趟，答应别人的事本来就应该做到的，自己这样中途反悔完全是不守信用的行为，"茵姐，把你的车借我用一下，我回趟家。"

谁知蒋茵直接把办公桌对面的椅子给他拉开了："哎，别走，正好有事要跟你说。"

"啊？"周自珩握着手机，一脸不情愿。

"怎么？有急事儿？"

"也不是很……"

"那就坐下，我这可是大事儿。"蒋茵自顾自地坐了下来，从刚才那厚厚一摞文件夹里抽出几份推到周自珩的面前。没办法，周自珩只能放弃回去找夏习清的想法，给小罗发了条消息，让他一定把夏习清带出来，然后就坐在了蒋茵的面前。

"这是最近发过来的本子，实在是太多了，刚刚开会的时候我们筛了筛，剩下的你看一下。"蒋茵踩着高跟鞋给自己倒了杯水，"这个真人秀的效果实在是太出乎意料了，从预告放出来的时候就有好多人找我，现在第一期收视也这么好，真是没想到。"

"你想到了，所以才会逼着我去的。"翻看着剧本的周自珩毫不客气地戳穿了蒋茵。

蒋茵笑着放下杯子："我逼着你？我看你现在不也挺乐意的？"

139

"谁乐意了？"周自珩撇了撇嘴，不想理会她的调侃，自顾自地低下头看本子。手里的几个剧本相差非常大，从故事内核到表现形式都大相径庭。

"我大概看了一下，这几个导演都不错，李龙立导演手里这个是奔着贺岁档去的，于峰和邵世华两个老牌影帝，又是观众喜闻乐见的喜剧题材，我觉得可以考虑，虽然不是主演，但这个题材你没接触过，可以试试。张博文导演这个本子和他之前获奖的那部《谋杀秋日》类似，都是现实风格的悬疑片，双男主的，另一个男主我听说他们在接洽程松明。"

程松明是周自珩的熟人了，小时候跟他合作过一部电影，周自珩演他的弟弟，他忽然想起来："明哥上次的《遗失》获奖了吗？"

"剧本获奖了，提名了最佳男主但没获奖，"蒋茵叹了口气，"估计这次是奔着最佳男演员去的，所以这一本虽然班底和本子都不错，但我还是不太想让你接。程松明这回明显就是想拿奖，他那个角色是一个盲人杀人犯，有很大的表演空间。你的角色是个警察，我觉得这个角色本身的设定没有太大的突破，基本是为他人作嫁衣。"

周自珩点点头："不过我的粉丝天天盼着我演警察。"

蒋茵笑起来："那是因为她们有制服情结，觉得你穿制服好看。"

"还有医生、飞行员……"周自珩脸上露出无奈又宠溺的笑，"天天在我微博下面放穿着各种制服的PS图。"

"看你，要不是嫌现在的宠粉人设太腻味，真该给你弄一个。"说到这个，蒋茵开始打趣。

周自珩的表情立刻正经起来，微微皱眉："那怎么能随便穿？"

蒋茵扑哧一下笑出声："好了，说回正经的。"她将最底下那一份拿出来，"还有就是这个，这个从导演的资历来说，肯定是比不了刚才那两个。昆诚是个新锐导演，之前都拍小众独立电影，很有才华也很年轻。别的不说，我觉得你会喜欢这个剧本。"

周自珩看了看剧本，标题上写着两个字——《跟踪》。

男主角高坤出生在西南山区，16岁出来打工的时候被人骗钱，走投无路的时候却不慎染上了艾滋病。绝望的他对这个社会充满了报复心，不愿意一个人受罪，于是在某一天跟踪了一个女孩，想要对她下手，但因为女主角林思雅的一个举动放弃了害人的念头。

林思雅是一个患有自闭症的残疾人，听力严重损坏。两个人在相处之中，成了彼此唯一的朋友。

总的来说，是一个相互救赎的故事，杂糅了艾滋病、底层流动人口、残疾人、自闭症、原生家庭、家暴等一系列极富现实意味的元素。

"女主角定了吗？"

听见周自珩这么问，蒋茵就知道自己想得没错，他果然感兴趣。"没，女主角是个大问题，一是年龄，太年轻的没演技，压不住这个角色，演技好的跟你演对手戏，年龄上又有点不合适，再说了，大牌的也不想演。

"他们那边现在都去电影学院找了，想着看看能不能找个有灵气的新人。不过听说编剧还在改剧本，之前已经改了三稿了。女主角这个角色变动挺大，总之你先准备着自己的，过几天带你过去试一下镜。"

周自珩点点头："这几个的档期都撞一起了？"

"程松明那个跟这个撞了，要我说，宁当鸡头，不做凤尾，《跟踪》如果能拍出剧本的效果，绝对口碑票房双丰收。"蒋茵走过来拍拍他的肩膀，"说不定你们会在明年的颁奖礼上同时被提名。"

蒋茵的考虑没有错，虽然他现在年纪还小，但拿奖这种事从来都是嫌晚不嫌早。他又看了看剧本，不知道为什么，觉得这个行文和台词风格都有点熟悉。

"编剧是谁？"

蒋茵的手机响了起来，她看了一眼立刻接通，脸上露出职业性的笑容："哎，来了，自珩正在路上……"客套一番，挂掉电话的她立刻催着周自珩："差点忘了杂志的事了，快下楼，我叫个助理开车送你直接去那边。"

说到杂志，周自珩一下子记起来，他到现在都没有回复夏习清。

算了，装死吧。

在路上的时候周自珩就给小罗发消息，问他夏习清到没到，可小罗也不回复。心里忍不住打起鼓来，不过他想了想，如果夏习清没去，那边应该会有人通知蒋茵的。

堵了半个小时车，终于到了目的地。周自珩刚出电梯就看见了小罗和其他工作人员。

"自珩，你终于来了。"

周自珩一边大步流星朝棚内走去，一边问他："你怎么不回我消息？"

"啊？"小罗蒙了一下，"哦哦哦，我手机给习清了，他说他手机没电了，化妆很无聊，想玩游戏。"

听了这话，周自珩差点儿没摔一跤："你给他了？谁让你给他的？"

小罗也吓了一跳，他难得看到周自珩这么激动，心想，难不成这两个人的关系真像网上说的那么差？不应该啊，夏习清温柔又有礼貌，谁看了都喜欢……

"问你话呢。"

"啊，对啊，习清等了好久，很无聊，我就给他了。"

连自家助理都是一口一个习清的，周自珩真是服了。完蛋了，刚刚给小罗发的消息肯定全被他看到了，这回连装死都不能了。

"自珩，这边。"造型团队的工作人员领着他进了化妆室，里头正巧出来了一个长得很漂亮的女化妆师Shane。Shane也不是第一次给周自珩做造型了，两个人还算熟悉，也就免去了很多客套话："哎，自珩来了，正好，我先跟你传达一下这次拍摄的概念。"

周自珩点点头，跟在她的后面，刚走进房间，就看到了坐在镜子前的夏习清，他被安排穿上了一件缎面丝质黑衬衫，衬得本来就没什么血色的皮肤更白了，一个化妆师在前面调整妆容，发型师则手握着卷发棒在后面替他做造型。

和以往随性的发型不太一样，夏习清长至颈间的黑发被卷出非常轻微的弧度，懒散地半掩着他深邃精致的侧脸，整个人的气场都被妆发影响，从风流的洒脱，变成矜贵的慵懒。

正看着，坐在椅子上的夏习清忽然转过头，眼睛缓慢眨动的同时，歪着嘴角朝他笑了笑。

周自珩的大脑滞缓了几秒，才努力地恢复运转。他不知道用什么样的表情回应夏习清的微笑才是适宜的，毕竟他们连朋友都不是，他们之间的关系太奇怪了，超出了周自珩二十年来对于人际交往的全部认知。

Shane拿出几张概念设计稿给周自珩看："这是林墨给我的，这次的风格会比较贴近……你看过《汉尼拔》吗？"

周自珩点了点头："你们要做恐怖特辑吗？"

"不是啦。"Shane 笑起来,"只是相似的概念,你是一个相对邪恶的角色,我们可能会把你的造型做得比较冷傲,哈哈哈,反正你一向都是走的这个路子啦。"

"正与邪……"

现实完全颠倒了过来,讽刺极了。

"差不多。"造型助理将挂了一排服装的移动衣架推了过来,Shane 走过去从上面拿下一件白色高领毛衣,又走到配饰区找了副金丝眼镜,还有一双外科医生手术时才会戴的手套。

换好衣服出来的周自珩刚坐下,就听见旁边的化妆师正在向夏习清套着《逃出生天》的剧透。

"哎呀,习清,你就告诉我嘛,我不会告诉别人的。"

夏习清浅浅地笑着,眼睛往上抬了抬看着化妆师:"怎么办?告诉你之后,你就不会看下集了。"

"我肯定会看的!我带着全家老小一起看。"

看着夏习清脸上温柔的微笑,周自珩心里不太高兴,他扯了扯毛衣的领子,盯着镜子里的自己。

"呀,习清,你的嘴唇怎么回事?我才发现。"化妆师正要给他上唇膏,却发现他的嘴唇上有很深一道伤口,"都结血痂了。"

周自珩忍不住在镜子里偷偷瞟了一眼,只见夏习清仍旧笑着,一脸没什么要紧的样子:"被狗咬了。"

"真的吗?哈哈哈,你肯定在骗我。"

"骗你的。"夏习清的眼睛垂下来,"自己不小心咬的。"

化妆师也没继续深究原因,只是觉得有点难办。"Shane,他这个伤结痂了,上不了颜色,怎么办,后期吗?"

正跟周自珩的发型师讨论着发型问题的 Shane 走过去查看了一下,还真的挺严重的。"我去把林墨叫过来,他那人有强迫症,麻烦得要命。"说完 Shane 就离开了化妆室。

老大发了话,造型组的人也就没敢轻举妄动。空下来的夏习清侧过脸,为了防止头发蹭到妆,他的头上还别着两个银色的小卡子,看起来特别可爱。

没多久，Shane 再一次风风火火地走进来，后头跟着大摄影师林墨。老实说，这并不是夏习清第一次见林墨，留学的时候曾经在一个派对上碰过面，还发生了点冲突。

和印象中的形象有了一点偏差，穿着一身皮衣的林墨留着圆寸，他一走进来就看到了夏习清，脸上露出微笑。

夏习清现在对林墨没什么感觉，但一向的伪装让他习惯性地回了一个笑脸。

"听说你的嘴受伤了？"林墨走到了夏习清的身边，"我看看有多严重。"说着他的手就要捏住夏习清的下巴，被夏习清不动声色地往后闪过了，自己伸手扯了扯下嘴唇。

"还真挺严重的。"

一旁的 Shane 提议："其实修掉也是看不出来的。"

"修什么？"林墨笑了笑，"你难道没有听过一句话，美人的伤口也是艺术品吗？"

坐在一旁闭着眼吹头发的周自珩听到这句话，睁开了眼睛，眉头微微皱起。

"这样吧，我们改一下概念，你们组有特效化妆师吧，现在去把他叫过来，在夏习清的脸上画一道伤口。"林墨歪着脑袋仔细地端详着夏习清的脸，"就画在右边，颧骨往下。"Shane 应了一声，领着已经没什么用处的化妆师离开了。林墨走到刀具柜，找到了一把剪刀，然后拿着剪刀绕着夏习清转了两圈。

夏习清大概猜到他要做什么了。

吹风机的声音停止，发型师在化妆台上没有找到要用的喷雾，只好先让周自珩等一等，她去车上找工具箱。周自珩点了点头，目送发型师离开以后，转过头，眼睛盯着夏习清和他身边的那个人。

林墨伸手抓住了夏习清的黑色丝质衬衣，在肋骨以下的部分剪开了一个口子，又用手扯了扯，然后在肩膀那儿又剪了一刀，手指放在被剪开的破口处，将它扯开，布料破裂的声音，在寂静的化妆间显得格外刺耳。

"没想到兜兜转转，我们竟然还会在国内重逢。"

"重逢"这个词用得真叫一个微妙，夏习清心里冷笑，说得就跟他们以前交情有多深似的。

"真是有缘。"林墨的手放在了夏习清的肩头，眼睛看着镜子。

144

夏习清很快皱起眉，想起了当年林墨惹怒自己的事情。

他的忍耐早就到底了。

正当夏习清准备发作，令他没想到的是，一只手竟先于他抓住了林墨的手腕，将那只放在夏习清肩头的手举了起来。

周自珩的身高和气场具有天然的压迫性，即使一言不发，光是一个眼神，就充满了威慑力。

林墨愣了愣，他还真是没想到周自珩居然会横插一脚，不禁笑了起来："自珩，你这是……"

"都是一个圈子里的，很多事情你我都见怪不怪。但是……"周自珩的下巴微微扬起，俯视着林墨的眼神冷到了极点，嘴角却是上扬着的。他的声音低沉而缓慢，意味深长。

"我的粉丝涉世未深，我觉得有必要保护他一下。"

说完这句话，周自珩松开了林墨的手腕，两手插在西装裤的口袋里。

林墨一向和周自珩没有交集，但直觉已经告诉他，周自珩和夏习清之间一定有什么关系，他笑着摸了摸自己的手腕，眼睛瞟了一下夏习清，意味深长地点了点头："涉世未深啊……"

镜子里的夏习清扬了扬眉尾，林墨自觉无趣，笑着离开了化妆室。门再一次合上，房间里只剩下周自珩和夏习清两个人。

不知道为什么，刚才那种霸气十足的底气突然就像是泄了气的气球似的，一下子全没了，周自珩觉得自己简直是多管闲事。

越想越不是滋味，谁知忽然听到笑声，周自珩回过神，看见夏习清脸上憋不住笑，低着头越笑越大声。

"你笑什么？"周自珩有点恼怒，自己明明是在帮他，还被他这样嘲笑。

夏习清的眼泪都要笑出来了，他努力地平复了一下，抬头看向站在自己身边的周自珩："涉世未深？"他抿嘴憋笑，手撑着下巴，手肘抵在椅子侧面的扶手上，望着周自珩的眼睛弯成了两道新月。

不说别的，这张脸配上"涉世未深"四个字一点毛病也没有，周自珩心想。

夏习清的眼睛亮亮的，里头像是揉碎了一把星星，他的手指轻轻在脸颊上点着，复述刚刚周自珩对林墨说的话："都是一个圈子里的，很多事情你我都见怪不怪。"说着，他的声音放慢了，尾音像是午后被风卷挟的残云。

"见怪不怪……"他伸出一只手，摸了摸周自珩身上白色毛衣的柔软面料，修长的食指骨节分明，像是画笔一样描摹着编织的纹理，他眼角天真的笑意渐渐收敛。

"对哪些事见怪不怪？"

周自珩的眉头微微皱起。

这个人简直是……

"我只是找个借口。"

"为什么要出头？"

真是有趣，找借口都这么有意思，夏习清挑了挑眉："所以在拍摄前得罪摄影师也无所谓了？"

"我怕什么？对我来说，摄影棚里的成片和路人随手拍出来的照片没什么区别。"

周自珩淡定自若地说着大言不惭的话，夏习清的眼睛扫视着他的全身。

说得也没错。

夏习清从椅子上站了起来，伸出双手帮周自珩整理着他的高领，揶揄了一句："放心吧，身经百战的绅士。"

没过一会儿，Shane带着特效化妆师回来了，一进门就小声地抱怨着林墨的麻烦和琐碎。夏习清和周自珩假装什么事都没有发生一样，各自坐在各自的位子上，周自珩的发型师也回来了。

"自珩，我刚刚和他们讨论了一下，觉得湿发会更性感一点，"发型师抓着周自珩被吹起来的头发，"但是不会很湿，前额这一块的。"她抓起一部分，按住喷雾，喷出快要滴下水，但水珠会蓄在垂下的发尖上的效果。

特效化妆师在夏习清的脸上画了一道长长的疤痕，但他觉得还不是很够。

"可以把它画成皮肉绽开的效果吗？"夏习清微笑着对化妆师说，"我觉得冲击力会更大。"

妆发都准备完毕，夏习清看着周自珩戴上了那副金丝眼镜，深邃的眉眼被金色的边框禁锢住，配上高领毛衣，有种难以言喻的冷傲感。

他最后看了一眼镜子里的自己，被撕破的黑色衬衣，裸露在外面的皮肤，脸上可怖的伤口，嘴唇上画的血痕和结痂，看起来还真像是一个可怜的弱者。

摄影棚被布置成纯黑色的背景，中间放着一把巴洛克风格的浅棕色胡桃木软垫靠背椅。

"习清，你先坐在椅子上，我拍两张试试光。"林墨朝夏习清扬了扬下巴，夏习清走了过去，坐在椅子上。

"腿分开一点，对，背靠在椅子上，头仰起来。"林墨一面指挥着，一面按动快门，捕捉夏习清的每一个表情。

检查了一遍刚拍下的照片，林墨还算满意："自珩也过去吧。"

夏习清一转头，看见周自珩迈着步子从暗处走过来，一双长腿裹在西装裤里，白色毛衣外面还穿了一件深灰色"人"字纹大衣，他低着头，仔细地将白色的手术橡胶手套戴在手上，抬头的瞬间，金色眼镜下的那双眼睛在反光板的强光下微微眯起。

如果坏人都长着这张脸，应该会迷惑不少人吧，夏习清由衷地感叹。

双人刊封面并不好拍，大部分杂志选用的是最保险也最简单的左右站位，但林墨显然不想用这么无聊的姿势。

"习清坐在椅子上，自珩从椅子后面绕过去，站在他的身后。"林墨又道，"从现在开始，你们要记住自己的身份，一个是坏人，另一个是无辜的弱者。自由发挥。"

周自珩站在夏习清的身后，两个人试了好几种不同的站姿，但都缺点什么，快门按下的瞬间，周自珩的脑子都是空的，他知道自己还没有进入状态，这样拍出来的照片不可能抓人眼球。

林墨拍了一组，化妆师上前给周自珩整理头发："感觉这次的概念很难拍呢。"

周自珩点了点头，看完片子的林墨走到他跟前，对着化妆师说："我觉得妆容的那种感觉还不够，最好再夸张一点。"

化妆师也有些困惑："现在不让拍得太过，就算拍了也不能做封面。"

"含蓄一点也可以。"林墨脸上露出些许不耐烦的表情，"你弄不好就让别人弄。"说完走到一边给自己点了根烟。

化妆师的表情变得尴尬起来，夏习清看了看站在那儿的周自珩，的确，如果做一点改变，感觉会更好。

147

"请问有颜料吗？"夏习清走到了特效化妆师的身边，"我猜你这边应该会有很多红色颜料，刚刚给我画伤口的那种就可以。"

周自珩闭着眼，让化妆师给自己重新喷水，忽然，喷头发出的声音戛然而止。

"自珩。"

夏习清的声音。周自珩睁开眼，一道液体甩到了他的脸上，差一点眯了他的眼睛，他很快闭上了双眼，皱着眉："你干什么？"

"这样可以了吗？"

刚才被夏习清甩到周自珩脸上的红色颜料，附着在他那张轮廓分明的脸上，从前额垂下的几缕湿发，到深邃的眼窝，从颧骨，到唇边。

夏习清将画笔和沾着黏稠红色颜料的盘子交给化妆助理，从周自珩的手里拿过金丝眼镜，动作轻柔地将它戴在了周自珩的脸上。

林墨也走了过来，他脸上满意的表情几乎无法掩饰："好，很好，就是这种感觉。"

解决了这个问题，夏习清又回到了自己的那把椅子上，周自珩眼角的余光跟着他的身影，他似乎是有些累了，坐下的时候微微弓着背，手撑着额头，微卷的头发散落遮住了脸。

他忽然想到了和夏习清第一次在密室相见时的情形。

半弯着身子的夏习清，用被锁链固定的双手替他解开腿上的绳索，以一种俯首称臣的顺从姿态。

"你们这里有锁链吗？"

听到这句话，低垂着头的夏习清忽然抬头，看向周自珩。不得不承认，周自珩意外地很喜欢他这种惊讶，也丝毫没有感觉到，自己已经进入那种状态了。

"有倒是有。"Shane 看向夏习清，"习清，你可以吗？"

夏习清笑了起来："没问题，服从安排。"

Shane 立刻吩咐了助理去拿，还笑着说："正好和你们在《逃出生天》一开始的场景对上了。"助理拿来了锁链，正要递给夏习清，却被林墨打断，"给自珩，让自珩戴。化妆师都出来，要拍了。"

周自珩接过助理手上的锁链，走到了夏习清的身边，单膝跪在地上，靠在椅子上的夏习清将两只手伸到了他的面前，银色的锁链咔的一声锁上。

这种感觉太熟悉了。快门的声音不断地在耳边回响，夏习清的眼睛望着周自珩，看着他站起来，绕到自己的身后。

"自珩弯腰，脸凑到习清的耳边，对，捏住他的下巴。"

"很好，有感觉了，保持这个动作。"林墨变换着角度拍着，就连身边的助理都能听出来，他的声音里都带着兴奋，"自珩的手伸过去，右手掐住他的下巴。"

第一组的照片拍了将近一个小时，效果实在是太惊人了，就连棚里的工作人员都在赞叹。

"这两个人的表现力，太厉害了。"

"不敢相信那是个素人，好好看啊。"

"别犯花痴了，赶紧工作。"

选片的时候，林墨和杂志总监意见几乎完全一致，都选择了同一张片子。

画面里，夏习清坐在精致华丽的酒红色软垫靠椅上，双手被锁链固定。脸上溅上颜料的周自珩站在他的身后，戴着白色橡胶手套的右手从后面掐住了夏习清的下巴，逼迫着他微微仰起头。

另一只白色手套被他咬着扯了下来，用牙齿咬住叼在嘴边，裸露的手抚上夏习清的下颌骨。

两个人的眼神都直视镜头。金丝眼镜下的那双眼冷漠而残忍，掺杂着某种计谋得逞的快感。

而仰起头颅的夏习清，低垂眼睑，眼睛仿佛透过镜头发出求救。

实在太妙。

后面两个场景都是单人内页的拍摄，周自珩的场景是卧室的衣柜前，衣柜拉开的门内嵌着一面等身镜子，造型助理替他拿走了眼镜。

"想象你现在已经完事，然后你回到自己的房间，换掉被弄脏的衣服。"林墨调整好机器，对准周自珩，"视线对着镜子里的自己，没错。"

周自珩将毛衣下摆拉起，右手手肘钩住毛衣往上，右侧的身体裸露出来，站在场地外的夏习清手里拿着一杯饮品，看着周自珩露出的腹肌和人鱼线，老实说，比他之前想象出来的更具冲击力，这样的身材实在是太完美了。

"两个手肘架住衣服，眼睛，看向镜子，对。"林墨换了个角度，靠近了一些,"脱下来,用手指擦脸上的颜料,抬下巴,非常好。"

夏习清的眼睛盯着周自珩整个露出的后背,随着动作不断牵动着的背肌,还有向下延伸的,精瘦的窄腰。

啧,这人的身材还真是好到让人嫉妒。

到了夏习清的个人拍摄,场地换到了浴室,里面放着一个装满了热水的浴缸。林墨和夏习清讨论着拍摄的想法,换了另一套衣服休息的周自珩在摄影助理的安排下看着之前的片子。

夏习清躺在了浴缸里,温热的水淹没他的身体,丝质衬衣贴上了他的皮肤。夏习清把头倚在浴缸的前端,手臂搭在边缘,林墨觉得这个姿势不错,于是拍了几张,继而叫来了造型师,拿来一条三指宽的白色蕾丝长带,走到夏习清的身边。

"把这个搭在眼睛上试试。"造型师听从林墨的安排,将白蕾丝轻轻放在了夏习清的眼睛上。

"灯光师,头顶那边,布光,要偏黄的。"

周自珩坐在一边,看着躺在浴缸里的夏习清,眼睛上蒙着白色的蕾丝长带,有种阴郁的美。这个圈子里有太多中性风格的人,他们长着比大多数女孩还要精致的面孔,但在周自珩的审美体系里,那些被包装出来的漂亮,都不足以称为美。

看了之前的片子,林墨微微眯眼:"我觉得还是有点不够。"他叫来了总监和Shane:"把这个浴缸里的水全弄成红色。"

"不行。"总监摇了摇头,直接否定了他这个决定,"刚才自珩脸上的就已经算是擦边球了,这种大面积的绝对不行。"

Shane耸了耸肩:"我早就跟你说过。"

周自珩坐在另一头,听得一清二楚,他转过头,朝着小罗招了招手。

"就差这临门一脚。"林墨觉得很不满意,他的完美主义根本不允许自己在这种时候妥协,他又给杂志主编打电话交涉,依旧是否定的结果。几个人在摄影棚里争执不下,几乎快要吵起来。

讨论和争吵已经持续了十几分钟,浴缸里的水渐渐地冷下来,夏习清觉得心累,站在艺术的角度上,他理解林墨这种坚持,但艺术和能否发行不是一回事。他拿下了白蕾丝，转了转脖子，侧过来去看周自珩。

坐在远处的周自珩也和他对上了眼神，但是只有一瞬间，周自珩站了起来，走到了争吵的中心。

"我有一个想法。"周自珩开口。

原本还在争论的几个人停了下来，夏习清也从浴缸里缓缓地坐起来，屈起一条腿，手臂搭在上面。

"什么想法？"被突然打断的林墨脸上明显带着些许不满，丝毫不愿意妥协的他并不觉得一个男演员在艺术美学的角度上有可以说服他的能力。

小罗忽然走了进来，他的手里抱着两大束红色的玫瑰，身后跟着的花店送花人员的手里还有三大束，每一捧花都饱满而热烈，几乎可以完全遮蔽住他们的上半身，实在引人注目。"自珩，花到了。"

周自珩接过其中的一束，那些花瓣娇嫩而鲜活，他却伸出自己的右手毫不怜悯地抓住了一把，扯碎了上面的花瓣，走到夏习清的身边，将手中揉碎的一把花瓣撒在浴缸里。

"这就是我的想法。"

花瓣洋洋洒洒地从半空落下，落到水面上，隔着飘落的花瓣，周自珩分明看见，夏习清的眼神中泄露了一丝讶异，他微微笑了笑，转过身，将花束递给了造型师。

林墨愣了愣，然后突然大笑起来。他实在是太意外了。

满浴缸的红，这就是他想要的。

"这里有五束玫瑰，每束都有九十九朵，应该够铺满这个浴缸了。"

造型师也看出林墨被这个想法征服了，于是立刻着手，将玫瑰撕碎，撒进浴缸里。周自珩站在一旁也是无事，于是帮着工作人员将花瓣铺在浴缸里。一向性格好、没架子的他经常在片场悄悄帮忙，已经成了习惯。

一片花瓣经由他的手，随着水波缓缓地游荡至夏习清的胸口，和那件破碎湿透的黑色衬衣亲密无间地贴合在一起。

"你是怎么想到这个主意的？"夏习清仰着头靠在浴缸边缘，轻声开口。造型师过来整理了一下夏习清的头发，将那条白色蕾丝长带再一次搭在了他的眼睛上。

周自珩没有说话，沉默地拨了拨水面，手指抽离水面的时候，指尖带起了一片花瓣。

刚才他坐在一边看着夏习清，脑子里就冒出了这样一幕，不需要任何的美学知识，也不需要任何的艺术感知。

"只有玫瑰与你相称。"

他就是这么觉得的。

光是拍摄杂志的封面和内页，整个团队就耗了整整四个小时，好在呈现出来的效果超乎所有人的想象，所以即使辛苦，大家也都非常满意。

"这一次的杂志一定一下就卖光。"总监坐到了周自珩的身边，"拍得太好了，完全可以评选年度封面。"

周自珩谦虚地笑了笑，没说话。

"我发现你们俩在生活中还真的不怎么说话。"总监觉得挺有意思，"我还以为网上的传闻都是假的。"

周自珩看了一眼靠在沙发上睡着的夏习清。"我们其实也只是录《逃出生天》才认识，还不是很熟。"

"听说小夏是你的粉丝啊，我之前好像也在热门看过他给你画的画。"总监一边说着，一边翻了翻微博热门，"昨天还看见了来着……啊，就这个。"

可他刚一点开，又发现不对："哎，等等，哦，这个是画的商思睿，哎呀，是我搞错了。"总监的脸上露出尴尬，把手机收回自己的外套口袋里。

"没关系。"周自珩虽然心里不怎么舒服，但脸上依旧保持着风度和镇定，"你可以去他的微博看，他微博里全是我的画。"

刚说完，周自珩就后悔了，自己这样的表现有点小心眼。

越想越不舒服。

"画得是真的好，听说是佛美的，"总监赞赏地点了点头，"学院派的审美格调就是不一样。"

杂志采访的场地布置好了，小罗走了过来："自珩，等会儿要采访了，你看要不要再补个妆什么的。"

"不用了吧。"周自珩侧过脸去，看见另一张沙发上的夏习清缩成了一团，整张脸都被头发遮住，他犹豫了一下，最后还是轻声对小罗说，"你去把他叫起来吧。"

小罗"哦"了一声，走过去，轻轻晃了晃夏习清的肩膀。睡得迷迷糊糊的夏习清皱着眉，他的起床气一向严重，翻转了身子，面对着沙发靠垫，整个人埋了进去，拿后背对着小罗，一副根本不愿意醒的样子。

"……习清？"

夏习清实在是太缺觉了，前一天一晚上没睡，拍杂志几乎掏空了他本就不充裕的精力，休息间隙刚躺到沙发上就睡着了，脑袋昏昏沉沉的，根本不想睁开眼。

"自珩，"小罗转过身子朝周自珩寻求帮助，"习清好像不太想起来……"

看了一眼夏习清缩在沙发上的背影，周自珩叹了口气："你先去帮我叫一下化妆师，估计等会儿还是要补一下妆。"就在小罗准备走的时候，周自珩又道，"对了，再帮我拿杯水过来，谢了。"

看着小罗走远了，周自珩才坐到了夏习清躺着的那张沙发上，伸手碰了碰他的肩膀："喂，起来了。"把头埋在靠垫里的夏习清闷闷地低哼了一声，动了动肩膀，一副坚决不配合的样子自顾自睡着。

没办法，周自珩只好抓住他的一条胳膊，企图强行拉着他起来，刚把他拽起来了一点，就听见半闭眼、皱着眉头的夏习清沉着声音骂他："烦死了。"伸手想推开周自珩，却被周自珩反握住手腕，毕竟是半梦半醒的状态，夏习清几乎挣扎不了。

"烦死了也得起来。"周自珩拉着他坐起身子，头发遮住脸的夏习清像是被低气压笼罩了一样，百般不乐意地坐起来，半弓着身子盘起两条腿，手肘支在靠垫上，白皙的手掌撑住昏沉低着的头。

怎么感觉他挺不舒服的？

"头疼吗……？"周自珩伸手想拨开他的头发，却被夏习清皱着眉躲开。

他现在这副样子，还真像一只脾气坏透了的猫，周自珩心想。

实在是太累了，夏习清一句话都不想说，整个人还处在半梦半醒的边缘，头重脚轻，似乎下一刻就会坠落到某个很深很深的地方。

耳边周自珩的声音越来越远，像是从天上传过来一样。

好困。

"怎么感觉你……"话说到一半，刚被他拎起来盘腿坐着的夏习清又一次睡着，笔直地倒在了周自珩的怀里。

"……比我还累。"下意识地将没说完的话说完，周自珩愣愣地接住了夏习清，双手自然地扶住了他的肩膀。

他的头抵在自己胸口，微卷的头发软软的。

嘈杂的摄影棚里，所有人都步伐焦急、来去匆匆，各种各样的声音充斥着耳畔，而此刻的周自珩几乎可以听见夏习清疲倦而安稳的呼吸声。

"自珩。"

周自珩一下子将夏习清扶起来，动作实在是太快了，夏习清一下子醒了过来，不满地睁开眼睛。

周自珩咳了一声，不自然地站起来对小罗身后的化妆师说："那个，他刚刚睡了觉，可能要补一下妆，麻烦了。"

小罗手里端着一杯咖啡，生怕碰洒了，用另一只手扶着："自珩，这个……"

周自珩闻到咖啡的香气，皱着眉不太满意地看着小罗："我刚刚说要咖啡了吗？"

"你说要水啊，我看见那儿有咖啡机就帮你弄了，快喝，现在还是热的。"小罗的脸上挂着一副"我是不是很机智？快夸我"的表情。

周自珩叹了口气，接过咖啡。他本来是想着夏习清醒过来应该喝点水，谁知道小罗自作主张地给他倒了咖啡。看了一眼手表，都快晚上十点了，喝咖啡还能睡着吗？

"自珩，你不喝吗？"

看着小罗疑惑的表情，周自珩只好自己喝掉了咖啡，皱着眉把杯子递给他："好苦。再帮我拿杯水，就要白开水。"

"哦。"小罗一脸困惑地接过杯子走开了。周自珩回头，看见夏习清仰头靠在沙发上，闭着眼睛任由化妆师小姐姐替他整理妆发。

"习清，你皮肤太好了吧，为什么熬夜状态还这么好？"

夏习清闭着眼笑起来，疲倦地笑了笑："是吗？还行吧。"

"自珩的皮肤也很好，"化妆师回头看了一眼站在旁边的周自珩，"自珩，我感觉你从小皮肤就很好，我还记得以前你还小的时候，有人说你长大会长残，哈哈，谁知道越长越帅。"

仰着头靠在沙发上的夏习清睁开眼，看见周自珩站在那边，想到刚才就是他一直在吵自己睡觉，于是随手抓了沙发上的一个小靠垫扔向周自珩。

幼稚极了。

周自珩一下子接住，头偏了偏，对着他使了个眼神，似乎是在质问他干什么。

夏习清痞里痞气地挑了挑眉，眼睛瞥到一边。

"你们俩关系挺好的嘛，"化妆师小姐姐八卦地笑着，"听说习清是自珩的'大粉'呢，你该不会是在他还是童星的时候就喜欢他了吧？"

"没有啦，"夏习清笑起来，眼睛又弯成了漂亮的弧线，"我没看过他小时候演的角色，我都不知道他小时候长什么样。"

"啊？"化妆师收起工具箱，站了起来，"你还真是个'假粉'。"

被说中了，夏习清不禁勾起嘴角。

突然，之前被他扔过去的那个靠枕又被直直地扔了回来，夏习清敏捷地伸手接住，用双手抱在胸前。周自珩的眼睛瞥向了别处，一脸不高兴地将双手塞进西装裤口袋里，转身走到了别的地方。

还真照着脸扔啊，怪凶的。夏习清笑着将靠垫放在了一边，又轻轻用手拍了两下，站起来伸了个懒腰。

采访前，主编打电话通知临时安排补拍一组封面，做双版本封面一起发行，于是他们只能临时修改造型。

"习清是不是还没这么辛苦过？"Shane笑着给他撕掉脸上那个特效"伤口"。

"也还好，以前做作业的时候也经常通宵不睡。"夏习清捏了捏自己的脖子，看着小罗朝着他走了过来，给他递了杯水："谢谢，好贴心啊，我正好很渴。"

小罗不好意思地笑了笑，正想说是自珩让他端来的，一偏头看见自珩正冲着他使眼色，只好闭嘴微笑，不自然地抓了抓头发。

新造型依旧延续了之前的阴郁哥特风格。造型师给夏习清搭了件带堆层花边领结的宫廷风白色真丝衬衫，微卷的头发扎了起来，额前留下一缕碎发。

"我天，习清，你也太适合这个造型了吧。"化妆师最后整理了一下妆容，轻轻扶住他的下巴，对着镜子做最后检查，"真的好看，出道吧习清，然后聘请我当你的专属化妆师,哈哈哈。"

夏习清看了看镜子,老实说,这种风格他非常不习惯,只好笑了笑。

夏习清偏过头发现周自珩也在改造型。他换下了之前的高领毛衣,穿了一件黑色的连帽外套,里面是白色低领的内搭,之前吹起来的头发被放了下来,做了侧分刘海的发型,半掩住他优越的额头,妆容清淡。造型师替他将帽子戴上,在镜子里看起来有种神秘的少年感。

和之前的冷傲造型完全不是一个风格,倒像是一条流浪在外的小狼狗。

整理完造型,Shane把两人的化妆师叫了出去:"林墨要跟你们商量第二版的整体造型,还有一些道具。"她又对着坐在镜子前的两个人打了声招呼:"自珩、习清,你们先坐着休息一下,马上就要拍了。"

夏习清回头,冲着Shane微笑了一下,化妆室的门被带上的瞬间,他脸上温和纯真的笑意渐渐收敛,变成似笑非笑的表情。他站起来,端着工作人员准备的饮料,吸了一口,若无其事地走到了正在低头玩手机的周自珩身边。

周自珩闲得无聊,打开了微博想看看有什么新的八卦新闻,一打开就是自己小号的界面,本来就心虚得要命,谁知道这个时候自己的脸突然被捏了一下,吓得他一抖,差点把手机弄掉在地上。

"你干什么?"

夏习清的食指和大拇指仍旧扯着周自珩的脸,另一只手端着饮料,咬着吸管含含糊糊地回答:"没什么啊,就是想知道你长得这么凶,脸会不会也硬邦邦的。"他的眼睛弯起来,"没想到还挺软的。"

周自珩烦躁地拍开对方的手,没想到夏习清竟然抓住他拿着手机的手。"你刚刚怎么这么紧张,像是被人踩了尾巴似的,"夏习清把脸凑到了周自珩的脸侧,声音变得玩味起来,"是不是在看什么不可描述的东西啊?"

心虚不已的周自珩掰开了夏习清的手,将手机放回到口袋里,故作冷淡地吐出几个字,抬眼看向他:"跟你有什么关系?"

"哦——"夏习清的尾音拖得长长的,直起了腰,走到了化妆台前将饮料放下,转身靠在台面上,"我差点忘了,我们自珩可是见怪不怪、身经百战啊。"

这个哏还能不能过去了?周自珩简直后悔死了,自己当初是有多闲得没事儿才会替这个人出头啊。他烦躁地将帽子拢了拢,一副拒绝合作的样子假装看不到夏习清。

夏习清倒是挂着一副无所谓的表情，侧过头看了看化妆台上散乱的化妆品。

"哎，问你个问题。"

周自珩仍旧紧锁着眉，不耐烦地开口："干什么？"

夏习清的脚踩住周自珩椅子上的横栏，把手里的一个黑色包装的方形化妆品递到周自珩的面前，啪的一声打开了盖子："大明星，你天天被人化妆，知道这个的色号是什么吗？"

瞟了一眼他的手里的化妆品，是一块方形的类似粉饼的东西，肉粉色，看起来好像是腮红，周自珩无语地看了他一眼："我怎么知道？"

"你不知道啊，我告诉你。"夏习清伸出手指抹了抹腮红，弯腰俯身贴近周自珩的耳畔，沾了腮红的手指拨开了周自珩的连帽，捏上他的耳垂。

周自珩一把推开了夏习清，恶作剧的肇事者倒是开心得要命，靠在化妆台上捧腹大笑。

"真禁不起逗啊，小朋友。"看着有点恼怒的周自珩，夏习清满意地拿起饮料吸了一口，笑着咬住吸管口，"这是对你刚刚把我吵醒的惩罚。"

"你讲不讲理？"周自珩烦躁地一脚踩在化妆台的边缘。

夏习清扬了扬眉："讲什么理？我就是道理。"说完他看了一眼周自珩踩在自己旁边的脚，刚要伸手过去，就被周自珩一眼看穿，将脚收了回来。

"这么怕我啊。"夏习清笑起来，"哎，你还想知道别的化妆品吗？我可以告诉你啊。"

周自珩捂住自己的耳朵，从椅子上站起来走了出去。

看着这个人的背影，夏习清不禁笑了出来。

什么啊。

这也太可爱了吧。

补拍正式开始，所有工作人员准备就绪，完成整体造型的夏习清走到了摄影棚，里面的布置没有改变，还是那个黑色背景，还有那把椅子。

"第二版封面我们换一个思路，习清，你还是坐在椅子上，但是这一次就酷一点。"林墨安排夏习清坐到了之前的酒红色软垫椅上，伸手替他理了理衣领，微笑着轻声说道。

"霸气一点。"

跷着二郎腿的夏习清轻蔑地看着他，舌尖不耐烦地顶了顶口腔内壁，又顺着齿列滑下来。

正在被造型师整理帽子和发型的周自珩看不见夏习清的这个表情，只能远远地看见林墨弯腰贴近夏习清的脸。

"自珩，怎么皱眉了，我刚扯到你头发了吗？"

周自珩立刻回神："哦，没有，没什么。"

化妆师小姐姐走了过来："自珩，林墨说需要在你的嘴角画上一点点伤口。"

补拍正式开始，和之前的姿势不同，夏习清跷着二郎腿坐在椅子上，右手的手肘搁在精致的雕花胡桃木椅子扶手上，手背支着微微上扬的下巴，姿势慵懒，眼神轻蔑。

周自珩则坐在地上，背靠着椅子屈起左腿，右腿伸展开来，戴着黑色连帽的头微微上抬，嘴角的伤口渗着血，眼神满是不屑。

与上一版最大的不同是，周自珩修长的脖子上捆绑着一条黑色皮带，金属牢牢地卡住侧颈，皮带的另一端被坐在椅子上的夏习清攥在手里，紧紧地扯住。

黑白颠倒，局势逆转。

站在一旁的总监看着棚内的两个人："我怎么觉得，他们俩拍第二版封面的时候一下子就上道了呢，感觉气氛很到位啊。"

因为这一版才是他们两个人的真实状态啊。查看原片的林墨没有说话，只笑了笑，眼睛瞟向坐在椅子上正仰着头任由化妆师整理造型的夏习清，脖子的线条漂亮而优雅。

眼神下移的时候，不经意间对上了周自珩的双眼。

这小子眼睛里的敌意实在是太明显了。

林墨朝着远处的周自珩耸了耸肩。

"差不多可以了。"

这时候灯光组的负责人走到了总监的旁边："张总监，刚才他们检查电压的时候发现出了一点问题，可能要处理一下。"

总监跟林墨打了个招呼,林墨点了点头:"没事的,正好这边也差不多结束了,他们可以去接受采访了。"

两个人几乎没有时间休息,就直接带妆开始了采访,之前安排好的女主持人已经在旁边等了很久,等到他们俩就座,才正式开始采访。

一开始也就是简单地进行提问,夏习清不太畏惧镜头,一向习惯伪装的他也很擅长应付别人的提问。反倒是周自珩,话很少,每个问题的回答几乎不会超过三句。

"第一期播出之后,《逃出生天》几乎成了现象级的真人秀节目,收视非常亮眼,网上也引起了很大的热议,想问一下自珩,当初在录节目的时候有没有料想到会引发这么大的讨论度?"

周自珩想了想:"嗯……没有,录节目的时候几乎没有多余的精力去想别的,就想着怎么逃出去。"

主持人被他一本正经地回答逗笑了,又转向夏习清:"那习清呢?你作为粉丝,第一次上电视就是和偶像一起录真人秀,是不是挺激动的?"

他才不激动,周自珩在心里想着。

"对啊。"夏习清笑了笑,"你们不要看我好像表现得挺淡定,其实真的非常激动,因为我喜欢自珩挺久了,所以有这么一次机会可以跟他合作,真的有种中了头奖的感觉。"

还真是会说冠冕堂皇的话。周自珩看向他的侧脸,脸上的笑容几乎无懈可击。

"那我们也知道,习清,你是在《海鸥》发布会上一夜爆红的,能不能和我们分享一下当时的心情?"

夏习清缓慢地眨了眨眼睛:"嗯……其实蛮巧合的,那次是我作为粉丝第一次参加现场活动,"他笑了起来,"所以当时是真的没想到会出现在镜头里,那天回到家之后我就睡了,上热搜什么的我完全不知道,还是朋友告诉我,我才知道的。所以整个过程是有点蒙的。"

周自珩不由得回忆起他见到夏习清的第一幕。

当时站在酒店走廊的他,手机被自己的保镖撞掉,自己也不过是觉得这样的行为很抱歉,替他捡了起来,亲手还给他。

抬头对上夏习清视线的那一刻，周自珩不得不承认，自己当时的确是被这张干净漂亮的脸惊艳了一把。

主持人笑起来："老实说我当时看到那个视频的时候也和大家一样，觉得这个男生好好看啊，那习清你以后有没有进入娱乐圈的想法呢？"

这个问题不好回答，坐在一旁的周自珩很快就反应过来，毕竟在这个圈子里闯荡了这么多年，多少有些敏感。如果直接回答没有兴趣，现在还在参加真人秀的录制，一定会被不喜欢他的人嘲笑"自打脸"；如果回答有这种想法，又会被说太有野心。

夏习清歪了歪头："怎么说呢，我是学艺术的，其实在我眼里艺术都是相通的，美术也好，音乐也好，甚至是表演，只要有令我感兴趣的点，表现形式并不重要。所以既然都是艺术，又何必有此圈彼圈的划分呢？"

话术真是厉害。

"说得也有道理呢。"主持人转到周自珩这边："啊，说起来自珩虽然年纪不大，但是在娱乐圈也是很多人的前辈了，可不可以透露一下下半年的事业规划呢？很多粉丝都比较关心你会不会演爱情片啊，毕竟你演了这么多年，一个吻戏都还没有过，大家都觉得很可惜啊。"

被问到这个问题，周自珩突然愣住了。"嗯……关于感情戏……"他一时之间有些语无伦次，"其实我下半年的工作里暂时没有这方面的戏，对，还是想先拍一些现实题材，比如弱势群体或者其他被忽视的东西，我觉得身为一个演员，还是最希望能够通过戏剧表演还有自身影响力引起大家对于一些社会现象的关注，做一些正向引导吧，嗯。"

话突然多了起来，可全是为了转移话题。

没有吻戏，夏习清想了想，好像还真是这样。成年以前不可能有，成年后演的戏几乎没有和女明星的对手戏。

"自珩今年是不是20岁了？"主持人不依不饶地抓着感情这一点，"家人有没有放话说可以恋爱之类的？大家一直很好奇你的感情经历啊，因为几乎是在观众的视线里长大的。"

夏习清忍不住看向周自珩，周自珩脸上的表情还算镇定，但还是被夏习清发现他微微抿起嘴，这个动作，他每次紧张时才会做。

"我每天的行程都很忙……怎么说呢，可能连回家的时间都很少，我觉得感情这种事还是看缘分吧。"说着，周自珩对着镜头笑了一下。

看缘分……这样的话还真是官方。

不过他这样回答，是没有感情经验的意思吗？夏习清不禁偏过头去看他，周自珩第一反应是躲开了夏习清的眼神。

"这样啊。"主持人笑着问，"那替我们广大女性同胞问一个最关心的问题，自珩的理想型是怎样的女生呢？"

周自珩抬手摸了摸自己的脖子，眼神有些放空，似乎在回忆些什么："嗯……就很善良的那种吧，善良温柔的，可以给人一种被治愈、被温暖的感觉。"

夏习清敏锐的直觉告诉他，周自珩这些标准都是意有所指。

大概心里真的喜欢过某个人吧。

也对，都是20岁的成年人了，从小到大这么多年，怎么可能没有对任何一个人心动过。

"原来自珩喜欢那种小天使型的女孩子啊，总感觉这里面有什么故事。"主持人打趣着，但很快又被周自珩反驳："没有没有。"他欲言又止，最后握着话筒的手还是放下了。

"那习清呢？你的理想型是……"

还没有问完，现场的灯光突然全部熄灭，房间一瞬间陷入一片无边的黑暗之中。

"怎么回事？跳闸了吗？"女主持人自己也吓了一跳。

就像是突然被人掐住了脖子，呼吸开始变得困难，夏习清只感觉浑身发冷，手指下意识地抓着沙发的皮面，就像溺水者企图抓住可以给予寄托的浮木。

心跳的频率越来越快，越来越快。

好难受。

忽然，一只温暖干燥的手掌覆盖住他的手，黑暗中传来一阵暖流。但那只手似乎有些犹豫，在覆盖住他手指的时候很快抬了起来，又不禁往后退，最后选择握住了他冰凉的手腕。

不知为何，呼吸的频率一点点恢复到正常轨道，夏习清强忍着不适，努力地将自己的注意力转移。

周围开始出现其他人的声音，录像组对着灯光组喊话，灯光组不断地道歉，采访团队在交涉和沟通。

唯独没有周自珩的声音。

他格外沉默。

但那只手一直牢牢地握着夏习清的手腕，源源不断的温热包裹着他，企图平复已经乱了节奏的脉搏。

微微喘息的夏习清偏过头，就像幻觉一样，视野中似乎有一条散发着微弱星光的线，从自己的腕间开始延伸，在吞没一切的黑暗里，在他的身侧，勾勒出一个人的身影，星星点点，闪闪发亮。

莫名地变得安心。

"好了好了，电压恢复了。"

几乎是一瞬间，黑暗被光明接替的瞬间，那只手敏捷而无声地离开了。

一盏盏灯相继亮起，一切都恢复了原状，短暂的黑暗中发生的一切，成了某种隐秘的童话，十二点的钟声敲响之时，魔法的效应也完全消失。

夏习清愣愣地看着空荡荡的手腕，过了一会儿，才看向身边的周自珩。仍旧戴着黑色连帽的他侧脸神情淡漠，远离自己的左手仍旧和事故发生前一样握着话筒，另一只手却插在外套口袋里。

"机器调好了，那一段要剪掉，我们重新开始吧。"

周自珩"嗯"了一声，对着镜头调整了一下坐姿。

没有人知道他藏回口袋里的右手，掌心沁出细密的汗珠。

"回到刚刚的问题，"女主持人微笑着提问，"习清，你的理想型是什么样子的？"

早已调整好状态的夏习清抬头笑着面对镜头："我啊……其实在灯灭之前，我已经想好了答案，我的理想型大概就是像艺术品一样让人着迷的人。"他的手指轻轻地点着手麦，左手手腕隐隐发烫，"不过我现在有点别的想法了。"

周自珩不禁抿起了嘴唇，右手在口袋里攥紧。

"想改答案吗？那现在呢？"

"现在……"夏习清嘴角微微上翘，弧度柔软，"散发着光芒的人。"

"不愧是学艺术的，感觉描述都很抽象文艺呢。不过我也觉得，那种阳光的性格会给人很大的力量,感觉从这一点来看,两位的理想型其实有相似之处啊。"

主持人看了看手卡:"现在开始网友提问时间,我们在做这期访谈前有向网友征集一些问题,这里呢,选取了点赞数最高的一部分对你们两位进行提问。第一个问题,《逃出生天》播出后,网友们给你们俩的组合起了个名字叫'自习',这个你们知道吗?"

周自珩点了点头:"知道。"

"我还知道她们自称'自习'女孩。"夏习清笑起来,"这大概是我听过最学霸的一个粉丝外号。"

"所以以后线下碰面的地点是要选在图书馆吗?"一直沉默寡言的周自珩突然开启了冷笑话模式。

虽然笑话很冷,夏习清倒是很给面子地接住了:"同样都是九年义务教育,我们'自习'女孩怎么这么优秀?"

"噗,你们俩都好有哏啊。"主持人也跟着笑起来,"第二个问题是网友对习清的提问,为什么会点赞思睿和你的微博呢?是不是私底下和思睿的关系也很好啊?"

听到这个问题,周自珩下意识地想皱眉,但很快反应过来这是在录制中,表情管理让他勉强维持了表面的镇定。

没想到被提问的夏习清却愣了愣,有些懵懂地发出疑问:"谁点赞?我吗?"

"嗯?不是……"主持人被他的第一反应逗笑了,打开了自己的手机点入夏习清的微博首页,"对啊,你看现在还在你的首页啊。"

夏习清拿过手机看了一眼,还真是,他什么时候点赞了这条微博啊,还挂了这么多天,简直是天大的乌龙。

"这个……好像是我不小心点的。"夏习清将手机还给主持人,自我调侃道,"围观有风险,手滑需谨慎啊。"

"所以是手滑?"主持人笑着调侃,"那你和思睿的粉丝可能要伤心了。"

不知道为什么,听到他的回答,周自珩忽然有种松口气的感觉,不,准确地说,应该是神清气爽才对。

"没有没有,"夏习清赶紧解释,"我和思睿的关系很好,他就像我弟弟一样,

163

很可爱，私底下我们也会聊天之类的。"

本来周自珩一下子好起来的心情，又被他这一番解释给弄得直线下滑。

云霄飞车一样。

"对，之前思睿还在网上发了你给他画的画，真的是很好的朋友了。"主持人也跟着说起来。

夏习清点了点头。

主持人又连续问了周自珩几个问题，心情上下起伏的周自珩不太在状态，每个回答都相当简洁和官方，一下子就缩短了采访的时间。

第四章 蝴蝶效应

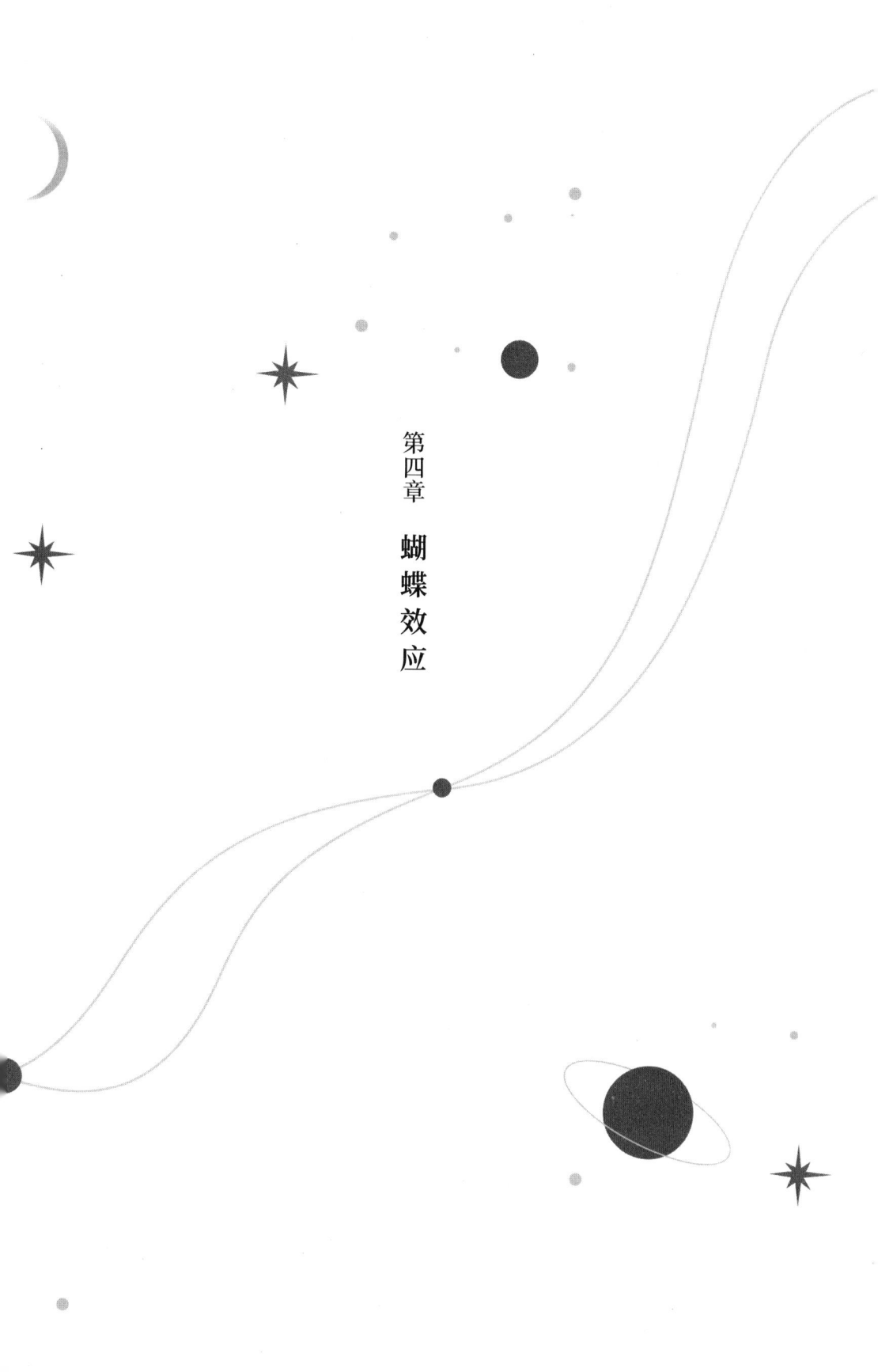

采访结束的时候，周自珩站起来对采访团队的人鞠躬。

"辛苦了。"

"自珩和习清也辛苦了。"女主持人也跟着站了起来。

所有工作结束，夏习清和周自珩在拍摄场地卸了妆，换上了自己的衣服，等待在外面的小罗见到两人出来，连忙上前："自珩，我开车送你们俩回去吧，反正顺……"

"路"字还没出口，小罗的嘴就被周自珩给捂住了，他还望了望周围的工作人员，狠狠瞪了小罗一眼。

顺什么路啊，他才不要被别人知道自己跟夏习清这个家伙住在同一层。

夏习清站在一旁，看着孩子气的周自珩，忍不住笑起来，这和刚才那个接受采访的周自珩是同一个人吗？

"你先回去吧，我帮你叫个车。"周自珩拿出手机。小罗瞅了一眼夏习清，又瞅了一眼周自珩："不用了，我自己回去，门口可以拦到出租车。"他把周自珩的车钥匙翻了出来递给他，"那自珩你自己开车回去？"

"明天没有日程了吧。"周自珩拿过钥匙，套在食指上转了转，"这个星期都不要给我安排日程了，我要上课，马上要期中考试了。"

期中考试？夏习清扑哧一声笑了出来，周自珩偏过头瞪了他一眼，将钥匙放回自己的口袋中，推着小罗的肩膀一直到离开拍摄地的大厦，看着他上了出租车，然后转身准备去地下车库，却发现夏习清跟在自己后头。

"你干吗跟着我？"戴着鸭舌帽和口罩的周自珩说话声音闷闷的，两只手塞进口袋里。

4月凌晨的夜，温度依旧带着凉意，青黄不接的季节，和同样青黄不接的关系。

夏习清也有样学样地把手塞在口袋里，站到周自珩的身边，用肩膀撞了撞他的肩膀，脸上带笑："大帅哥，顺路送我回家呗。"

他特意把"顺路"两个字咬重，就是为了欣赏周自珩慌乱时候的可爱表情。

周自珩往后躲了躲，声音都小了起来："谁跟你顺路？你自己叫车回去。"

看着周自珩真的自己开了车门，不打算送他回家，夏习清原地晃了两下："可是现在这么晚了……"

"你还怕危险？"周自珩开了车门，小声碎碎念道，"明明你才是最危险的人吧。"

还不知道周自珩给自己起的备注名是"恐怖分子"的夏习清抓住了车门："而且这个地方很难叫到车啊。"

周自珩自顾自地钻进车里："总会叫到的。"

"可是，是你把我弄出来的，送佛送到西的道理你一个学霸不知道吗？"

"不知道。"

看着油盐不进的周自珩，夏习清叹了口气："好吧。那我就自己一个人回去吧。"说完他转了个身，可怜兮兮地抱着自己的胳膊走了两步，环视地下车库，轻悠悠地开口。

"哎呀，这里好黑啊……"

三。

二。

一。

背后突然亮起了大灯，闪到刺眼的光越过夏习清的肩膀打在前面，照亮了漆黑一片的路。看着地上自己的影子被拉长，夏习清不禁笑了起来。

"上车，烦死你了。"周自珩把车停在了夏习清的身边，替他开了车门。

就知道这个道德标兵不会把他扔在这里。

夏习清挂着似笑非笑的表情上了副驾驶，他侧身带上了车门，一回头，眼前的视线忽然暗了下来。

驾驶座上的周自珩一只手扶着方向盘，另一只手将自己头顶的黑色鸭舌帽摘下来扣在了夏习清的头上，自己戴上了连帽外套的帽子。

侧了侧脸，夏习清有些愣神地看向周自珩。

"看我干吗？系安全带。"

"怎么感觉这辆车我这么熟悉呢？"夏习清拽了拽安全带，"真的，我好像梦到过坐你的车，就是这种感觉。"他一边胡说八道，一边朝侧面瞟了一眼，看见周自珩的喉结紧张地上下动了动。

太有趣了。

"你就是做梦。"周自珩扔下这样一句话，单手转方向盘。夏习清压了压帽檐，想到刚才周自珩给自己戴帽子那一幕，语带戏谑地开口："你给我这个是怕被狗仔拍到？就这么不想被人知道我跟你住一起啊。"

"谁跟你住一起啊！"周自珩都快发火了。

"啊，不对不对，是住隔壁。"夏习清对着后视镜照了照自己，将头发拢到后头扎了一个小辫子，"哎，你说，要是真的被拍到了，别人会不会以为我是女孩儿，然后给你闹出什么绯闻啊？绯闻绝缘体。"

最后几个字明显就是嘲讽的语气，听起来不像是在夸他不炒绯闻，更像是嘲笑他没谈过恋爱，周自珩忽然觉得自己的自尊受到了冒犯，于是也反击了起来："女孩儿？一米八几的女孩儿吗？"

"一米八几怎么了？"夏习清侧过头看向他，左侧的嘴角微微勾起，"我这张脸至少不算倒胃口吧。"

他凑了过来，靠得很近，周自珩忽然不好意思起来，刻意地不转过头看他，直直地望着前方，语气别扭："你别打扰我开车。"

夏习清挑了挑眉，双手抬起做了个投降的手势，靠回到副驾驶座靠背上，脑袋倚着车窗玻璃看向窗外。凌晨的街道空无一人，只有一排又一排孤零零的路灯打在地上。

车厢内突然安静下来，周自珩不受控制地回想起上一次送夏习清回酒店时的场景，恍惚间，抬手摸了摸自己的侧颈。

"哎。"

夏习清的声音突然响起来，吓得周自珩手一抖，心虚得汗毛都竖了起来。"干、干吗？"他也不知道自己在心虚些什么，每次和夏习清单独在一起的时候，他总是觉得自己浑身不对劲。

"你为什么要抓住我的手?"夏习清仍旧靠在车窗上,帽檐下的阴影笼罩着他的双眼,让人看不清他确切的表情,"灯坏掉的时候。"

握住方向盘的手紧了紧,过了一个路口,周自珩才给出了回答。

"因为你告诉我你怕黑。"周自珩的语气平淡,没有太大的起伏,"如果换作另一个人,向我袒露自己的弱点,我也愿意去保护他。"

不愧是"道德标兵"啊。

帽檐下的那张脸冷笑了一下。

气氛忽然变得凝重,夏习清再也没有开口说话,这让周自珩的胸口有些发闷,实际上周自珩有很多问题想问他,譬如他为什么会答应自己来拍杂志,为什么不继续追问自己为何反悔不去亲自接他。

还有为什么怕黑。

但他不想问。这种时刻微妙得就像两个玩着幼稚游戏的人面对面坐着,眼睛望着对方。

谁先眨眼,谁就输了。

遇到夏习清之后的周自珩变得格外争强好胜,不想做那个先眨眼的人。

就这么一路沉默地回到了他们所住的公寓大楼,两人一前一后地出了电梯,走进顶楼的门廊,夏习清走在前头,伸了个懒腰准备开自家门的锁。

"喂,"周自珩的声音在后头响起,"帽子还我。"

夏习清转过身,一脸坏笑着靠在门上,吐出一个字。

"不。"

服了。周自珩皱了皱眉:"你这人怎么这么无赖?"

"你又不是第一次见我,"夏习清朝他走过来,声音也放轻了许多,"怎么,现在才发现我无赖啊?"说完,夏习清整个人都快凑到他的跟前,抬眼微微仰视着周自珩的眼睛。戴着口罩的周自珩不耐烦地瞥过眼睛,伸手准备自己把帽子拿回来,却被夏习清抓住了手腕。

"想要吗?"夏习清挑了挑眉。

周自珩甩开他的手,眼神冷硬:"这是我的东西。"

"我这人从来不分是谁的东西,反正只要我想要,最后都会是我的。"夏习清露出一个漂亮的笑。

杂志拍摄之后的好些天,夏习清都没有遇到周自珩,他也没有主动联系对方。

前天,杂志的封面被提前放了出来,官博也非常会来事儿,直接将两版封面发了出来,并配上文字——"双人刊就要配双封面,单选题,A or B?"

自习使我快乐:这道题我会答,举手举手。

自习不红天理难容:啊啊啊!!!我的妈呀!!!这也太好看了!

珩珩史上最帅:第一版里的珩珩是什么天神下凡啊!太绝了,被帅晕了!

夏习清全网第一位夫人:两版封面啊,小孩子才做选择,大人全都要!

草莓味软糖:路人非粉,这两张封面拍得真的太好了,不愧是林墨掌镜啊,两个人的表现力太厉害了。我一时之间竟不知如何抉择!

我珩超帅的:同感,我的选择恐惧症都要犯了。

Sweatswish:我本来还特别不理解为什么这个什么自习天天在热搜上挂着,现在我理解了,甚至还有一点点心动。#这大概就是真香定理吧。

KKK我是小天使:纯路人,但是由衷地感觉自己之前看的小说都有了脸……

自习女孩绝不认输:没有人发现第一版和《逃出生天》里习清最初在房间里的情形很像吗?满足了我在看节目时候的想象!这期杂志的风格真的太带感了,黑、白、红三色的色调,还有哥特式的布景,真实地流泪了。

……

看到这里,夏习清轻笑一声。

他忽然收到了一条微信,是蒋茵发来的。

"习清,杂志那边让你帮忙宣传一下,转发一下官博就可以了。"

夏习清本来不太想帮这个忙,退回到微博界面时,发现周自珩已经转发了。

周自珩:A。

底下的粉丝也纷纷转发。

珩珩超帅的:啊啊啊自珩宝贝出现了!

每天都被周自珩苏断腿：这是一语双关吗哈哈哈——懂的都懂。

之前还不愿意帮着宣传的夏习清立刻转发了那条微博。
Tsing_Summer：我选 B。
见他们本人双双出现，粉丝一下子炸开了锅。评论的速度快到难以想象。

自习自习天下第一：妈呀，抓住我的自习宝贝！这两个人的选择总给我一种意料之中的微妙感呢。
我要上自习：我懂你！有种争地位的既视感！
谁说不是呢：哈哈哈，一旦接受这种设定……
云朵上的棉花糖：两个人发微博的时间好接近哦，像是商量好了一样，该不会现在就在一起吧！
P大的小咸鱼：并没有，周自珩现在在图书馆自习，我就坐在他的后两排，看来跟我一样在为了期中考试挣扎。
自习女孩绝不认输：哈哈哈，周自珩现在在自习，哈哈哈，我的笑点怎么了？
或许你喜欢自习吗：在自习，哈哈哈！
……

都是什么搞笑女孩啊。
微信又响了一声，夏习清点开一看，是夏修泽。
小泽：哥哥！！！我今天晚上不上课，可以去找你玩吗？
小泽：我的哥哥怎么还不回我消息.jpg。
小泽：向你投去期待的小目光.jpg。
小泽：在狂喜的边缘试探.jpg。
这家伙哪儿来这么多神经分分的表情包？夏习清正要冷酷无情地拒绝，一个电话打了进来，他连看都没看清就直接接了。
"我没那个闲工夫……"
"喂，习清啊。"

171

嗯？不是夏修泽？夏习清把电话拿开一看，居然是他之前跟过的副导师。他咳了咳，人模人样地开口问好："老师好，有事吗？"

"哦，听 Smith 说你回国了，我就不跟你来那些虚头巴脑的了，你快点儿来给我救救场，我这手头上一个雕塑展快来不及了，几个学生太不靠谱了，你要没啥重要的事儿就过来帮我。"

夏习清皱了皱眉，他最怕帮人救火，偏偏每次遇到这种事都得他上。

"老师，我最近也挺……"

教授那头自顾自地开始说地点："P大艺院，你快着点儿啊！"

等会儿，P大？

"行。"夏习清干脆利落地答应了，"老师，我一会儿到了跟你联系啊。"

等他上车开了导航才发现，原来P大离他住的地方这么近，开车不到十分钟就到了，难怪周自珩把房子买在这儿，敢情是学区房啊。停好了车，夏习清给自己戴上了口罩，进了校园，他总感觉有人在看他，一路走下去，发现还真不是错觉。一溜的小女生拿着手机光明正大地录着视频。

他都不知道自己已经红成这样儿了。

"是习清吗？"一个小女生扭扭捏捏地走了过来，"是习清吧。"

都到这份儿上了，夏习清也不好再继续装下去了，戴着口罩对她温柔地笑了笑，然后加快了脚步。

"我的天哪！真的是夏习清！是真人！！"

"好好看啊，好温柔。"

正在图书馆自习的周自珩忽然感觉周围一阵骚乱，他扯开了一只耳机，转了转脑袋，发现后排的小姑娘都举着手机。

他皱着眉，压了压自己的帽檐，再一次戴上耳机算题。

什么鬼？

坐在他旁边的好友赵柯撞了撞他的肩膀："哎，自珩。"

"怎么了？"周自珩又取下耳机，一脸莫名地看向他。

谁知赵柯满脸看戏的表情，把手机放到他面前："你看，夏习清来了！"

周自珩一脸无语地翻了个白眼："一边去……"捏着耳机的手忽然僵住了。

"你说什么？！"

"这不是夏习清吗？"赵柯一脸调侃地凑到周自珩跟前，把自己在朋友圈刷到的照片和视频拿给他看，"哎，他长得真的挺不错的欸，比咱班女生好看多了。"

"咱班统共六个女的。"周自珩冷笑了一声，埋下头继续算那道没算完的题，却没有戴上耳机。

"哎呀，我的意思是比咱们学校的女生都好看，皮肤白，脸蛋也好。啧啧，看不出来啊，我还以为你们只是普通的偶像和粉丝而已，没想到私下关系这么好，你自习他都来看你。"赵柯的联想越来越夸张，"他该不会给你准备什么便当吧？！"

周自珩的手指转了转笔，啪的一声把笔放在桌上，抬眼看向赵柯。别的不说，周自珩的抬眼绝对是最帅的，散发着"我不好惹"的信息素，赵柯立刻识相地捂住了自己的嘴："学习，学习。"

便当？

就他那手艺，不把人毒死都是好的了。

奇怪的是，周自珩竟然真的想象出了夏习清拿着一个粉色的便当盒递给他的诡异情形，盖子一掀开，里面是一大团黑色的不明物体。

疯了疯了，都是什么鬼啊？周自珩左手扶着自己的额头，右手握笔在草稿纸上心不在焉地写写画画。

夏习清为什么会来他们学校啊？而且都没有跟他说一声，明明刚刚还在和自己一样转发杂志官博的微博。

难不成真的是来找自己的？

不不不，他肯定是没安好心。

"哎，自珩。"

一团乱的思绪被赵柯的声音打断，回过神的周自珩发现自己在草稿纸上写了一大堆夏习清的名字，把他自己都给吓着了，赶紧把草稿纸翻过去按住："怎、怎么了？"

赵柯拿着笔指了指自己的演算纸："你给我证一下布洛赫定理吧，我证了半天感觉不对啊。"

周自珩松了口气，拿过演算纸看了一会儿，然后把自己的棒球帽摘下来反扣在头上，以免帽檐遮住赵柯的视线。

"这个证明过程说穿了，最难的部分就是哈密顿算子的本征值，直接求工程量太大，所以在这里我们要引入一个平移算子，因为这两种算子有同个本征函数，而且平移算子的本征值好算，"他低下头，认真地在纸上写着公式和推导过程，"这样就等于曲线救国了。其实后面就是一个假设，得出它是周期函数就差不多了。"

"哦，懂了懂了。"赵柯拿过演算纸，"'天秀'啊你，老实交代，拍戏的时候是不是还偷偷补课了？！"

周自珩喊了一声："我要是补课了，现在还会过来自习吗？"

自习……

现在在说这两个字都觉得怪怪的。周自珩将那张写着夏习清名字的草稿纸不动声色地拿到桌子下，正想着一把揉了，手指又顿了顿，最后叠了几下，塞进了自己的衣服口袋。

差一点被揉成团的夏习清，此刻终于在广大热心女学生的帮助下来到了艺院，之前的副导师王教授特地找了个学生来接他，那学生长得还不错，看起来活力十足，一见面就非常热情地冲他打招呼。

"习清师兄，我听王老师说你在佛美的时候就是那里的风云人物。"小师弟一脸崇拜，"我在王老师的电脑里看到过你以前的好多作品，我特别喜欢，尤其是那幅《波波里花园的女郎》，画得真的太……"他一时之间找不到确切的形容词，涨红着一张脸，伸出的食指还激动地举着。

夏习清觉得好笑，伸手将小师弟的手指收了回去，又拍了拍他的肩。

"谢谢。"

小师弟的脸更红了，快步跟上夏习清："师兄，我看了你的节目，你真的好厉害，而且我之前光看你的作品真的没想到你长得这么……这么好看。"最后四个字说出来的时候，他忽然有些心虚，声音弱了下来。

他有些害怕尴尬，毕竟对于大部分男生而言，被另一个男生夸赞好看并不那么值得高兴。

谁知夏习清侧过头，冲他露出一个温柔的笑脸："那我还真是荣幸，恰好符合你的审美。"

被他这么一弄，纯真的小师弟彻底被迷得七荤八素，激动又局促地带着他来到了安排雕塑展的地点。

在路上的时候，夏习清就已经看到了王教授传过来的这次现代雕塑艺术展的资料和设计稿，来到现场发现王教授还真没夸张，只剩下两天的时间，很多东西都没有完成。

"本来我们的时间是够的，可是负责主展品的那个小组出了点岔子，最后弄出来的东西老师特别不满意，所以只能拜托师兄你过来救救急，帮我们完成这个展品。"

他口中所谓的主展品实际上是一个高达3.2米的超现实主义雕塑，在最初的设计稿中原本准备用树脂材料和玻璃纤维做出一个高逼真度的男子头颅，但夏习清所看到的只有完全偏离正确比例而且只完成了下半张脸的残次品。

"师兄，本来我们是想直接拆掉的，但是老师说等你来了先看看。"

夏习清没有说话，只是摸了摸下巴，从地上捡了支铅笔，拿着设计稿绕着这个残次展品转着圈子，时不时地停下脚步低头写写画画。

过了二十分钟，坐在地上干等着的小师弟都快睡着，面前忽然多了一张纸，上面画着的是和之前完全不同的设计稿。

原定的超现实主义风格被推翻，却保留了这个比例失衡的残次人像，但头顶的部分被去掉，形成中空的头颅，从头颅内爆发出多种复杂交错的线条，用木片、腈纶、金属、彩色树脂等材质表现，在最外层用黑色棉线将一切都缠起来，一圈圈缠绕。

下半张脸的左侧被击碎，布满裂痕，左眼用树脂做出泪痕，填补脸上碎裂的缝隙。

这样的概念实在是太让人惊艳了，小师弟拿着设计稿，半天说不出来话，抬头看着蹲在自己面前的夏习清："这、这……"

夏习清却只是歪了歪嘴角，大拇指朝后指了指身后的残次展品："开工啦。"说着他站了起来，扯了扯自己身上的米白色针织衫，微微皱眉，开口问道，"师弟，有没有比较耐脏的衣服啊？"

图书馆里，周自珩依旧坐在之前的位子上学习，后排的动静却越来越大，女生们扎堆儿地小声议论。

"哎，都这么久了，夏习清也没有来图书馆，该不会是迷路了吧？"

"我们学校好几个图书馆，说不定呢。"

"你们别八卦了，说不定人家根本就不是因为周自珩来的。我同学在艺院，说夏习清路上都在打听艺院怎么走，根本没有问物理学院啊。"

"真的假的？唉，原来是误会，我说自珩怎么动都不动呢。"

……

耳机里安静一片，没有任何音乐。安静的自习室，再小声的议论都可以被听到。周自珩没有做出反应，但赵柯转了过去，狠狠地瞪了后排几个女生一眼。

周自珩摘下了黑框眼镜，揉了揉鼻梁。看着满桌子的草稿纸，他忍不住从口袋里摸出自己的手机，解锁了屏幕。

一条消息也没有。

他忍不住点开了微信，密密麻麻的新消息顶了上来，那个"恐怖分子"的聊天框被挤到了看不见的角落里，翻了好几页才翻到。

这家伙究竟在干什么？明明来学校了都不跟他打一声招呼，害得他被所有人围观，成了最后一个知道这件事的人。

算了。

不管夏习清是来干什么的，都不是来找自己的。

周自珩从来都不是一个自恋的人，身为一个从小在观众眼皮子底下长大的演员，他甚至不像其他同职业的人那样具有过剩的自信，觉得明星也不过就是个普通职业，能够得到那么多人的喜欢，应该心怀感激。

他从来不会觉得，会有一个人就是为了自己而出现的。

但现在，每个人都告诉他，夏习清为了你来学校了，来看你了，这种反复的暗示让他真的以为夏习清就是来找他的。

这算什么，新战术吗？

说不出来哪里不对劲，周自珩一下子趴倒在桌子上，手里还握着手机，整个脸埋在手臂里。

"喂，周大学霸，大明星，大帅哥，你怎么了？"赵柯压低声音，"注意点形象啊，到处都是你的粉丝。为了跟你一起自习，我出门前都拾掇了整整一个小时呢。"

"我累了，想休息一下。"周自珩的声音闷闷的，"我粉丝不会靠近的。"

大概是因为周自珩常年在学习和演艺事业之间奔波已经很辛苦，周自珩的粉丝都非常体谅他，就算看见他在学校也不会过分打扰。

"好吧，可是夏习清来了，你都不去看一下啊。"赵柯笑嘻嘻地拿笔戳了戳他的胳膊肘，"万一他待会儿来找你呢？"

趴在桌子上的周自珩被戳中了烦心事，语气都开始变得不耐烦："你闭嘴，我跟他没关系。"

话音刚落，手里握着的手机忽然振动了一下，周自珩猜想一定又是哪个看热闹的家伙，不想理，反扣在桌子上。没想到过了一会儿，手机竟然长振起来，连同自习室的桌子发出引人注目的声响，他赶紧拿起来，屏幕上写着几个大字。

"恐怖分子"。

周自珩立刻坐直了身子。

"谁啊？"赵柯瞟了一眼，看见备注名吓了一跳，"兄弟，你最近要去演反恐题材的电影吗？厉害！"

"反你个头。"周自珩看着那部振个不停的手机，犹豫了一会儿，最终还是挂断了电话。

要打电话早就打过来了。现在才来信儿，八成是有求于他。

"怎么不接啊？"赵柯一脸八卦地看着神情复杂的周自珩，周自珩瞪了他一眼："和你有关系吗？"

手机又振了几下，是微信消息。

恐怖分子：啊，我忘了你在自习了，不能接电话。

恐怖分子：我现在在你们学校艺术学院，你应该知道这件事了吧。

周自珩没好气地冷哼了一声，拿起手机就开始打字，身旁的赵柯暗中观察着自己的好友，越品越觉得不对劲，平常周自珩可是散发着善人光辉的五好青年，怎么还有人能把他给惹成这样？

道德标兵：我知不知道有什么意义吗？

恐怖分子：当然有了。我现在饿得要命，从早上到现在都没吃饭，快晕倒了。人帅心善的周自珩同学，能不能给我送送饭啊？

恐怖分子：分享位置。

果然是无事不登三宝殿。周自珩气得不行，自己怎么说也是现在当红的年轻演员，凭什么被他颐指气使、呼来喝去的？谁让他不吃饭的，饿死活该！

赵柯看着身旁的周自珩脸色变了又变，一副亟待爆发的样子，胆战心惊的他生怕周自珩现场发作，害得自己也跟着上热搜，只能时刻准备着在第一时间拽住周自珩。

谁知周自珩突然站了起来，拽了书包就准备走。赵柯抓住他的胳膊，压低声音问道："哎哎哎，你怎么了？去哪儿啊？"

周自珩吞吞吐吐，避重就轻："出去一趟，有点事儿。"

看着他匆匆离开的背影，赵柯一脸"看透一切"的表情摇了摇头，在"周自珩八卦小分队"的聊天群里分享了第一手消息。

赵队长：报！珩珩走了！艺院的分队成员请注意，目标接近中！

周自珩也不知道自己到底是怎么回事，一面骂着夏习清，一面又跑到食堂给他买了份饭，一路拎着去了艺术学院。

按照夏习清给的位置分享，周自珩穿过了一片教学区，来到一个背靠花园、环境优美的半室内大厅，里面放着各式各样大大小小的雕塑作品，很多都蒙上了布。和之前周自珩印象当中的雕塑不同，这里的很多作品都是区别于古典雕塑的现代主义作品，甚至更为抽象一些。

他正穿梭在林立的展品之中时，隐隐约约听到了夏习清的声音。

周自珩偏了偏头，望向最里面那个巨型雕塑，展品的四周搭建了类似脚手架的钢架，两个人站在上面，钢架的下面是一个不太厚的保护垫，像是从跆拳道馆借来的一样，旁边还有几个忙于制作头顶元素的学生。

周自珩一面靠近，一面看着脚手架上穿着黑色宽松牛仔衣的那个人。他的头发半扎着，站在巨型头颅左侧的架子上，背对着自己在那张面孔的裂痕上填补黑色的树脂。

这还是周自珩头一次见到夏习清认真工作的样子。

他的身边站着另一个年轻的男孩儿，两个人一边说说笑笑，一边完成这个巨大展品的创作。所有人都在专心致志地赶着进度，没有人注意到周自珩的靠近。

站在架子上的夏习清转过头对小师弟开口："小齐，你把那个锥子递给我一下。"

　　小齐应了一声，蹲下去拿工具箱里的锥子，站起来的时候太猛，钢架都跟着晃了晃，夏习清手疾眼快地拽了一把失衡的小齐，自己却一个没稳住，脚滑出了安全范围。

　　看着夏习清一脚踩空，周自珩的心一下子悬起来，他扔下手里的东西飞快地冲了上去，下意识地伸出双臂去接坠下来的那个人。

　　接住夏习清的一瞬间，周自珩的双臂一阵疼痛，坠落所带来的冲击力让他不由得咬紧牙关，担忧地看向夏习清。

　　他看见了夏习清眼底从未出现过的意料不及。

　　尽管周自珩身材高大，但他忽略了夏习清同样是个男人，重力加速度带来的冲击力差点让他受不住，膝盖闪了一下，最终还是双双倒在了垫子上。

　　还没反应过来发生了什么，重重摔下来的夏习清就已经撞到了周自珩的身上，趴在他的胸前，被他的双臂牢牢地抓着，他垫在下面的身体给了夏习清足够的缓冲。

　　可夏习清心里的震动怎么也无法平息。

　　他爬了起来，碎发散乱地垂在脸前，遮住那张漂亮的脸。他愣愣地想要去抓周自珩的胳膊，用力地把对方拽起来，声音都有些发虚："喂……你没事吧……"

　　周自珩的眉头皱了一下，被他抓住的胳膊缩了缩："等等……"

　　夏习清一把抓住他的衣领，那张一向挂着温柔假面的脸终于露出情绪失控的表情："你有毛病是不是？我掉下来又摔不死，你过来接什么接，真以为自己现在是英雄片的男主角吗？！"

　　他的胸口一起一伏，拽住周自珩领口的那只手渐渐松开，沸腾的情绪冷了下来，低声骂了一句："真有病……"

　　明明被他这样骂了一通，周自珩却一点儿也不觉得难受。

　　他抬眼看向夏习清，嘴角微微翘起，另一只手撑着身子半坐起来。

　　之前戴在头上的帽子在他倒地的时候掉了下来，头发有些乱，脸上的笑容却好看得要命，那双深邃的眼睛望着夏习清，满是星光。

　　他扯了扯夏习清的牛仔衣，低沉的声音含着笑意。

"喂，这件外套也太难看了吧。"

他拿起了掉落在自己身边的棒球帽，朝还有些发愣的夏习清伸出手，将帽子扣在了对方头上。

"还不如穿我那件。"

什么啊。

被戴上帽子的夏习清微微抬起头，舔了舔有些干燥的嘴角。

周自珩这是玩哪出？逗英雄吗？

"师兄，你没事吧？！"小齐慌张地从钢架上跑下来，之前在旁边做材料的几个同学也跟着过来关心。

"没事儿，"夏习清摆了摆手，冲着小齐笑了一下，"幸好你有先见之明，铺了垫子。你们都快去忙吧，我没事。"

被他这么一说，小齐有些不好意思："师兄，你要是哪里不舒服，我带你去校医院检查。"

周自珩微微眯着眼睛，看向这个殷勤的小师弟："你是艺院的？"

被周自珩这么一问，小齐立刻紧张起来："啊，对，对。你好，我叫齐楷。"

"我叫周自珩。"他对着齐楷笑了一下，可这种皮笑肉不笑的表情在别人看来只有压迫感，尤其是周自珩这种攻击性十足的长相。

齐楷根本不需要他自我介绍，整个校园里没有一个人不认识周自珩。物理学院的学霸、6岁就活跃在娱乐圈的童星、目前娱乐圈当红的年轻小生，还有被女生们越传越玄乎的家庭背景，这种天之骄子，没有人会不知晓他的存在。只是齐楷从来没想过，自己有一天还能跟这样的人有交集。

"谁还不知道你叫周自珩啊？"夏习清轻笑一声，又转过头，伸手拍了拍齐楷的小腿："没事儿，放心吧。"

"嗯。"被夏习清拍了小腿的齐楷耳朵根子都红了起来。

夏习清两只手撑在身后，眼睛盯着头发散乱、戴着副黑框眼镜的周自珩。夏习清抬了抬脚尖，踩了一下周自珩的鞋："小帅哥，来得挺及时啊。"

周自珩歪着嘴角笑了一下，一副"全世界我最牛"的表情回踩了他的脚尖："我不是小帅哥，我是大明星。"

"行。"夏习清干脆把两只脚一齐踩在了周自珩的脚尖上，"大明星，我的午饭呢？"

"午饭……"周自珩这才想起这茬，猛地扭过头去，在垫子外面看到了被他扔在地上已经散开的饭盒，"好像不太能吃了……"

夏习清叹了口气，直接躺倒在垫子上："饿死了。"

"师兄，"在旁边看着这两个人却插不了话的齐楷终于忍不住开口，"你饿了是吗？我带你去吃饭吧。"

"好啊。"夏习清笑得暖洋洋的，"我也尝一尝你们学校的食堂。"

谁还没个饭卡啊，周自珩在心里回了一句，夏习清已经站了起来，将身上的外套脱下来递给齐楷："你先放着，我一会儿回来穿。"

果然是这个家伙的外套。

三个人别扭地去了离得最近的一个食堂，夏习清一路走在两人中间，但大多数时间在和齐楷讨论着雕塑和创作的话题，周自珩一个标准理科男，一句话也插不进去。什么现代主义、古典主义，各种主义的，都超出了他的知识范围。

穿过一条小路就是食堂，正好是饭点，人流量大得惊人，和师弟聊得起劲儿的夏习清这才想起来身边跟着的可是一个实打实的大明星，于是拽了他一下："哎，你要不别去了，我自己去。"

本来是一片好心，怕周自珩被人围观，谁知周自珩拉起卫衣帽子往头上戴，闷着声音开口："我也得吃饭啊。"

老实说，周自珩在这里上了三年学，来食堂吃饭的次数几乎是屈指可数。他还记得自己刚入学的时候就被叫去了院长办公室做思想工作，让他尽量少去人多的公众场所，以免引起骚乱。所以周自珩平时除了上课，基本不在学校。

这下倒好，公认的明星校草突然出现在食堂里，尽管穿得低调又朴素，但光是他超过一米九的个子，就足够在拥挤的食堂鹤立鸡群。

"那不是周自珩吗？"

"真的欸，妈呀，今天是什么好日子，周自珩都来吃食堂了。"

一个眼尖的女生一下子就认出来周自珩旁边的夏习清。"我天，那不是夏习清吗？"

"还真是啊！夏习清跟周自珩一起来吃食堂了！我要告诉×××！"

"天哪！真的是他们！"

……

人越来越多，不知不觉间身边变得越来越拥挤，很多人开始拿着手机拍照、录视频，快要走不动了，夏习清一上午没吃东西，现在又被这么多人围住，空气稀薄，感觉呼吸都有些困难。

他转过头，发现刚刚一起跟着进来的小齐已经没了踪影。

肯定是被人群挤散了。

人群中有人开了闪光灯，夏习清被晃了一下，不禁低下了头，心里觉得有些烦闷，刚才就应该和周自珩分头行动。

忽然，感觉一只手扶住了自己的肩膀，另一只手拿着取餐盘掩住了他的脸。

周自珩的声音从身后传过来："不好意思，可以不拍照吗？我们只是吃个午饭，谢谢，麻烦借过一下……"

他的这一举动很快引发了在场女生的尖叫，一开始拥挤的人群在他的指引下也渐渐地疏散开，夏习清就这么被周自珩护着走到了窗口前。

食堂阿姨没有一个不认识周自珩，一见到从小看着长大的珩珩来吃饭，一个个都笑得合不拢嘴，明明只要了一份大盘鸡，活活给堆成了山。

"阿姨，够了够了。"

"不够，你看你长这么高，得多吃点。"

"真的够了……"周自珩接过堆出一座座小山的餐盘，一脸无奈地冲食堂阿姨笑着，"谢谢阿姨。"

站在一旁的夏习清笑着接过一个餐盘，小声地调侃："厉害啊周自珩，连食堂阿姨都被你迷倒了啊。"

周自珩立刻嘘了一下："你别在学校说这些。"

夏习清乐不可支，这家伙可太逗了。

两个人找了个偏僻的位置坐下，周自珩主动去给他拿餐具，留下夏习清一个人在原地，坐在隔壁的两个小女生鼓起勇气朝夏习清打招呼："习清哥哥，你真的来我们学校了啊。"

夏习清觉得有趣，手撑着下巴微笑道："难不成你们现在看到的是幻觉啊？"

"啊啊，真的是他。"

刚逗完小姑娘，周自珩就坐到了夏习清的对面，把筷子递给了他，夏习清发现这两个妹子看见周自珩反而不敢开口了，偷偷摸摸拍了几张照片就溜了。

"哎，我感觉你们学校的女生挺怕你的。"夏习清拿起筷子夹了一口菜塞进嘴里，"她们都不和你打招呼。"

埋头吃饭的周自珩抬眼看向他，语气揶揄："那当然不能和你比啊，习清哥哥。"

这一声"习清哥哥"倒是叫得受用，比刚才那两个女生叫得还好听，大概是因为周自珩实在太好看，干这种讨好的事儿简直就是事半功倍。

"小嘴甜的。"夏习清在桌子底下踢了踢周自珩的腿，"哎，再叫一声。"

周自珩假装没听懂他在说什么，低头吃着饭，夏习清却不依不饶，甚至用自己的筷子夹住了周自珩的筷子："赶紧再叫一声。"

动不了筷子的周自珩也不恼，抬头看着夏习清："叫什么啊？"

"哥哥啊。"

"欸。"周自珩顺着他的话应了一声，夏习清这才反应过来被这小子给占了便宜，本想照着对方的小腿骨踢上一脚，后来想想这么多人，他也得维持自己的小天使形象，于是只能勉强压制了这口气，掏出手机编辑了一条消息。

没一会儿，周自珩的手机亮了亮。

恐怖分子：这么喜欢被叫哥哥啊，你可别后悔。

周自珩也不甘示弱，放下筷子拿起手机。

道德标兵：一声哥哥换一顿饭，这买卖不亏。

夏习清笑了一声，决定不跟他在微信上废话了，认真地吃起饭来，周自珩倒是觉得奇怪，照平常的夏习清，无论如何也会给他驳回来，现在居然主动弃权，无心应战，实在是太蹊跷了。

估计是真的饿了。

"哎，你那个师弟呢？"

"不知道，估摸着被你的粉丝挤丢了。"

周自珩哼了一声："明明是他自己个儿太矮，还怪起我的粉丝了。"

"哟，还挺护短。"

好不容易吃完了被众人围观的饭，两人从食堂出来。

"回去自习？"夏习清问道。

听到这个词从他的嘴里说出来，周自珩觉得更加奇怪，朝之前那条小路扬了扬下巴："把你送过去我再去图书馆。"

两个人并肩走在回艺术学院的路上，走着走着，夏习清想起之前周自珩接住自己那一幕，不禁笑起来。

"你笑什么？"

夏习清捏了一下周自珩的胳膊："笑某个有英雄病的人。"终于走到了刚才那个半室内大厅的门口，"得亏我瘦，这要是换个大块头，砸不死你。"

"行了，你去学习吧，我这边完事儿了就走了。"夏习清转过身，把帽子取下来丢到周自珩的怀里，"谢啦。"

周自珩看着帽子，心里有些堵得慌，说不上哪里不对劲。

他想不通，也不想再想，转过身准备离开，夏习清的声音又从背后传了过来。

"哎，我知道你这人正义感强，不过下次再遇到这种事别逞能，万一出点什么事儿可就亏大了。"

周自珩无声地叹了口气。

你真的以为我蠢到是个人都跑去接吗？

他差一点脱口而出，最后还是忍住了。

"嗯。"把自己的帽子戴回头上，周自珩头也没回地离开了艺院，回到图书馆，刷了整整一下午的题，一句话都没说。

坐在旁边的赵柯也没觉得哪儿不对，学累了的他拿出手机刷微博，发现热搜榜上一连好几条都跟自己身边的好友有关系，"周自珩自习""夏习清去 P 大"……

一向喜欢看八卦新闻的他毫不犹豫地点进了热搜，看见有校友分享了两个人在食堂吃饭的照片，有他们被挤在一起的，还有两个人单独坐在食堂吃饭的，底下的评论多得刷不过来。

珩珩最帅：日常羡慕 P 大学生，自珩的照片也太好看了，又高又帅，戴黑框眼镜好俊啊。

谁不喜欢夏习清：原来珩珩和习清都这么高，跟路人比起来这两位真的是帅啊，习清的鼻尖痣绝美了。

或许你爱学习吗：两个人吃饭的时候周自珩笑得好好看啊，习清还拿脚踢珩珩！不过习清戴着的帽子难道不是珩珩的？我记得上午路人偶遇自珩的时候，他是戴着这顶黑色棒球帽的。

我要上自习：就是自珩的帽子！而且自珩从图书馆出去的时候还戴着这顶帽子，来食堂的时候就到习清头上了！妈呀！之前说他俩关系不好的真是啪啪啪打脸了！

风中的小云朵：所以夏习清究竟是去Ｐ大干什么？想去炒作吗？

噜噜噜小咕噜：什么炒作啊，不要乱诬陷别人，夏习清是我们艺院的教授请过去帮忙的，只不过凑巧周自珩也在Ｐ大而已。某些人真的张口就恶意满满。

柠檬味苏打：我同学是艺院的，说夏习清特别厉害，算是他们的师兄，业务能力强到爆炸，人还特别温柔。

自习不红天理难容：羡慕！好想知道珩珩去艺院找习清的时候做了什么啊——

……

这么劲爆的消息居然没人发，赵柯啧了几声，立刻上了小号把之前艺院小分队给出的情报发了出去。

吃瓜小木可：夏习清是艺院教授请过去帮忙做雕塑展的，周自珩中午的时候去找他来着，结果正好站在高台上的夏习清摔了下去，周自珩还跑去接（虽然没接住）。后来两个人就一块儿去吃饭了。大家要是有兴趣可以后天去×××看展，主展品就是夏习清重新设计的。

说完他还配了张两个人倒在垫子上的图，隔得很远，拍得并不清楚，但基本能认出来是这两个人，背后的雕塑还被打了马赛克。

这条微博很快就被一个粉丝找到并转发，短短十几分钟就转发了上千条，赵柯在心里惊叹了一把这两个人的人气，感觉自己快被他们的粉丝的热情包围了。

"妈呀……"

听见一旁的赵柯发出声音，周自珩皱着眉抬头看向他："你在干什么？"

"没、没什么。"赵柯心虚地把手机藏进口袋里，冲周自珩笑了笑，"那什么，我不想学了，我还有约，你也早点回家啊。"他飞快地收拾了桌子，"别忘了明天下午考试啊。"

奇奇怪怪的。

刷了一下午的题，周自珩也有点累了，收拾了东西准备离开："你等等我，一起走吧。"

赵柯开车来的，周自珩家近，顺道也就把周自珩带回去。坐在副驾驶座上，周自珩无聊打开微博，才发现自己又一次上了热搜。不仅仅是今天的事，杂志的官博还发布了之前拍杂志的花絮和采访视频，"周自珩宠粉狂魔"的词条一下子就冲上了热搜。

一路上他都在刷热搜，赵柯胆战心惊，生怕周自珩发现自己就是那个爆料的线人。终于把周自珩送回了家，他这颗心才放下来。

上电梯的时候周自珩收到了蒋茵发给他的消息，通知他周六录制新一期《逃出生天》，他正回复着，快要合上的电梯门之间出现了一只手。

"好巧啊。"

是夏习清的声音。周自珩抬起头，脸上惊讶的表情显露无遗。

"我们前后脚回的家？"夏习清走了进来，"早知道就给你打个电话，一块儿回来得了。"

周自珩将手机放回口袋里，也不知道该说些什么，只好"嗯"了一声。

夏习清发现他有些奇怪。"怎么了大明星，学累了？"电梯很快到了，两个人肩并肩走了出来，周自珩一直没有回话，快走到家门口的时候，他才低声说了句"拜拜"，转过去拿钥匙卡刷开了房门，进了玄关，正要用脚带上门，发现门被夏习清拉住了。

他回过头，有些疑惑地看向站在门口的夏习清。

"我们聊聊？"夏习清笑着走进周自珩的家里，"小朋友，我觉得你不太开心啊。"他笑着又走近些，"该不会正好是因为我吧？"

周自珩皱起眉，将身上的背包放在地上："你想太多了。"

"是吗？本来我还觉得，你是不是没那么讨厌我了。"夏习清的声音轻飘飘的，像是羽毛一样，"嘴上虽然还是不饶人，但又是舍身相救，又是陪吃陪聊，我还挺受用的呢。"

"舍身相救"四个字，又让周自珩想起了中午的事。

他很沮丧，沮丧的是自己竟然会因为夏习清的误解而失望。

"你不是说了吗？我这种正义感爆棚的老好人，随时随地为了别人奋不顾身都很正常。"周自珩有些自暴自弃，取下眼镜放在玄关的柜子上，谁知刚侧过身，就被夏习清一下子推倒在地上。

"你有病啊……"周自珩双手撑着地面，皱着眉抬眼看着肇事者。

夏习清蹲了下来，两个人四目相对。

"那你以后别那样了。"那张干净纯真的脸露出一个相当具有调侃意味的笑。

周自珩感到困惑："什么意思？"

"以后不要随时随地为了别人奋不顾身。"夏习清的烟草味让周自珩有些晕眩。

周自珩不明白夏习清说这话是什么意思，问道："你说什么……"

夏习清没有正面回答，反而说道："你是不是没那么讨厌我了？"

周自珩微微偏了偏头："重要吗？"

"当然。"

夏习清轻笑了一声："我没想怎么样，只是想到中午吃饭的时候你说的话。"

周自珩挑了挑眉："什么话？"

"一声哥哥换一顿饭，这买卖不亏。"夏习清的嘴角勾起来，他笑的时候总是给人以单纯美好的错觉，"我好像还没认真叫过呢。"

还没等他反应过来，夏习清就说了出来。

"自珩哥哥。"

周自珩一瞬间呆住，仿佛遭受了全世界最猛烈、最可怕的攻击。

但下一秒，夏习清就大笑起来，就好像周自珩的反应是世界上最好笑的笑话一样。

"笑什么？"周自珩皱起眉。

"没什么。"夏习清拿手撑着墙壁，"就觉得你很可爱，叫声哥哥就变得呆呆傻傻的，也太好糊弄了。"

周自珩伸出手，握住他的双肩，将他推离，没有给夏习清一点点再次逗弄他的余地，走到玄关口，将大门打开。

夏习清有些莫名，疑惑地看向周自珩："喂……"

"回去。"周自珩半垂着头，语气不容置喙，"麻烦你快点离开我家。"

他不知道自己哪里做错了，不过已经到了这一步，再继续开玩笑就太难看了，夏习清两手抬起，懒懒散散做出投降的姿势，沉默着离开了周自珩的家。

听见周自珩关门的声音，夏习清还是有些烦躁，站在原地。

他盯着自己家那扇门，久久不愿意靠近。他不想再回到那空荡荡的房子里，一个人怀抱着挫败感像一个输掉一切的赌徒一样抽一整晚的烟。

夏习清伸出拇指擦了擦嘴角，独自朝着门廊尽头的电梯走去。

站在房门后的周自珩仍旧保持着关门时的样子，听见他越来越远的脚步声。他没有回家，他现在要去别的地方了。

周自珩觉得浑身乏力。

他走到浴室，将自己浑身上下淋透。

夏习清原本想去酒吧，开车上了路才想起来自己现在已经不是可以随随便便出入夜店的人了。

他把车停在了路边，翻着手机通信录，试图找一个可以让他留宿的朋友。

忽然不知道该去哪儿，夏习清只好给许其琛发了个消息。

习清：睡了吗？

他很快就收到了回复。

琛琛：还没有，我还在写稿子。怎么了？

他简单地跟许其琛说了几句，避重就轻，没说原因，只说是想找个有人的地方住上一晚，许其琛也没多问，直接让他过来了。

穿着一套深蓝色家居服的许其琛笑着替他开了门："快进来，你穿得好少啊。"

夏习清撒娇似的抱住了许其琛，一偏头就看见坐在地毯上打游戏的夏知许，穿着黑色家居服。

夏知许头都没抬，专心致志地盯着电视屏幕，那张脸又好看又欠打："这么晚你来干什么？我家可没多余的房间给你住啊。"

"怎么，你们家隔壁的客房空着不给我住，难道给鬼住？"夏习清牙尖嘴利地反驳，闷着气跟许其琛说："我就睡一晚上，明天就走。"

夏知许没发觉他的语气和平时不一样，只是纯粹出于疑惑问道："你不是钱多烧得慌吗？去住酒店呗。"

夏习清并不想说自己只是想找个有人的地方，不愿意只有他一个人，这显得他太窝囊了。许其琛在一边看得通透，拍了拍夏习清的肩膀："住多久都行，先去洗个热水澡吧，我给你放好水了。"

"你对他也太好了。"夏知许抱怨着，把手柄扔在地上，"玩不下去了。"

夏习清喊了一声，走到了浴室。四肢百骸浸没到热水之中，他觉得自己又陷入了那种眩晕的迷茫中，脑子里开始出现周自珩那张脸。

洗完了澡，夏习清从浴室里出来，正巧看到夏知许抓着许其琛的胳膊一起玩游戏。

"啊不行，撞了撞了，右边！"

"没事儿。"

"快点，啊啊啊要输了！"

"不会输的，别慌。"

这样的场景老实说他也不是第一次看见了，但不知道为什么，今天看就格外眼热，心里空荡荡的。

这两个笨蛋相识十年，居然关系还这么好。夏习清一直觉得这简直是奇迹。最要紧的是，时间再长，距离再远，这份情谊都没有被冲淡。

他独自走到客房，忍着想抽烟的心躺在床上。

奇迹这种事，不会降临到他的身上。脱去这身皮囊，没有人会认可这样一个混浊的灵魂。

这样的想法从他小的时候就种下，随着年龄的增长，越来越确信不疑。

尽管他试了又试，但没有人是真正理解他的。

说好的住一晚上，结果夏习清没脸没皮地住了快四天，要不是周五早上蒋茵像是催命一样打电话，夏习清还不想走，许其琛做饭好吃，人相处起来又舒服，虽说夏知许烦人了点，但也给了他不少乐趣，比一个人开心多了。

可是蒋茵提醒他，周六还得飞去上海录节目。

因为人气太高，怕到时候会出什么岔子，这次节目组给嘉宾安排的是统一的航班和住宿。夏习清一开始没有回复,这四天里他和周自珩没有见过一面,也没有说过一句话。

他原本想拒绝蒋茵,可回复之前又反悔了。

周自珩都没有回绝节目组,自己这么犹豫不决是做什么?他旁敲侧击地给蒋茵发了消息。

夏习清:周自珩也去吧,他没有说什么?

过了一会儿他收到蒋茵的消息。

蒋茵:他当然去了。这一期只有岑浔去不了,她在日本有巡演,自珩最近考完试了,正好可以录制。

看来周自珩真的什么都没说。

他有点摸不透周自珩了。

下午的时候夏习清就从许其琛家出发直接去了机场,穿着自己去他家时的那身衣服,只是许其琛家的柠檬味洗衣粉让夏习清有点不习惯,一个喷嚏接着一个,最后只好在去机场前买了一个口罩戴上。

到机场的时候,夏习清收到了商思睿的消息,正想回复就听见有人在叫自己的名字,夏习清一回头,看见了穿着一件红色卫衣、戴着白色棒球帽的商思睿。

"好久没见啦。"商思睿热情地冲过来抱住夏习清,闭着眼睛把头埋在他的脖子那儿,冲他抱怨起来,"啊,我最近累死了,我跟你说,我已经有超过三天每天只睡三个小时了……"

"你还真不愧是三三。"夏习清注意到他换了发色,之前的浅棕色变成了灰色,"你又染头发了?"

商思睿依旧埋着头,"嗯"了一声:"最近要回归了,换了新的造型,前几天为了试造型染了好几种颜色,现在终于确定下来了。"

唉,夏习清拍了拍他的后背,不知道为什么,一看到商思睿就想起自家那个不省心的弟弟:"当偶像不容易啊。"

周围的粉丝越来越多,把他们围了起来,大部分是商思睿的粉丝,还有一些是夏习清和周自珩的。其中一个戴着口罩的小姑娘凑到跟前,把手里的小蛋糕递给夏习清:"习清哥哥,你吃呀。"

被商思睿抱着的夏习清礼貌地伸出双手绕过去接了粉丝手里的礼物，虽然戴着口罩，但眼睛温柔地弯着："谢谢你。"

粉丝见夏习清心情不错，于是问道："习清哥哥，自珩呢？"

周围一群女粉丝笑起来。夏习清温柔地回答："我也不清楚，应该快来了。"

"为什么你不跟自珩一起啊？"

"习清，你怎么不去P大了呢？"

"对啊对啊，我们那天之后天天往P大跑，结果你都没有再去了。"

"我们还去看展了，还以为你会去的，不过主展品真的好厉害啊……"

问题越来越多，潮水一样把他掩盖住，一想到那天的事，夏习清就不太想说话。商思睿感觉到了什么，他从夏习清的肩窝那儿抬起头，把口罩拽下来了一些："你们怎么都不关心我啊？"

在场的粉丝都被商思睿逗笑了。

"三三，你怎么这么可爱啊。"

"关心你关心你，三三，妈妈爱你。"

商思睿露出一个笑脸，手抱住夏习清的腰："你们不觉得我和习清也很好吗？为什么没人关注我们呢？"

"哈哈哈哈，三三莫慌，我们关注！"

"三三太可爱了吧！"

商思睿这才稍微满意了一点，把头又放回到夏习清的肩膀上，闭上了眼睛："我太困了，我感觉我站着都能睡着。"

真够孩子气的。夏习清伸手盖住商思睿的眼睛，温柔地轻声说："睡吧睡吧，一会儿我叫你。"还对一旁准备尖叫的粉丝比了个噤声的手势，然后一只手揽着商思睿的肩膀，手指轻轻地拍着他的肩头。

粉丝们不敢打扰商思睿，只能默默地疯狂拍照，疯狂发微博。

没过一会儿，周自珩来了，隔老远就看见被众人围住的两位主角，商思睿像只无尾熊一样抱着夏习清，夏习清揽着他的肩膀，温柔又安静。

黑色长裤配黑色皮衣的周自珩头发散着，没有做造型，长长了的额发快遮住眼睛，只戴了一副墨镜，嚼着口香糖，神情冷漠地迈着长腿走了过来。

他的身材和气场实在是太惹眼了。

"天哪，自珩来了。"

"妈呀，自珩这一身好帅好酷！娱乐圈第一男模！"

墨镜下的那双眼睛看向夏习清，微微眯起。夏习清穿着和那天晚上一样的衣服，他的车已经有四天没有出现在地库了。

整整四天，他没有回家，鬼混到现在。

周自珩冷笑了一下。他早该清醒，夏习清是个什么样的人，他最清楚不过。

"习清习清，自珩来了。"

安抚着商思睿的夏习清也听到了粉丝的议论，他抬起头，摘下口罩，隔着重重人群看向周自珩。

他踩着一双深棕色军靴，闲庭信步地朝着自己的方向走过来。

四目相对之时，夏习清勾起嘴角，露出一个虚伪又漂亮的微笑。

"好久不见啊，自珩。"

周自珩嚼了两下口香糖，吹了一个不太大的泡泡。

啪的一声，空气强烈膨胀，泡泡一瞬间破裂。

他歪了歪嘴角，像是发出某种应战的信号。

"好久不见。"

短暂的中场休息没能消磨任何一方的意志，像是两个不要命的拳击手，重回赛场的时刻，那团火又一次不由分说地燃了起来。

怎么办，好像谁都不想停，谁都不觉得自己会输。

阮晓是最后一个到的，她穿着一件经典款风衣，长发扎成马尾，看起来比第一次见面的时候干练了许多，但笑起来还是很甜美。

"今天播第二期呢。"阮晓一走过来就笑着对商思睿说，"你到时候肯定上热搜，我连词条都想好了，'商思睿演技爆表'。"

"难道不是'商思睿扮猪吃老虎'吗？"夏习清加入了调侃商思睿的队伍之中。

商思睿鼓了鼓嘴，晃着身子撞了撞夏习清："谁是老虎？你还是自珩？"

夏习清看了一眼周自珩，对方正低着头玩手机，似乎没有想要回话的意思，于是他笑了笑:"我第一个'死',当然不是我。"

"说不定你今晚也是第一个'死'啊。"商思睿笑嘻嘻地戏谑。

阮晓也跟着笑起来:"你不要乱说啊。"

"自珩今天都不怎么说话,"商思睿故意转移话题,"说不定是做贼心虚,其实他就是'杀手'。"

"他什么时候爱说话啊?"阮晓不经意间也调侃了一句。

被调侃的周自珩抬起头,眼神锐利地看向商思睿,语气平淡:"好啊,我今晚第一个'杀'你。"

商思睿立刻笑嘻嘻地走过去钩住周自珩的脖子:"别啊,大帅哥你放过我。哎,你上次不是说如果是'杀手'就第一个'杀'习清吗?可不要忘记你的誓言啊。"

一听到他说夏习清的名字,周自珩就微微变了脸色,故意做出一副嫌弃的表情推开了商思睿:"什么誓言啊,有病。"

商思睿被推开之后又缠上了夏习清:"你也是啊。你们俩不管谁是'杀手',都一定要'杀'对方啊,说话算数。"

阮晓双手抱胸:"那好啊,如果我是'杀手',我第一个'杀'你,我保证。"

看着阮晓一本正经地发言,商思睿立刻反问:"为什么啊?我们远日无怨、近日无仇的,你怎么可以这样呢,晓晓……"

"因为你话太多啦。"

大家都在说说笑笑,夏习清注意到周自珩摘下了墨镜,捏了捏鼻梁。

他素颜很好看,只是眼下的乌青有些严重。

大概是考试太辛苦?夏习清猜测。

几个人一同登机,位子都安排在一块儿,还没上去的时候夏习清就猜到自己的座位一定和周自珩挨着,果不其然,他看着走在前面的周自珩坐在了自己的座位的旁边。

商思睿拽着他走在后头。"习清,我在你后一排。"他三步并作两步地走了过去,坐在了靠窗的阮晓身边,笑着说:"我可能会睡死过去,不然咱俩换换位子,你比较方便。"阮晓欣然同意了,还从自己的包里拿出蒸汽眼罩:"你们可以戴着这个睡,挡光还舒服。"

商思睿开心地接过一个,连说了几个"谢谢"就放倒座椅躺下了。

阮晓一片好心,夏习清也收下了眼罩,冲她笑了笑,随即站在了已经坐下的周自珩身边:"不好意思,借过一下。"

周自珩一双无处安放的长腿占了很大的空间,他往里收了收,让夏习清进去。

"谢谢。"

这种疏离又虚伪的礼貌让周自珩觉得难受,谁能想到这个人前些天还和自己在学校食堂里共进午餐呢。

"不客气。"周自珩也笑着回敬。

夏习清从他身边擦肩而过的时候,周自珩闻到了陌生的香味,像是柠檬,又带着点冷调的木质香气,好像雪松。这完全不是夏习清的风格,倒像是其他人的品位偏好。

越往深去思考,雪松的气息似乎变得越发强烈,让周自珩不太舒服。

如同添加罪证一样,他在心里反复论证着夏习清的滥情,自己与他果然不是一路人。

经历了前些天的事,夏习清和周自珩之间有了无法消除的隔阂,尽管他们之前的关系也算不上有多亲密。夏习清生来骄傲,自尊一再遭到打击,即便面前这个人是他的偶像,他也需要恢复元气的缓冲期。

在周自珩之前,认识的每个人,都会被自己伪装出来的假象迷惑,唯独他没有,这件事本身就在反复提醒夏习清——你这样一个人,没有人会真的理解你。

尽管这个道理他早就明白。

不太愿意开口说话的夏习清选择睡觉,他看了看手里的蒸汽眼罩,犹豫了一会儿,最终还是将它放在了一边,只是单纯地合上眼睛靠在窗上。

周自珩看着被他放在一边的那个眼罩,想起了第一次录制节目时他曾经被蒙住的双眼。

夏习清怕黑,在密室里最开始戴上眼罩也是会引起不良反应的吧。

所以他才会赌一把,用最快速、最直接的方法,试探这个房间是不是存在另一个人,可以帮他从黑暗中解脱出来。

不知道是不是因为心情的起伏,周自珩不太睡得着,他翻看着一本之前没看完的量子力学著作。

下午四点半的阳光照在书页上，把光滑的书页照得毛茸茸的，似乎可以看到那些洁白的细小纸质纤维在印刷字间轻轻摇摆，就像现在周自珩的心一样，发生着几乎无法被其他人所发觉的摇摆。

陷入浅眠的夏习清稍稍将头摆正了些，闭着眼，随着头颅的扬起，他的脖子也长长地伸着，仿佛一只在阳光中陷入昏迷的天鹅。

视线忍不住一而再，再而三地飘向旁侧，周自珩发现夏习清的眉头微微皱着，猜想或许是太亮的缘故，他尽可能轻地伸出手，想要替夏习清拉上遮阳板，手指刚触碰到窗子，就听见了夏习清的声音。

"别关。"

夏习清没有睁开眼，只是把头偏向了窗子，声音带着些许半梦半醒的迷蒙和沙哑。

"没有光我睡不着。"

手指不由自主蜷缩起来，周自珩收回了手。

夏习清并没能完全入睡，他的眼睛合上了，其他的感官却自顾自地变得敏感。他听得见周自珩翻书的声音，特地放轻放缓的动作让书页的摩擦声延长。他也能听见周自珩偶尔发出的长长的呼吸声，像是叹息，又不那么像。

在阳光的照射下，紧闭着的双眼让视野里的一切都变成朦胧的橙红色，随着意识的逐渐下沉，荡着波澜，让他想起了莫奈的《海岸夕阳》，安心而温暖。

光是没有形状的。

闭上的双眼，对光的感受最为精确。

所以在周自珩伸手的瞬间，夏习清很快清醒过来，对于光的渴求让他无法安稳地沉睡，害怕、畏惧，那些被他锁闭在黑暗中的情绪一下子涌了出来。

没有人理解，夏习清知道。

周自珩再也没有试图打扰他的睡眠，他甚至听不见周自珩的任何声音了。

照平常而言，夏习清很难在飞机上睡着，那种感觉就像是在一艘小船上，随着汹涌波涛浮浮沉沉，但这一次，那艘小船似乎被钻了一个小小的洞，水悄悄地流进来，他随着船身一点点下沉，沉入更深的梦里。

梦里的他似乎不太大，视野里的每个人都很高大，将自己淹没，热热的血液从下巴流到胸前的衣服上，那个小小的卡通人物被染得红彤彤一片。医院里人来人往，他被一个不太熟悉的人牵扯着，就像一个被只拉住一只手的布娃娃，身体被人不管不顾地甩动着，去到充满消毒水气味的手术室。

耳边的争吵声没有断绝，冰冷的细针穿过麻醉皮肤的异常感，还有身为小孩还可以肆无忌惮流下来的眼泪。

女人尖厉的哭喊声——

"我当初为什么会生下你！

"你不存在就好了。

"你是我悲惨人生的开端。"

低头看看，身上不再穿着那件被血染红的衣服，没有了卡通人物。痛觉引导着他伸手，两条手臂上的瘀青伤痕，一道接着一道，高尔夫球杆，或是其他昂贵的金属制品，只要是称手的，都配在他身上留下痕迹。

画布一样，怎样被画满都不足为惜。

"世界上最爱你们的人，就是你们的爸爸妈妈，知道吗？"

整个班级发出异口同声的稚嫩童声。

"知——道——了——"

知道了。

好想举手提问。

老师，假如我的爸爸妈妈不爱我呢？

那么这个世界上，还会有人……

水淹没了他的呼吸，窒息的溺水感让夏习清一瞬间惊醒，像是一尾濒死的鱼，一翕一张剧烈地汲取着赖以生存的空气，他心慌地抬手，摸着自己下巴上那道疤痕。

睁眼已是黄昏，高空中的云层都染上了瑰丽的色彩。睡梦间泄露出来的脆弱面让他变得充满防备，眼角的余光看见周自珩凝视自己的双眼，夏习清用手擦了擦眼角，偏过头，嗓音沙哑，语气尖厉："你看什么？"

周自珩脸上怔了一怔，他似乎刚从走神的状态里走出来，那张轮廓分明的脸上流露出一丝迷茫和心虚。

"你看了多久？"

夏习清猜想着自己被噩梦缠绕时的表现，或许神经质地用手指抓住了座椅的布料，或许不争气地梦呓出声，或许还有更加丢人的表现，他试图从周自珩的反应里找到答案。

"有一阵子了……"周自珩垂下那双深邃的眼，心虚地看向某个角落，又长又密的睫毛被阳光照射，在下眼睑投射出长长的闪动的阴影。

他没有说谎。周自珩是个嘴硬的人，但他不喜欢说谎。

"看什么？"被窥探到脆弱面的夏习清不自觉竖起身上的刺，"你看到了什么？"

周自珩又抬起眼，眼睛里倒映着窗外的云层，看起来诚恳极了。

"丁达尔效应。"

这个答案让夏习清意外。

周自珩没有说谎。

夏习清睡沉了之后，周自珩侧过脸去看他。

穿过三千米厚重云层的阳光，从那一方小小的玻璃窗透过来，飞舞着的细小尘埃将空气变成了雾一样混浊的胶体，光线穿过，留下一道美妙而明亮的通路，从窗子的左上角，六十度斜向下，沿着入射角的延长线，笔直地打在夏习清的胸膛之上。

"丁达尔效应出现的时候，光就有了形状。"周自珩指了指夏习清的胸口，嘴角微微弯起。

夏习清愣愣地低下头，看了看自己的胸口，顺着那道散发着微光的通路，望向窗角堆叠的玫瑰色云层。

敏感和多虑，锐利与防备，被一个小小的物理现象所击溃，变成了一道漂亮得直戳心口的光。

慢半拍的周自珩忽然意识到，自己刚才不小心对夏习清笑了。

那天之后，他反复告诫自己，不要再和夏习清建立过密的关系，不管是怎样的关系，可刚刚又一次忘记了定下的原则。也许是因为他看见了睡梦中沉静得如同昏迷的夏习清，也看到对方睁眼的瞬间，眼珠上蒙着的那层泪光，玻璃珠一样。

夏习清的一切他都不知情，也没有知情的必要，他总是这样说服自己。

但当他看到夏习清惊醒后竖起的刺，又仿佛看见云层里一朵悬浮的小玫瑰。

想伸手握住，却只能握住刺伤的血痕。

飞机快要降落，化着精致妆容的空姐在通道走动着，提示着降落时的注意事项，周自珩合上那本并没有看进去多少的书，也合上了桌上的笔记本。

夏习清好不容易才从那个久别的梦里逐渐恢复状态，他们离开了飞机，夕阳的余晖将他笼罩起来。

"我好饿啊。"商思睿睡了个好觉，跟走在身边的阮晓商量着晚饭这个重要议题。

夏习清恍惚地抬眼看了看云层，玫瑰色的天空，还有没有形态的光。

手机忽然振动了一下，夏习清拿出来查看。

道德标兵：分享图片。

那是一张侧面视角的偷拍。镜头里偶然间捕捉到的丁达尔效应，玻璃窗外玫瑰色云层的美妙背景，沉沉睡去的自己在光影交错下的侧脸。

还有那道有形的，笔直刺入他胸口的光。

他低声开口，也不看身边的人，像是和风在说话："为什么拍我？"

风也为他带来了回应，低沉中带着难以察觉的微弱笑意。

"我拍的又不是你，是丁达尔效应。"

明明严词拒绝，却又无意识亲近。

这个人还真是天真又狡猾。

接机的时候，夏习清明显感觉到了周自珩水涨船高的人气，原本他超高的认知度已经是在娱乐圈摸爬滚打的一大利器，现在凭借真人秀和网络人气的加持，他的话题度几乎一跃成为当下娱乐圈年轻男演员之首。

小罗和几个保镖围着周自珩，伸着手组成人墙拦住粉丝，将比他们还高的周自珩围在里面。

如果只有周自珩的话，局势还好控制些，可偏偏夏习清也在，还有一个男团人气顶尖的商思睿，这几个人加起来，粉丝的数量都翻了番。商思睿倒是绅士，一直让保镖护着阮晓，自己跟在阮晓的后面。

夏习清原本好好地走在周自珩的后头，没想到一个粉丝上来就拉住了他的袖子，扯着他那件松松垮垮的白色针织衫，半边肩膀都露了出来。耳边都是尖叫声，吵得夏习清头晕目眩，伸手去拽自己肩膀上的衣服。

"你别拉习清的衣服啊！"

"习清，习清的衣服！"

"谁在那儿扯啊，撒手啊！"

夏习清忍不住皱起眉，明星这活儿还真不是一般人干的，照平时的情况他早就发火了，现在却只能忍着。

回过头也看不清究竟是谁拽了自己的衣服，人实在是太多，夏习清皱着眉抓着自己的领口，无奈地开口："你们别激动，衣服会扯坏的。"

场面一度混乱不已，走在前面的周自珩忽然停下脚步，转过来，伸手将那个女生的手腕抓住："松开吧。"

那个死死抓住夏习清的女孩抬头，周自珩面无表情地俯视着她。对方一下子被他的气场震慑住，愣神间松开了手。

"下次不要这样了，很危险。"周自珩偏过头，极为顺手地将他被扯开的衣服调整了一下，揽着夏习清的肩膀把他带到了自己的斜前方，用自己将夏习清和粉丝隔开。

艰难地前行着，粉丝越来越激动，几个保镖被粉丝缠得有些不耐烦了，伸手要去推，被周自珩阻拦了："别推她们。"

他的语气很是严厉："很危险，容易发生踩踏事件。"他声音大了些，像是要说给所有人听，"大家都别挤了，又不是见不到了，以后还有机会。小心脚下，注意安全。"

原本还很烦躁的夏习清此刻却忍不住笑起来，这个人还真是无时无刻不散发着正人君子的光辉。

搁一般明星，早在心里骂了不知道几百遍了吧。

他偏了偏头，看着扶住自己肩膀的那只骨节分明的手。他忽然羡慕起周自珩了，不，与其说是羡慕，倒不如说是嫉妒。因为无论发生什么事，周自珩都可以用最光明的态度去应对。

天生的温柔主义者。

即便他对周自珩一而再，再而三地戏弄，不断地试探对方的底线，周自珩

199

还是会因为道德心伸出援手帮助他，试图保护他，就像保护任何一个需要保护的人一样，即便他如此不堪。

夏习清讨厌这样的人，讨厌天生活得像光一样的人，他们的存在衬得自己更加卑劣。

节目组的车带着他们去了这一期节目的录制地点，时间比较紧张，晚餐只能在做造型的时候随便应付点，周自珩、夏习清和商思睿共用一个大的化妆室，刚换完衣服，小罗和商思睿的助理就提着吃的进门来。

"习清，"小罗特地叫了夏习清一声，"你也吃点，这家在当地很有名的，应该合你的胃口。"

夏习清笑着应了一声，但并没有抱多大的期待。无论是之前大家一起吃火锅，还是和周自珩单独去 P 大食堂吃饭，周自珩的口味都一如既往地清淡，几乎碰都不碰辣椒。

可当他走到沙发边，看见小罗一份一份地拆开包装，却发现有一半的菜都是红彤彤的，又是辣子鸡，又是毛血旺，另一半则是一些清淡的菜式，一看就知道是周自珩的口味。

"这些都是自珩自己点的，"小罗用手掩着嘴，像是打小报告一样小声对夏习清说，"不是我点的啊，要是不喜欢就怪自珩吧，哈哈。"

刚换好衣服的周自珩推门走进来，和之前他自己的衣服不同，节目组安排的衣服看起来简单得多，一件深蓝色长袖卫衣搭配浅蓝色牛仔裤，奇怪的是，这套衣服和夏习清的惊人地相似。

夏习清低头看了看自己，同样是深蓝色的上衣、浅蓝色牛仔裤，只是款式略有不同。

节目组要引人注目，也不至于把衣服弄得这么像吧。夏习清无奈地笑了笑，他几乎都能够想象到放花絮的时候网上粉丝的疯狂现场了。

"自珩，你回来啦，哎，你的衣服和习清的好像啊。"小罗抓了抓后脑勺的发楂，"难不成是节目组特意弄的兄弟装？"

周自珩表情立刻变得不自然起来，低着头伸出长腿踢了小罗一脚："什么兄弟装啊……闭嘴。"

夏习清轻笑了一声，一屁股坐到沙发上："这都是你点的？"

"谁点的？"周自珩也跟着坐了下来，一脸"我什么都不知道"的表情指了指小罗："是你点的吧，点了这么多辣的，你想辣死我啊？"

小罗和夏习清对视一眼，两个人都差点儿憋不住笑。

周自珩抓了抓还没做造型的头发，一副大男孩儿的模样，咳嗽了一声，别扭地开口："那什么，这么辣我吃不了，你吃吧，我吃这些就行了。"

"这样啊……"夏习清似笑非笑地看着他，尾音又一次变回之前那样，轻飘飘的。

周自珩怕他这样说话，但又有点开心，觉得夏习清又恢复成之前的夏习清了。飞机上堕入梦中的夏习清让他觉得陌生。

他低着头"嗯"了一声，从包装袋里拿了一双筷子拆开："便宜你了。"

"谢谢啦。"夏习清一点也不客气地拿走了他手中的筷子，"都是我爱吃的，好巧啊。"

听了这话，周自珩有点开心，但为了维持自己拙劣的谎言，他只能保持沉默，低头吃着自己这一边的饭菜。正巧商思睿也来了，嘴里还哼着歌。夏习清望了一眼："这么开心啊。"

"我们这次回归的主打曲，怎么样，好不好听？"

一边的男助理无奈地摇了摇头："行了你，泄曲狂魔。"

商思睿才懒得管，蹦跶着走到沙发边："好香啊。哎，你们俩的衣服好像。"他扯了扯自己身上的暗红色外套，走到了夏习清那头挨着他坐下，把下巴抵在夏习清的肩膀那儿，"我也想吃。我要吃辣子鸡。"

"行。"夏习清夹了一块鸡肉送到商思睿的嘴边，"张嘴。"

这种亲密无间的举动，总是频频发生在这两人之间。

看着这场景，周自珩碗里的饭突然就不香了。

统共也没吃多少，他动了动筷子，又放下，起来准备做造型。商思睿有些讶异："自珩，你就吃这点儿啊。"

"下周可能要试镜，最近在管理体重。"

半真半假，也不算完全的谎话，周自珩自我安慰道。

商思睿的助理给他把订好的炸鸡拆开，放在他的面前。商思睿一口塞进一大块炸鸡，含混不清地吐槽："一定又是那种苦兮兮的电影，你啥时候接个电视

201

剧，我给你搭个配角呗。"

开始做造型的周自珩坐在镜子前闭眼道："等我哪次演宠物题材的剧吧。"

商思睿只能化悲愤为食欲，强忍着想打周自珩的心吃着炸鸡。

节目正式开始录制之前，四个嘉宾终于集合了，像第一期节目一样，几个黑衣人出现，手中拿着黑色的眼罩，预备在导演喊开始的时候将他们带入属于自己的初始房间之中。

夏习清这时候才发现，阮晓身上穿的衣服颜色和商思睿的一样，是一件红色的牛仔外套，下面穿着黑色的牛仔裤。

难不成这期节目有分组的倾向？上一期节目的后遗症让他不由得把注意力放在了节目组为每个人安排的造型上，周自珩和自己的服装几乎一模一样，而商思睿和阮晓的衣服也是非常类同的。

可是如果真的是有什么分组的话，节目组不太可能做得这么明显。

如果编剧没有换的话，照上一次的套路，只有等进入密室才会知道真正的副本剧情。

正沉溺于思考之中的夏习清一抬头，看见周自珩正看着他，眼神里似乎有一丝担忧，还没等到他反应过来周自珩究竟为什么露出这种表情，自己的眼睛就被黑衣人给蒙上了。

他都差点忘了这茬。

黑暗中，他的两条胳膊被人抓住，引导着他一步步向前走着，忽然停下，示意他坐下来。

坐在椅子上的夏习清听见脚步声越来越远，暂时的黑暗不可避免地让他产生了生理上的不适。不过好在时间很短暂，刚坐下没有多久，他就听见了熟悉的节目旁白声。

"大家好，欢迎再次来到《逃出生天》，首先请各位摘下眼罩。"

这次可以直接摘眼罩？这么容易，夏习清倒有些不习惯了。

不管怎样，戴着这个实在是太难受了，夏习清毫不犹豫地摘下了眼罩，密室终于呈现在他的眼前，这次的房间看起来就像是一个普普通通的卧室，暗蓝色的墙纸和灰色的床，还有一些游戏模型，看起来像是男生的卧室。

与上次最大的不同是，这间卧室里的的确确只有夏习清一个人。不知道为什么,他的心里倒觉得有些空落落的。大概是不习惯吧。

"首先,我需要向各位交代一下本次游戏的注意事项。各位玩家请注意,你们分别被困在了不同的房间之中,要想获得最终的胜利,你们必须先从自己的房间逃出去,途中收集最外层大门的密码线索,破解终极门锁。当然,和上一期一样,你们之中存在一个'杀手',他拥有'杀掉'你们其中任何一个人的权力。如果'杀手'成为最终的胜者,所有玩家的积分都将清零。你们手中的手机可以用来对你心中怀疑的'杀手'进行匿名投票,出局者将无法继续游戏。

"需要注意的是,你们每个人的房间中都有一个收音机,被困在自己房间的时候,你们可以通过收音机和其他房间的人进行交流。

"三。

"二。

"一。

"游戏开始。"

收音机?夏习清站起来,依照他之前的习惯跟着节目组布置好的摄像头走了一圈,这个房间不算很大,里面的布置却是满满当当的,一张看起来还算舒适的床,还有塞得满满的衣柜,地上有一块方形的小地毯,地毯上是一张小小的桌子,桌子上放着节目组说过的那台收音机。

整体布置看起来很有生活气息,就像是一个住过人的卧室一样。他之前所坐的椅子在书桌的跟前,书桌挨着床头,上面摆放着一台笔记本电脑,几本摞起来的书,一盏没有打开的罩着灯罩的台灯。

有一点很奇怪,这个房间里的许多东西摆放的位置都被圈住了,例如放在书桌上的杯子,摆放的位置上就有一圈浅浅的凹痕,像是刻在木桌上一样,夏习清将杯子拿了起来,摸了摸那圈凹痕,又用手指敲了敲。

是中空的声音。

不只杯子,这个房间里的许多物品都被放在特定的圈里。夏习清觉得很奇怪,但目前手头上的证据无法给出一个合理的解释。

"对了,收音机……"想起来这是录节目的夏习清相当刻意地"自言自语"起来,他走到了那块方形小地毯的旁边,上一次被提前"杀掉"的阴影让他忍不住掀了一下地毯，下面倒是什么都没有，但和之前的杯子一样，也有一圈和地毯大小相同的凹痕。

他试着打开收音机，出现的只有杂音，这东西对于他来说实在是过于古老了。那台小小的收音机上有三个旋钮，一个蓝色的，两个红色的。红色的旋钮倒是有点不同，一个下面标了个数字0，另一个却什么也没有。

蓝色？

他想起了周自珩身上的那件衣服，估计这个旋钮跟对方有关系，于是他试着转动了一下，发现依旧是杂音。无论是从最左边转到最右边，还是反向转回来，都没有声音。

夏习清早已了解节目组的用心程度，明白不可能有这么容易解决的问题。他干脆就这么把收音机放在那儿，也不关掉，不大不小的杂音成了他搜寻其他线索的背景音。

他重新回到了书桌前，翻开了其中的一本书，意外发现里面掉出来一个书签。

准确地说，是一个蝴蝶标本。

夏习清拿起被封存在透明标本片之中的蝴蝶，仔细地凝视着，想起了小学的自己。

科学课上，老师让每个人回去，在家长的陪同下捉一种昆虫，下个星期上课的时候带到课堂上，和同学们一起观察。

他不喜欢那些长着坚硬甲壳、在泥土和枯叶中躲藏的昆虫，他喜欢有着漂亮翅膀的蝴蝶。

但是没有人愿意陪他去捉。

"蝴蝶是会飞的，你以为这么容易就可以捉住吗？"

"我没那么多闲工夫陪你捉虫子，我要工作。"

可夏习清从小倔强，被父母拒绝的那个下午，他闷闷不乐地来到了花园。

只是偶然间的一瞥，他看见了一只长着蓝色斑纹的蝴蝶，轻巧地扇动着翅膀，偶尔停留在院子后面的玫瑰花上。

他小小的心脏为之颤动了一下。

为了捉到它，小学三年级的夏习清花了一晚上制作工具，拿着那个小小的捕虫网坐在台阶前，一坐就是一下午。

最后，坚持不懈的他扭伤了一只脚，被玫瑰花刮伤了小腿和手臂，一瘸一拐又兴奋无比地捏着捕虫网，将那只漂亮的蝴蝶关进了一个精致的小笼子里。

距离下一堂科学课还有四天，夏习清每天醒来第一件事就是看一看他的小蝴蝶，给它喂水，给它放上新鲜的小玫瑰，痴痴地趴在桌上看着它扑扇漂亮的翅膀。

他每天沉溺于这份迷恋之中，连得到时留下的伤痛都可以忘记。

终于挨到了可以把小蝴蝶带到班上介绍给所有人的那一天，夏习清站在凳子上，四处翻找着，找了好久才找到一块可以与他的小蝴蝶匹配的蓝色天鹅绒，他小心翼翼地将那块天鹅绒搭在笼子上，带着它去了教室。

大家有的拿了小瓢虫，有的拿了天牛，还有金龟子，没有一样比得过他的小蝴蝶。

"给你们看我的。"他是那么骄傲地笑着，掀开了那块天鹅绒。

和预想中的不同，那只本应翩翩起舞的蓝色蝴蝶，沉默地躺在笼子里，一动不动。无论夏习清如何哭泣，如何用那双被划伤的手晃动笼子，它都再也没有飞起来，对着他扑扇自己美丽的羽翼。

如果我没有捉这只蝴蝶就好了。

如果我那天下午没有在玫瑰花丛看到它，没有试图留它在我的身边，没有付出一切代价试图去拥有。

我不会失去。

"夏习清。"

"习清。"

思绪猛地从回忆中抽离，夏习清愣愣地放下手中的蝴蝶标本，回过头。

刚才那台只有杂音的收音机，发出了声音。

"听得见吗？我是周自珩。"

是周自珩的声音。脱离回忆的夏习清抹了把脸，走到了之前那块地毯前盘腿坐下。和他预想的一样，之前看到的这个蓝色按钮代表的果然就是周自珩。

"听得见。"回应他的瞬间，夏习清脑子里就冒出了一个猜想，立刻问道，"你刚刚是不是也转了那个蓝色的旋钮？"

"嗯。"那头传来了周自珩肯定的回答，"你的收音机上也是三个旋钮吗？两个红色一个蓝色？"

"对。"夏习清盯着这个旋钮，心里的想法得到了验证，"我知道了，这个收音机实际上承担着对讲机的功能，但条件是得两个人同时旋转代表对方的旋钮，才会接通信号。"夏习清叹了口气，手肘支在小圆桌上，对着对讲机那头的周自珩懒懒地道，"我可是等了你很久。"

另一端的周自珩听到这句话，还没想好说什么，夏习清又把话题转开："你的房间是什么样的？我这边好像是一个卧室，估摸着是一个男生的卧室。"

"我这边好像也是卧室。"周自珩转头看了看四周。

都是卧室？这么巧。

夏习清一面摆弄着收音机上的旋钮，一面询问："你的收音机上的红色旋钮下面也写了字吗？"

"没错，一个标了0，一个没有。"

难道所有人都是这样的设置吗？夏习清眼睛扫过那一排旋钮，伸出手试着转了转旁边红色的那个，谁知刚一转动，收音机的声音再一次模糊，变成了没有人声的杂音。

信号断掉了？

他立刻将蓝色旋钮打开，关闭了红色的那一个，周自珩的声音才重新出现："刚才怎么了？忽然就没声音了。"

"刚刚我打开了别的旋钮。看来这个收音机一次最多只能连接两个房间，如果其中一个人选择了其他房间的旋钮，信号就会中断。"

"门槛还真高。"周自珩调侃道。

夏习清几乎是不假思索地说出了一个不怎么贴切的比喻："不就跟谈恋爱似的，得两情相悦。"这话一说出口，他就有点后悔了。

气氛一下子有点尴尬，夏习清站了起来，绕着房间走了一圈，试图给彼此一点空间。

奇怪的是，这个房间没有门锁，门上画出了一个方形的区域，区域里只嵌了一块小小的拼图，剩下的都是空白。夏习清试着用手将那块拼图取下来，发现是固定在上面的。但奇怪的是，固定好的拼图边缘也和这个房间里的许多物品一样，有着一圈和拼图形状严丝合缝的凹槽。

"这个房间应该还有别的拼图，难道是集齐拼图打开房间……"夏习清自言自语，周自珩却在那一头开口："你是说拼图？我的房间也有拼图。"

"真的？"夏习清有些讶异，照上一次节目组对于密室的设定来看，这是不太合理的，因为上一期的每个密室都有着完全不同的解密方式，道具设置也非常多样化。可是这次不一样，出现了这么多的雷同。

"嗯，我刚才还在书桌上的书里翻到了一张拼图，但只有这一片，我一开始找了很久都没有找到合适的放拼图的地方。"

夏习清越听越觉得奇怪，他按照周自珩所说的走到了自己房间的书桌边："然后呢？"

"然后我在房间的门上发现了一个正方形的空白区域，因为这个拼图有两条垂直边，我试着放了一下，发现正好合适，而且好像是有磁吸的，就放在那儿了。"

门？

他的门上就有一块提前放好的拼图，而周自珩却需要自己将拼图放上去。

这是怎么回事？

"你把拼图放在了那儿？左上角？"

"对，左上角正好可以放上去。"

"你的拼图周围是不是也有一圈凹槽？"

"没错，你怎么知道？"

"我的也有，而且这个房间的很多东西都有凹槽。"

夏习清没有继续发问了，他感觉事情开始有了一点头绪，但是只有一点点，他很清楚现在绝对不能慌，这种线索必须一层一层慢慢累积才能彻底弄明白。周自珩刚刚提到了书桌，夏习清觉得自己的书桌上一定也有别的线索，奇怪的是，他走过来书桌这边的时候才发现，书桌的抽屉那儿也有一个蝴蝶标本。

第二次出现蝴蝶了，这意味着绝对不是偶然。

"你的房间里有蝴蝶吗？"

"蝴蝶？"周自珩的声音明显是疑惑的，"没有蝴蝶。"

夏习清觉得奇怪："你的书桌有没有抽屉，抽屉上面或者附近有没有蝴蝶？"

周自珩低头检查了一下："有抽屉，没有蝴蝶。不过有一个四位数字的密码锁。"

密码锁？夏习清再次检查了一下自己的抽屉，并没有发现什么密码锁，他试着开了一下，发现抽屉的确是锁住的，可是没有锁眼，也没有锁头。他看着那个贴在抽屉上的蝴蝶标本，想着会不会是用标本藏住了锁眼，于是将那个标本取了下来，发现并没有锁眼，但是上面写了很小的几个字——"最后一个"。

夏习清低头看了看自己的深蓝色上衣，想到之前被自己否定的想法，或许他和周自珩真的被节目组分为了一组，所以他们的房间才会有一些很相似的布置，但是又不完全相同，这样的话，两个人可能需要互相配合才能解开房间之中的一些密码。

他试着验证自己的猜想。

"你的书桌上是不是有几本书？"

周自珩的回答很快传了过来："嗯，有三本。"

夏习清数了数自己的书，果然没错，就是三本，这似乎与他的想法靠近了些："第一本的名字是什么？"

"《混沌学》。"周自珩也意识到了什么，"你的也是？"

"对，没错。"这本《混沌学》就是夏习清翻出第一个蝴蝶标本的那本书，所幸他刚刚把书签拿出来的时候将书倒扣在了桌面上，使得夹着蝴蝶标本的那一页得到了保留，"我的桌子上也有这本书，而且里面有一个蝴蝶的书签，我刚刚把它拿出来了。"

"书签？"周自珩翻了翻自己手里的那本《混沌学》，从头翻到尾也没有翻到任何书签，"我这本书里没有书签。你是在哪一页看到的？"

夏习清将那本书翻了过来，看了看页码："第377页。"

"第377页……"周自珩喃喃自语地重复了一遍夏习清口中所说的页码，他发现这一章是讲蝴蝶效应的，"蝴蝶效应？"

"对，就是讲蝴蝶效应的，看来我们的书的确一模一样了。"夏习清觉得有些奇怪，"混沌学是属于物理学的吗？这一块我不是很了解。"

周自珩给出了一个肯定的回答："嗯，更准确地说，属于决定性动力学。混沌这个概念是指一个系统的整体演变很大程度上取决于初态，或者说对初态敏感。"

夏习清虽然擅长数学,但怎么说都是一个学文科的艺术生,他背靠在椅子上,一面翻着书一面笑着调侃:"说人话。"

周自珩低低地笑了一声,然后耐心地解释道:"这里我们所说的'系统'范围很广,比如时序上的连续事件。举个例子吧,你今早出门的时候纠结于穿白衬衫还是黑衬衫,然后你选择了你喜欢的白色,往常你出门之后会想要顺道买一杯咖啡再去工作,但是今天你害怕衣服被弄脏,所以放弃了咖啡,一出门就直接开车去上班。"

周自珩试图用最浅显易懂的语言去解释这个复杂又玄妙的概念:"通常你买咖啡的时间会导致你错过避开早高峰的最佳时机,所以你经常遇到堵车。而今天没有买咖啡的你恰好避开,一路绿灯开到了公司楼下,你成了公司里最早上班的那一个。正好老板有一个紧急会议,必须带一名助手,他选择了你,于是你就和老板一起乘坐飞机前往巴西。结果飞机降落时发生了事故,而你,成为遇难乘客的其中之一。"

认认真真听着故事的夏习清听到了谜之结局,气极反笑:"什么遇难乘客,你可真会编。"

那一头的周自珩也跟着笑了起来,他略显低沉的笑声在吱吱作响的电信号中显得格外好听。"只是打个比方,因为我懒得编下去了。"说完他又问道,"所以,你有没有考虑过,如果那天早上你选择的是黑衬衫,结局会是怎样的?"

如果我选择的是黑衬衫……

"我还是会像往常一样去咖啡店,像往常一样堵车,上班迟到,也不会因此被老板特意提拔带去开会,就不会坐上那班飞机。"夏习清顺着周自珩的思路说了下去。

"很大概率上是这样的。这就是我所说的,混沌学说中,系统的演变过程对初态非常敏感,你可以把'穿白衬衫'和'穿黑衬衫'当作是两种不同的初态。它们可能会影响后续一系列事件的发展。"周自珩又说道,"蝴蝶效应就是混沌学的一个重要部分。"

毫无预备地,两个人竟然一时间脱口而出,同时引用了关于蝴蝶效应的那句经典名言:"亚马孙雨林一只蝴蝶翅膀偶尔振动,也许两周后就会引起美国得克萨斯州的一场龙卷风。"

说完两个人都愣了一下，然后又笑了起来。

周自珩略带感叹地说："所以，说不准哪个时间节点的选择就会让我们的一生都出现无法逆转的改变。"

听到他说这句话，夏习清的脑子里竟然冒出这样一个想法，如果当时许其琛没有送给他那张电影发布会 VIP 门票，他没有真正去到现场，一切还会开始吗？

不对，自己为什么要感慨？

"你怎么了？"

夏习清回过神："没什么，我只是觉得这种事没什么思考的必要性。"

"当然有。"周自珩的语气明显表现出他对这个论断的反对，尽管他不知道夏习清这句话只是用来掩饰自己的走神罢了，"混沌学是继相对论和量子力学之后的第三次物理学革命，这三者可以并称 20 世纪三大科学。混沌学的出现也颠覆了人们过去相对狭隘的线性观念，毕竟这个世界上数之不尽的事是无法用线性相关来解释的，不是吗？"

听了他的这番话，夏习清的嘴角不禁微微上翘，不知道为什么，他忽然觉得此刻的周自珩格外值得崇拜，无论是举着通俗易懂的范例解释抽象概念的他，还是此刻为了科学据理力争的他，都显得那么有魅力。

"你说得没错。"夏习清的声音里夹着赞赏。

这样的情绪明明被信号弱化，可还是重重地落到了周自珩的耳中。

无论什么时候被肯定都是一件值得开心的事。周自珩试图用这样的说辞来说明此刻越发愉悦的心情。

"我们好像越扯越远了。"夏习清忍不住自嘲地笑起来，明明是密室逃脱游戏，怎么感觉好像在和周自珩打电话一样，聊着聊着话题就收不回来了。他低头将桌角的另外两本书拿了过来，手指仔细地翻动书页。

果然，这本书里也有一个小的蝴蝶标本。

"我又找到了一个蝴蝶标本，在第二本书里。"

过了一会儿，那边传来周自珩的声音："我的书里还是没有看到什么蝴蝶。第二本书夹书签的位置页码是多少，还有，书里的内容是什么？"

夏习清看了一眼："页码是 610，讲的是宇宙大爆炸理论。"说完他将蝴蝶标本再一次夹了进去，拿起最后一本也是最厚的一本书，果然没错，这一本里面也夹着一个蝴蝶标本。

"第三本书里也有一个蝴蝶标本，夹在第987页，书的内容是……左心发育不良综合征？奇怪，这个人的阅读范围还真是广，从混沌到宇宙，从宇宙到人类病理。"

周自珩的直觉告诉他，这应该与数字有关："这些页码可能是有相关性的，第一本书是第377页，第二本书是第610页，第三本书是第987页。还有其他有蝴蝶标本的地方吗？"

夏习清翻找了一下书桌，桌子上除了这几本书外再也没有别的书了，这个房间里也没有书柜。

"蝴蝶……蝴蝶……"

他忽然想到了刚才在抽屉上看到的蝴蝶标本。

"最后一个蝴蝶标本在书桌抽屉的正上方。"夏习清的脑子里冒出一个大胆的猜想，"你书桌的密码锁是不是也在抽屉的正上方？"

"没错。"

那就对了。

第一只蝴蝶对应第一本书，第二只蝴蝶对应第二本，第三只蝴蝶对应第三本书，所以这个贴着最后一只蝴蝶的地方写着"最后一个"，这是不是意味着，蝴蝶代表的就是周自珩需要找到的四位密码？

"所以，你抽屉的四位密码，可能需要从我房间里的三只蝴蝶所提示的线索来推导。"

如果他们俩的信号没有相通，那岂不是一直无法解开密码？

这大概是编导的新手法，只要他们选择对方，就有解开密码的机会，这逼迫着二人在不同的房间也要进行合作。

这个节目组还真是一如既往地别出心裁啊。

"除了蝴蝶书签外，还有别的线索吗？"周自珩的声音从那边传来，"数列这种东西，只有三个已知数字，算出来的不一定对。"

说得没错，夏习清看了看四周，发现那几本书的旁边摆着一个精致漂亮的海螺，书桌上方的墙面上贴着几张图片，一张是向日葵花的特写，另一张则是夏习清熟悉到不能再熟悉的达·芬奇名画《维特鲁威人》。

211

这几个看似毫无关联的东西，却引起了夏习清的注意，他凝神盯着墙壁，忽然听见周自珩的声音。

"你怎么不说话了？在干什么？"

"看一个男人的裸体画。"夏习清的眼睛仍旧盯着墙壁上的画像，一本正经地回答他的问题。周自珩却好像被呛了一下，不住地咳嗽，过了一会儿才又结结巴巴地开口："哦，我、我这边的墙上也有一张。"

夏习清觉得意外，他试图向周自珩描述："一个长鬈发男人双腿并拢站立，手脚正好在一个外接正方形上，张开双腿双臂站立又正好在一个外接圆上，是这幅画吗？"

"对。"

这绝对不是偶然，他们的房间的相似度实在是过高了。

"这幅画有什么意义吗？"尽管这幅画周自珩看到过许多次，但他对艺术实在是没有太高的造诣，只能请教这方面的专家。

夏习清摸着自己的下巴尖："意义太大了，这幅画是达·芬奇为古罗马建筑师维特鲁威的《建筑十书》绘制的一张素描插图，维特鲁威曾经在他的书里盛赞黄金比例，这也启发了达·芬奇绘制这幅人体比例素描，里面的这个男性也被世人认为是完美比例的代名词……"

说着说着，感觉有什么重要的念头闪了过去，夏习清忽然打住："等一下。"

他拿起桌上的海螺，又偏过头看着那幅向日葵的特写照片，看着里面颗粒饱满的种子的分布和排列。

还有这幅闻名遐迩的《维特鲁威人》。

原来如此。

"我知道了，是黄金分割数列。"夏习清冷静地坐回椅子上，"海螺的螺线、向日葵种子的排列，还有这幅画，都是黄金分割。"

这下子，周自珩算出的第四个数字也得到了验证："黄金分割数列就是斐波那契数列对吗？看来我凑对了。我刚刚发现987正好等于377加610，所以我猜最后一个会不会是610加987，等于1597，没想到还真是。"

"所以其他线索只是提示信息而已。"夏习清将海螺放下，"你输一下密码试试。"

周自珩"嗯"了一声，夏习清的房间里传来他那头输入四位密码的嘀嗒声，隔了不到两秒，就听见一个机械音提示"密码正确"。

折腾了半天，终于解开了一个，虽然不是自己房间的。夏习清一心等着成功的好消息，谁知周自珩却回复："密码是对的，可是我打不开抽屉。"

"怎么可能……"夏习清虽然知道他俩不在同一个房间，自己这边也根本没有什么密码锁，但他在听见周自珩说打不开的时候就下意识地拉动了一下自己这边的抽屉。

没想到真的拉开了……

这也太诡异了，夏习清的语气里满是不可置信："太奇怪了，你那边的密码输入正确之后，我这边的抽屉竟然可以打开了。"

谁知反转不止于此。

周自珩紧接着回复道："现在我的抽屉也可以打开了。奇怪。"

听见周自珩喃喃自语的声音，夏习清想到了他皱着眉想不明白事儿的表情，忍不住笑起来："说不定是你刚才劲儿太小。"

"不可能的，刚才真的打不开。"

没准儿是节目组的问题，这些本身都是手工制作的道具，有点瑕疵也可以理解。

"别管了，先看看里面有什么。"

低头查看抽屉的夏习清第一个看到的是一张合照，照片里是一对情侣手牵着手在海滩前的背影，照片被精心地装进了一个漂亮的相框里。

根据这张照片来推测，卧室的主人有女朋友。

可是这种相片为什么要塞在抽屉里？夏习清觉得这不太合理，但他很清楚，这种时候也不能想太多，于是先将相框随便搁在了桌面上，继续翻看抽屉里的其他东西。

"你找到什么了？"周自珩在那头询问道。

夏习清随口回了个"相框"，然后就看见了一个看起来似乎更有效的线索。"我找到了一个本子，好像是……"他翻了翻，发现上面写着日期，还有一些简短的记录，"日记本？"

"我也看到了一个日记本，但是没有相框。"周自珩继续交换着自己有的信息,"还有一张生日贺卡,上面写着一句话。"

就在周自珩列举自己得到的线索时,夏习清已经率先翻开了那张生日贺卡,顺嘴就把上面的话念了出来。

"遇见你的那一刻就是大爆炸的开始,每一个粒子都离开我朝你飞奔而去,在那个最小的瞬间之后,宇宙才真正诞生。"

一口气念完了,夏习清才忽然反应过来,这写的是情侣之间的情话。气氛变得有些尴尬,夏习清不知道该说些什么好,都这样了,也只能怪自己嘴太快,怨不得别人。

"咳,那什么,你们理科生都这么会说话的吗?"为了缓解尴尬,夏习清又画蛇添足地反问了这么一句。

人越慌的时候越容易说错话,这句话还真是至理名言。

糟了,一定被周自珩误会自己在戏弄他了,其实自己根本没想把话题往这方面扯的。

原本以为周自珩不会说话的,谁知道他竟然还回答了。

"那得看对谁了。"

周自珩的声音听起来一点也不尴尬,反而挺淡定的,这倒让夏习清面子上挂不住了,敢情从头到尾只有自己觉得尴尬。

"啊,这张贺卡上的生日是10月23日,我觉得这个线索说不定等会儿用得上。"为了在这个纯情小男孩面前保全自己"百战百胜"尊严的夏习清十分生硬地转移了话题。

放下生日贺卡的同时,夏习清又一次把注意力放在了之前那个日记本上,这是一个略显陈旧的日记本,边缘都磨破了,边边角角也都翘了起来,看来用了挺久。这样想着,夏习清翻开了第一页。

"我看一下这个日记本。"夏习清通过收音机向周自珩交代了一句,然后把注意力都放在了日记本上。

2014年11月11日 天气晴

我原本以为这是我最糟心的一天了。摔断腿的孤寡青年孤零零地在医院病房里度过光棍节。没想到这个双人病房来了个新的房客,还是一个超级可爱的女孩子，她笑起来有一对兔牙，像只小兔子，太可爱了。

是这个男生的日记啊……夏习清快速地翻了翻，到某一页的时候停了下来。

"啧，六个多月才追到手……"他看着写着"2015年5月20日"的那一页，忍不住自言自语。

"追到手了？"

夏习清听见周自珩的疑问，又听见那头传来哗哗的翻页声，心想他肯定还没看到后面。"你看得也太慢了。"说完夏习清又潦草地往后翻了翻，偶然看到其中一页日记上写着"她又住院了，希望手术顺顺利利，不要再出问题了"。

这个女孩子一再住院，应该是有很严重的病吧。

他忽然想到了刚才书桌上的书。

"他女朋友得的病应该就是第三本书里的……左心发育不良综合征。这好像是一种先天性心脏病。"夏习清翻着之前那本书，试图从里面找到些有效信息。

"这台收音机是女孩儿送给他的礼物。"周自珩突然开口，"你看到了吗？"

"我看看。"夏习清往后翻了翻，果然翻到了周自珩所说的那一页。

2016年5月20日　天气晴

她今天送了我一个老古董，一台收音机！她说这台收音机是她爷爷年轻的时候攒了一大笔钱买给她奶奶的，用来求婚的，她小时候每天趴在收音机边上听故事，我现在都能想象出那个小奶兔子的样子，唉，要是真的能穿越就好了，想回去看看她小时候的模样。

"原来这台收音机还是个有故事的道具。"夏习清笑了笑，"这台老古董不会还要见证他俩结婚吧，三代老臣啊。"

"没有。"周自珩冷静地否决了夏习清的玩笑，"他们的感情出问题了。"

"……什么？"

"你再往后翻，倒数几页。"

夏习清按照周自珩的提示翻到倒数的那几页。

2019年5月13日　天气阴

今天和她吵了一架，感觉我们之间好久没有好好和对方沟通过了，为什么我们会走到这一步，我真的不明白。时间果然会让一切变质吗？

看到这句话，夏习清忽然沉默了，这种痴男怨女的故事每天层出不穷，开始的时候总是美好的，时间一长，摩擦、矛盾、妒忌、怨怼，这些负面情绪开始滋生，开始疯长，直到把两人之间的感情统统吞噬，曾经相看两不厌的面孔也变得面目可憎。

所以为什么要开始？

这个世界上最稳定、最无害的关系，就是没有关系。

这种现实的爱情故事让夏习清的情绪进入低潮，他随意地翻着后面几页，用这种方式掩盖自己内心的波澜，直到手指停留在最后一页。

2019年5月20日　天气大雨

我为什么要关机？就算被误会，再生气也不应该关机的，如果我不关机的话，她不会情绪激动晕倒。紧急联系人……这个卡片太讽刺了，唯一一次用到的时候我竟然主动切断了联系。死的人应该是我。

"女孩儿死了……"夏习清没想到竟然是这样的结局，"死于心脏病突发。"

"死于……"周自珩似乎有话要说，但他顿住了，隔了一会儿才问道，"所以是来不及抢救才去世的吗？"

"嗯。"夏习清将日记本放回桌子上，他早就过了会被这种爱情故事感动的年纪，他现在所想的是，这本日记的作用是什么。按照上一期密室剧本的安排来推测，房间里的每一件道具都不是无端存在的，它们的作用大致可以分为两类，一类是推测出密码的线索，可是日记里有太多的日期，如果没有其他线索的配合，应该不太可能推测出密码。

另一类就是和密室剧情有关，或者说和"杀手"有关，可这就更说不过去了，这个故事到目前为止怎么看都是一个爱情故事，和上一期的悬疑谋杀案毫无相似之处。

那么这一期的"杀手"又应该是怎样的身份呢?

陷入沉思的夏习清眉头紧锁,抽屉里再没有别的东西,他缓缓合上,视线落到之前拿出来的那个被他倒扣在桌上的相框。

他这时候才发现,相框的背面写着一句话。

"归还到正确的位置吧。"

正确的位置?

这和夏习清一开始看到这个相框的想法不谋而合,相框这样的东西原本就应该放在桌面上,而不应该是抽屉里。如果将男主和女主吵架的信息联系起来,就可以解释了。

夏习清拿起这个相框。

应该放在哪儿呢?

"你那边真的没有相框吗?桌子上,或者别的什么地方。"没有任何提示信息的夏习清只好再一次向周自珩确认,毕竟他们的房间有那么多雷同之处,说不定在他的房间里,这个相框已经被固定在某个地方了。

"没有,我没找到什么相框。"周自珩的声音非常肯定。

正在这时,夏习清忽然发现,就在桌面的右上角,那台笔记本电脑右侧的桌面上有一个手掌大小的矩形凹槽。他低下头看了看手中的相框边缘,脑子里忽然冒出一个有些离奇的想法。

难道说……

他试着将那个相框放在右上角的凹槽处,如他所想,相框连同支架分毫不差地嵌了进去!

"我找到正确的位置了。"夏习清舒了口气,原来这些凹槽都是有用处的,还好他一进来就觉得不对劲。

正在这时候,台灯居然自动亮了起来,毫无预警。

然而这并不是最诡异的。令他真正觉得"毛骨悚然"的是周自珩接下来的一句话。

"相框出现了。"周自珩的声音中满是讶异,他甚至都有些不敢相信,"你知道是怎么出来的吗?就像机关一样,桌面的一个部分打开了,相框从里面被推了上来,立在了书桌的右上角。"

"你说什么？"

周自珩说的话让夏习清开始对这两个房间的关联性产生怀疑。他之前只是简单地以为他们是同一个分组的关系，现在看来显然不是。

"你的房间是不是蓝色的壁纸，有一张床，一个黑色的衣柜，方形的地毯上放着一张小圆桌，圆桌上是收音机，还有一张胡桃木的书桌？"

身在另一个房间的周自珩给出了肯定的回答："没错，书桌的正中间放着一台笔记本电脑，左边是一盏罩着白色灯罩的台灯，三本摞起来的书，右边最初没有东西，现在是一个相框。"

夏习清看着自己的书桌，上面的摆设和周自珩口中描述的如出一辙。

"你开一下电脑试试？"说着，夏习清启动了自己这边的笔记本，短暂的开机时间后，屏幕上出现了一行字。

"需要密码才能进入。"

周自珩和自己看到的是一样的。

"用户名是什么？"夏习清盯着屏幕开口。

"love1023。"

果然，一模一样。

疑点实在是太多了，夏习清坐回到椅子上，视线从笔记本电脑的界面转移到了刚才那个相框，一直专注于其他地方的他这时候才发现，相片中那一对情侣的衣服，竟然也是蓝色和红色的。

他低头看了看自己的深蓝色上衣，联想到他们四个人的服装，一下子明白了节目组的用心。还是上一期节目的老套路，在哪个房间就扮演哪个角色。

可这样一来，他和周自珩都扮演了故事中的男主角，这种重复的用意在哪儿呢？想到这里，之前的种种不合理之处统统再一次浮现出来。

密码找到之后，他这边的抽屉先打开，周自珩那边的才能打开。也是他先将相框放在了桌子的右上角，周自珩那边的相框才突然出现。

这是通过这些道具暗示两个人在时序上的先后！

"周自珩，"夏习清滑了滑鼠标，看着笔记本锁屏界面左下角显示的时间，"你那边现在是几点？"

"13:10。"

屏幕的蓝光映照着夏习清的瞳孔，左下角发着光的白色数字，一分不差地停在了 13:00 的时刻。

"我比你早十分钟……"

这是时空穿越的剧情？夏习清立刻反应过来，为什么桌子上摆的第一本书会是《混沌学》，联系之前男主角日记本上的内容——

难不成他进行了时空穿越，想救回女主角？

这个联想虽然夸张，但也不是完全没有依据。夏习清再一次拿起日记本，上面的封皮实在是太旧了，差一点掉下来。而且封面也毫无设计感可言，只有一个大大的阿拉伯数字 1，夏习清再次翻看了一遍日记，依旧是那些内容。

他决定和周自珩讨论一下现有的线索。

"周自珩，我猜剧情是这样的，我们俩扮演的都是男主角，因为女友死了，男主角心有愧疚，然后不知道采用了什么方法进行了时空穿越，回到了女友突发心脏病之前，所以我们两个之间才会有时间差。"

"那你的意思是，你在时间点上早十分钟，所以你是穿越到女友死亡前的那一个？可如果是这样的话，你的日记本上为什么会写着女主角的死亡记录？既然你穿越回去，女主角应该能够得救才对，不是吗？"

对啊，这是个错误。日记本应该是男主的记忆存档，如果上面明确写了女主角死亡，说明 13:00 的时候女主角就已经死了。他们两个现在所在的时间点都是女主角死亡之后的时间点啊。

思路断掉的夏习清凝眉沉思了一会儿，走到了那张放着收音机的圆桌前："这个故事只有把男女主角的线都统一起来才能知道完整的剧情，我觉得我们应该和扮演女主角的另外两个人沟通一下。"

"嗯，我们先中断。"周自珩忽然又像是想起什么似的，"那……我们要不要约定一下第二次连线的时间？如果有新的线索呢？"

周自珩并不想中断，他还想多聊一会儿，但他很清楚，剧情线在同一个角色这里绕圈子是不可能完整的。

夏习清爽快地答应了："嗯，那就半个小时以后。"说完他将蓝色旋钮转到了底，旁边有两个红色旋钮，夏习清到现在都没有找到同角色之间的差别，只能就近选了那个标着"0"的旋钮转开。

如他所想的一样，旋开之后是一片嘈杂的背景音，他叹了口气，站了起来。早就该知道信号相通没这么简单，夏习清只希望扮演"女友"的那两位能够早点和"男友"沟通一下，别让他等太久。

他回到了线索最多的书桌边，之前一直沉浸在剧情设定里的夏习清忽然发现，自动亮起的灯罩上似乎多出了一个形状怪异的阴影。

这看上去，倒像是一块拼图的投影。他试图摘下灯罩，但发现没那么容易，于是只好伸手去摸藏在里面的白炽灯灯泡，这才发现上面果然贴了一块拼图。夏习清偏过头，视线落到房门背后的空白区域，新的这块似乎可以和上一块拼接起来。他将拼图翻了个面，意外地发现背面居然还写了一句话。

字实在是太小了，夏习清盯着拼图努力地辨认。

"你不是一直吵着要看我电脑的密码吗？我把密码写在贺卡里啦。"

电脑的密码在贺卡上？

夏习清翻到了那张贺卡，又读了一次贺卡里的话。

"遇见你的那一刻就是大爆炸的开始，每一个粒子都离开我朝你飞奔而去，在那个最小的瞬间之后，宇宙才真正诞生。"

除了这段文字，贺卡上唯一的数字就是生日 10 月 23 日。直觉告诉他密码不可能这么简单，何况生日已经出现在了账号中，可夏习清还是试了一下，果然不对。

这时候收音机的背景杂声突然中断，传来了一个女生的声音。

"喂？你是自珩还是习清？"

是阮晓的声音，终于连通信号了。夏习清立刻给出了回应："我是夏习清，阮晓，长话短说，你现在应该已经知道自己扮演的是女友了吧。"

"嗯，但是除了我，思睿应该也是。"

"所以你刚刚一直在跟思睿联系？"夏习清找到了一支笔，翻开日记本空白的部分，想要记下阮晓口中有效的信息，"你们有没有什么发现，比如时间差，或者身份上的差别？"

"怎么跟你说呢？"阮晓那头似乎有点为难，"我虽然在房间里找到了一个记录事件的日程本，上面写了一些事件，但是有很多疑点，我都没办法相信这上面的事件是真实的。"

夏习清听出阮晓有一点慌，老实说他有些吃惊，阮晓一贯冷静聪明、思路清晰，连她都觉得慌，说明这一次的剧情是真的很难："你先说说看，为什么你没办法相信？"

"因为思睿找到的线索，里面所记录下来的事件和我的完全不同。这很奇怪，如果我们两个人都是'女友'，不应该是同样的事件链吗？"

原来如此，夏习清反问道："如果你们是不同时空的'女友'呢？"

阮晓沉默了。

"我在房间里看到了一本关于混沌学的书，其中就讲到了蝴蝶效应，当你在某个时间节点做出了选择和改变，可能会影响后面一系列事件的发生。如果这个剧本包含了平行时空的假设，你们有着不同的事件链这一点其实也说得通。"

说到这里，夏习清忽然想到，如果阮晓和自己是在同一个时空，事件链应该有重叠才对，尤其是结局，这是他验证时空匹配度的一个方法。

"阮晓，你的日程本上记录了什么事件？"夏习清想到这个游戏还有"杀手"的存在，为了消除阮晓对他的防备，他先自己说了一遍，"我这边的是用日记的形式记录下来的，前面的恋爱经过我就不说了，就说2019年5月20日当天的事吧。男主角和女友吵架，女主角赌气前往火车站想回父母家，男主角手机关机，女主角在车站突发心脏病身亡。"

"突发心脏病……"

"嗯，我这边的日记是这样写的。你呢？你的事件链是什么样的？"

阮晓在那头沉默了一会儿，然后开口："和你的差不多，女主角最终死了。"

夏习清觉得阮晓的语气有些不对劲，但是又形容不出来哪里不对劲，正当他觉得奇怪的时候，阮晓又开口问道："习清，就你现在找到的线索而言，男主角有没有出门？"

这个问题问得没头没尾，夏习清也没反应过来阮晓的言下之意。"我不清楚，因为我现在线索还不够齐，说不定男主在关机之后也出了门。"

"好吧。"阮晓那头传来翻找东西的声音，随后她又开口，"我这边的收音机上有两个蓝色旋钮，一个红色旋钮。你是不是和我相反？"

"没错，属于你的红色旋钮下面标着一个0。"

"你的也是。"阮晓回道，"这应该表明我们是配套的才对。"

"我们的旋钮下面标着0，周自珩和商思睿的旋钮下面没有标注，节目组这样区分应该是有成对匹配的用意。"可夏习清感觉到了阮晓说话间的不确信，否则她不会用"……才对"这样的表述。

"你的房间里显示的时间是几点？"刚问出这句话，收音机里就传来了杂声。阮晓单方面切断了信号。

她为什么要这么做？

难道是自己所说的话让她产生了怀疑？真正的"杀手"不会轻易将自己的信息一股脑儿地透露给对方，因为他说不准哪条信息会暴露自己的身份，这一点阮晓还不明白吗？

夏习清觉得奇怪，他走到收音机前，转开了商思睿的那个按钮，仍旧是一片杂声，他又转了转周自珩的按钮。

"在不在……"他几乎是用喃喃自语的声音嘟囔，没想到还真的收到了回应。

"在。"周自珩的声音果断而沉稳。

夏习清有些惊喜："你一直在等我吗？"

"半个小时早就过去了。"周自珩顿了顿，又把话题扯了回来，"你刚得到了什么消息吗？"

"没有太有用的消息。"夏习清不打算把阮晓的异常分享给周自珩，这一次的"杀手"除自己外谁都有可能，包括周自珩。现在他还一头雾水，如果因为自己的说辞导致他人产生误判，投票时的后果也不堪设想。

"你笔记本打开了吗？"

周自珩这么一提，夏习清倒是想起来那个解了一半的密码："没呢，说是密码在贺卡上。"

"你输入1043。"

刚坐回到电脑跟前，夏习清就听见周自珩直接说出了笔记本密码，如果这是别人说出来的，夏习清还会抱着怀疑的心，但是周自珩说的，一定是经过验证确切无比了。

他在键盘上敲下这四个数字，点击回车。果不其然，笔记本的密码解开了。

"你是根据贺卡上的那句话推算的？"

"嗯。"周自珩向他解释了一下，"这句话我从一开始看到的时候就觉得应该是藏了线索的。先是将相遇比作大爆炸,然后又说宇宙诞生,再联系之前书桌上的第二本书,怎么看都跟宇宙起源有关。"

夏习清拿起手边第二本书,翻到了第610页:"这样啊……周大学霸,你给我解释一下呗。"

夏习清这种轻飘飘的声音,像是撒娇,周自珩清了清嗓子,努力地向他解释宇宙起源:"事实上,关于宇宙的起源,物理学界也有很多不同学派的讨论,大爆炸论是其中接受度比较高的一种。科学家将大爆炸分为好几个阶段,我就不具体展开了,其中有一个特殊阶段,是大爆炸开始后10的负43次方秒,在这个阶段,宇宙从量子涨落背景中出现,开始独立存在,因此这一时间也成为宇宙诞生的时间点。"

原来是这样。

事实上,在周自珩讲解的时候,夏习清也已经翻到了那一页的大爆炸理论,找到了写着数据的那一行。

不过,认真听完科普的夏习清还是忍不住勾起嘴角。每当周自珩谈论起这些门槛极高的科学理论时,他仿佛就变了一个人,不再是受人追捧的明星,也不是那个纯情又正直的大男孩儿,整个人变得理智又柔和,让人不由自主地产生一种折服感,这样的感觉也许是源于人类对科学的天然敬畏的嫁接,将情绪从科学转移到解释和探索科学的人身上。

或许,极致的理智与极致的感性,在某种层面上就是同样的东西。

"怎么了?解开了吗?"

"哦,开了。"夏习清应了一声,想到自己刚才的联想,忍不住自嘲地笑了出来,电脑的桌面还是那张海滩边的合照。

忽然,他在桌面看到了一个文件夹,名字是"2记忆存档"。

他疑惑地点开了那个文件夹,发现里面是一个exe格式的可执行程序,夏习清抱着试一试的心态点击了运行,没想到电脑竟然黑屏了。

"……我电脑黑屏了。"就像每个遇到电脑黑屏的人会做出的举动一样,夏习清先是下意识地按了按开机键,没反应之后又啪的一下子将笔记本屏幕合上。

这时他忽然发现,笔记本的外壳贴了一个数字——2。

他很快联想到刚才的日记本,封面上有一个数字1。这些数字一定暗示着什么。

"现在好了吗？怎么会黑屏？"

夏习清再次打开笔记本，发现电脑似乎重启了。

"等一下，我重新输密码。"

输完了 1043 四个数字，手指正要敲击回车键的时候，他忽然发现了一个异常之处，手指停在半空。

笔记本锁屏界面的时间变了，准确地说，是倒退回了 12:30。

这一切都太奇怪了，倒退的时间代表什么意思？夏习清点击了回车，桌面一如几分钟前那样，只是当他点开名为 "2 记忆存档" 的文件夹时，发现了一个新的 txt 文件，里面写了一句话。

"明明都在一起这么久了，她居然还不相信我，电话一通又一通地轰炸，简直不可理喻。我要一个人静一静，谁也别来烦我。"

光标停留在最后一个字。夏习清忽然发现，不光时间提前了，这个时候的男友也没有收到女友死亡的通知！

他凝视着文件夹的命名，久久没有开口。标着 2 号的线索和标着 1 号的线索并不属于同一事件，时间也有所差别。

刚才阮晓也透露了一个信息，商思睿和她的事件链并不相同，也就是说，他们手中的线索并不是同一个编号！

"你之前那个日记本的封面上是不是也有数字？"

周自珩"嗯"了一声："笔记本电脑上也有数字。"

果然如此。

照这样推理，找到相同编号的线索，对男主和女主的记忆存档进行整合，就可以得到完整的剧情线。

可是阮晓的态度并不明朗，夏习清不想轻易将自己的线索冒险投出去，于是想到还没有联系过的商思睿。按道理来说，商思睿做过一次"杀手"，二次卧底的可能性不大。但世事无绝对，尤其是这个节目组。

无论如何，他必须和商思睿沟通一下。

"自珩。"

每次夏习清这么叫他的时候，周自珩都有些不习惯，但也有点说不出的开心，仿佛被讨好了一样。他连回答的语气都忍不住变得温柔："嗯，怎么了？"

"我现在可能要暂时断开我们的信号，我想去找商思睿，可以吧？"其实夏习清没有征求周自珩同意的必要，他大可以直接断开，但这一来影响自己在节目里小天使的人设，二来……不知道为什么，他还真觉得这样做有点对不住周自珩。

周自珩的声音变了，之前的温柔荡然无存，变得又沉又闷。

"有什么不可以的，也不是第一次了。"

第五章 求救信号

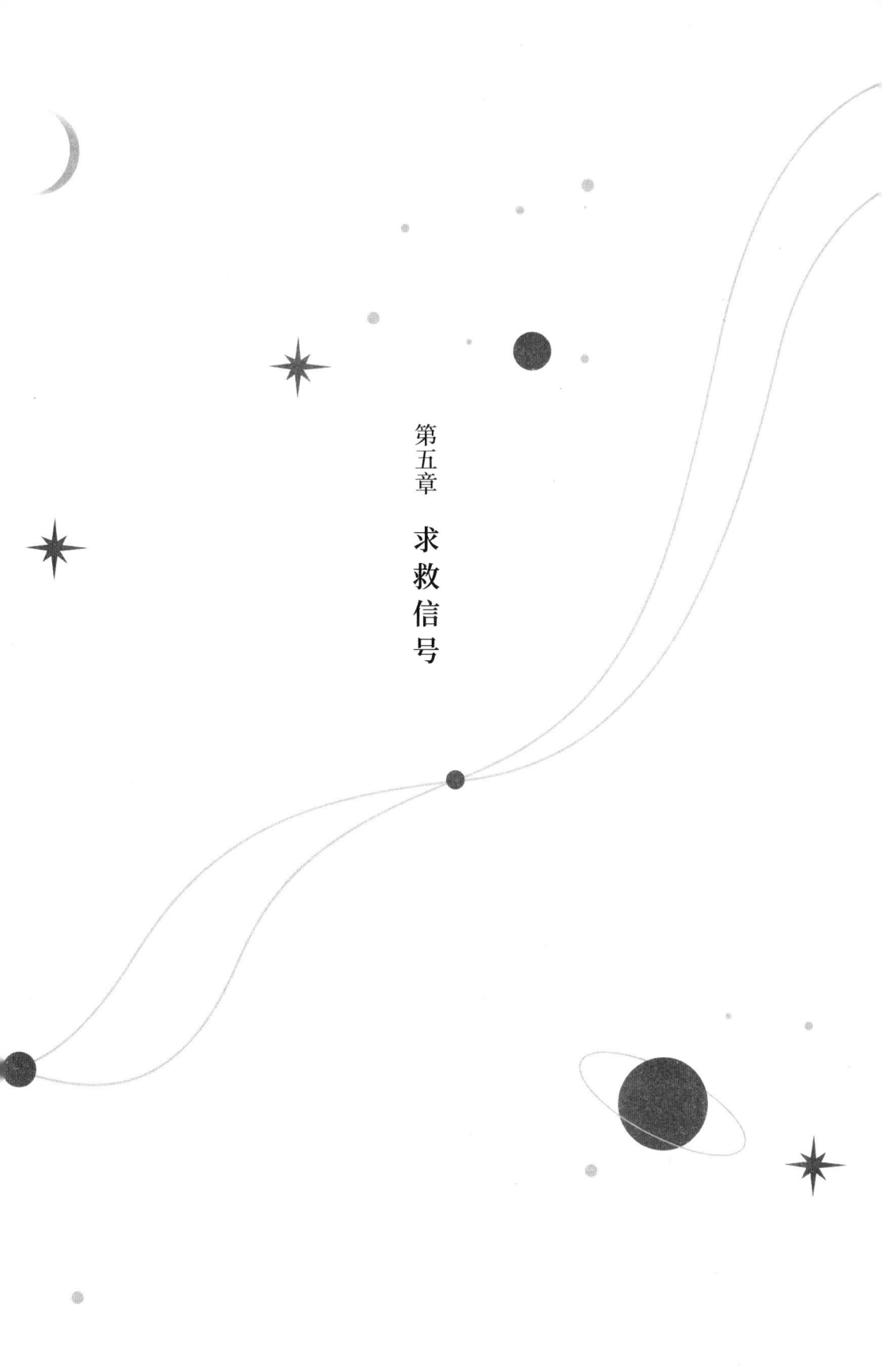

听见周自珩这语气，夏习清乐坏了，不知道的还以为他跟商思睿瞒着周自珩做了什么事呢，到时候播出去，那些粉丝……

他一时还真说不上谁的粉丝更高兴。

反正"夏商周"都喜欢的粉丝肯定高兴。

"别啊，我一会儿就回来找你。"夏习清很快回了一句。

"你以为我还会等着你吗？"周自珩的语气依旧没有软下多少。夏习清轻笑了两声，走到了收音机旁边蹲下，温柔地拍了两下收音机："我不管，我就等到你来为止。"

说完，夏习清将蓝色旋钮关闭，打开了从未接通的那个红色旋钮，他不确定商思睿现在的信号是不是还和阮晓相通，也不确定商思睿的身份，但不管对方是不是"杀手"，此时都应该需要了解男主角这边的剧情了。

夏习清站了起来，走回书桌边拿起之前找到的那块拼图，将它放在了那扇门背后的空白区域，新拼图凸起的部分和原本那块拼图的凹陷处完全贴合，就像之前周自珩说的那样，放在对的位置会有磁吸，这块拼图也被牢牢地吸在了门上。

这样一来，空白区域的二分之一已经被填满，应该只差两块拼图了。

正在此时，夏习清忽然听见一个声音，回头一看，衣柜的门竟然自己开了，里头出现了一道红色激光，笔直地打在对面的墙壁上。

"吓我一跳……"夏习清自言自语地走到柜子前，"这一期节目的道具组真的下血本了……"

看到激光就想到反射，这几乎已经是密室逃脱常客的下意识了。他伸手抓着衣柜的门，调整了一下衣柜门的角度，发现激光可以根据角度的改变自动调整入射角度。

可是这个房间里并没有镜子。到了这种时候，只能采用试探的方式了。夏习清抓着衣柜门，缓缓地小幅调整衣柜的开合角度，观察激光的走向变化，起初无论他如何调整，光线都是笔直地打出去，直到某一个瞬间，那束红光忽然发生转折，打在了右侧靠床的墙壁上。

在深蓝色的墙纸上，那束红光聚成了一个点，但并没有下一步的变化。夏习清等了一会儿，也没有其他的机关出现。

看来红点是位置提示。

他走到了床边，半跪在那张单人床上，用手摸了摸那个红点，竟然发现了一个凸起，似乎有东西藏在壁纸的下面。

原来是提示信息。

夏习清将壁纸撕开了一个口子，从里面掉出第三块拼图，露出的墙壁上还有奇奇怪怪的字。他将拼图收好，看着墙壁上这一句话。

事实上，仔细看可以分辨出来这些字是经过镜像处理的，如果仅仅是这样，难度也还好，可以勉强一个一个地辨认出来，可节目组根本不打算设置这么简单的关卡，这一行奇怪的字符，其实是两行镜像字重合在一起的效果。

镜像处理加分离，这种任务对人眼来说实在是有点困难，可现在房间里又没有镜子。

"只能用笨办法了……"夏习清拿了之前放在桌上的日记本，撕下来一页，准备把墙上的字拓下来。

他现在也没有完全搞明白剧情究竟是怎么回事，"杀手"的标准则更是无从谈起。夏习清甚至怀疑节目组把最难的一部分给了自己。

这个时候，一直发出嘈杂电流声的收音机终于出现了人声。

"习清？"

夏习清的手按在墙上，一边拓字一边回复："嗯。你总算来了。"

上一期节目被商思睿摆了一道，夏习清比谁都清楚收音机那头的人有多聪明："你那边怎么样？有头绪吗？"

"你肯定知道我们现在的身份实际就是房间的主人了吧。"

上一期节目那种扮猪吃老虎的把戏有效期只有一次，这一回的商思睿丝毫不掩饰，直切重点："我刚才和阮晓有过通话，发现我房间的线索少得可怜。"

这话听起来倒像是商思睿一贯"提前示弱"的行事风格。

"怎么说？"

"我几乎整理了我房间里所有可以整理出的剧情线，但只有一条，第一次和阮晓通话的时候，我们俩发现彼此的剧情线完全不同，当时我猜想，难不成是真假女友的设定？后来我们又通了一次话，阮晓告诉我她有了新的剧情线，可我依然只有一条。而且最坑的就是她的新线索和我的也不匹配。"

夏习清想起自己第一次和阮晓通话，阮晓欲言又止，大概也是出于他们的剧情线不同的缘故，而且商思睿口中的"多条剧情线"，夏习清也有，光是现在找到的就有两条。

他想起自己找到的线索上的数字符号，于是试着向商思睿打听："你的线索上有什么标记吗？比如字母、数字之类的。"

"你也有吧。"商思睿直接戳破了，这和他上一期节目的作风完全不同，可他下一秒立刻又摊牌，"我的线索的确有标记，我找到的每一个剧情线索上面都有一个数字，不管是备忘录，还是邮件。"

他很刻意地避开了数字究竟是几的问题，夏习清不想直接问，商思睿显然没有打消对自己的怀疑，这样直接问反而会让他对自己产生更多的戒备心，说不定还会撒谎。

假线索拿到手还不如没有线索，免得打乱思路。

"我也有数字，老实说，我和阮晓一样，到目前为止有两条剧情线，但相差不大。"

"差在哪儿？"商思睿又问。

夏习清犹豫了一下，觉得自己手上的信息实在是没那么关键，于是坦然地说："这两套线索的时间线不同，比较晚的那个写着13:00，那个时候男友已经知道女友心脏病突发的死亡信息了。另一套的时间更早一些，那个里面男主角只是刚关了机，没有说女主死没死。"

他又解释了一句："等于说，在第二套剧情里，男主并不知道女主的结局。"

商思睿沉默了一会儿："所以，你这两套剧情，起初和经过都是一样的？"

"对，男主女主吵架，女主乘坐火车回自己父母的城市，男主气愤之下关机，一直到这里都是一样的。"夏习清拓下了最后一部分，从床上下来，走到了小圆桌前坐下。

商思睿的语气变了，他叹了口气："那我们的还真是完全不一样。你这一套剧情和阮晓手里的一套倒是符合的。"

果然。阮晓手里是真的有和自己的剧情相匹配的线索，这让夏习清舒了口气，这起码意味着自己手里的某一套剧情是可以完整还原的。

可马上，夏习清就发现了一个问题："等一下，你怎么会和阮晓完全不一样呢？你们如果扮演的是同一个角色，起码会有时序上的牵连才对，我和周自珩的房间就是这样，很多时候必须我先移动房子里面的东西，他那头的道具才可以起到作用。说明两个同角色的房间之间是有关联的啊。"

"假如你们此刻并不在同一个时空呢？"

商思睿的突然发问，让夏习清醍醐灌顶。没错，如果他和周自珩在同一个时空里，必然会有时序上的牵连，否则就是平行的。

商思睿又继续说道："讲真的，我刚进房间，第一个想连通的信号就是自珩的，可是自珩的信号一直连不上，等到我后来去找阮晓的时候，我们手上都有带编号的线索了。"

夏习清明白商思睿的意思了，如果刚进入房间，谁都没有找到任何带编号的线索，就意味着没有进入时空，或者是在默认的时空。

"所以你的意思是，你和阮晓一直无法发生机关牵连，是因为她一直没有找到和你手中编号一样的线索。"

拿到了新的线索，意味着切换一个时空。

"没错，我们错过了开始时的沟通机会，因为我在等自珩，结果他却一直在跟你聊天，而且足足聊了半个小时！"

这两个人还真是一个比一个孩子气。

夏习清忽然想到了笔记本上变化的时间，其实时间根本不重要，重要的是它代表自己现在进入到新的时空。

从日记本的时空 1，到笔记本的时空 2。

所以，阮晓没有找到的那个时空，就是商思睿所在的时空？

厘清楚思路的夏习清再一次开口："所以，你所拿到的剧情线究竟是什么样的？女主角最后心脏病突发去世了吗？"

231

"我们的剧情大概只有这个结局是一样的。"商思睿自嘲地笑了笑,"但除此之外没有任何相似之处,在我的剧情线里,我才是那个想要救人的人。是女主角要救把自己关在家开煤气自杀的男主,你明白吗?"

"什么?"

自杀?

这个新剧情来得太突然,夏习清一时间脑子有些混乱,但他立刻想到日记里的最后一句话,男主角在知道女主角死亡之后,的确有过想死的念头。可他当时根本没有往那方面去想。

"等一下,这个剧情和我的差距太大了,然后呢?女主角去救男主角了?"

"在这条剧情线里,女主角开始时就已经在火车站附近的公交车站,她知道男主角一个小时后会自杀,所以到对面坐了反方向的 420 路公交车。

"但是去往男主角家的路上发生了交通事故,公交车堵在了路上,所以她最后下了车,但半途拦不到出租车,她只能先跑出那段堵塞的路,到下一个路口打车,因为激烈运动,心脏超负荷,还没有拦到车,病就发作了。"

这一套剧情简直颠覆了夏习清之前的所有剧情。

他似乎明白了什么:"你所有线索的编号,是不是数字 3?"

"没错。"

所以,这个故事里存在三个平行时空。夏习清看向收音机上的那几个旋钮,只有阮晓一个人的旋钮下面写了 0,周自珩和商思睿的都没有。

这个 0 究竟代表了什么意思?如果仅仅是做区分,有那么多种方法,为什么偏偏用 0?而且另外一个旋钮下什么都没有,也没有标除 0 以外的任何数字。

"你有标着数字 3 的线索吗?"商思睿问道。

"没有,到目前为止没有。"

"真的?"商思睿的语气里带着怀疑,"还有一点我觉得很可疑,为什么你的两条线索相似度会那么高,就算是阮晓的也是有变化的,而你的几乎一样。"

夏习清笑了两声:"讲真的,我也很奇怪。同样是蝴蝶效应的作用,为什么阮晓会被影响那么多?"

这样的说辞商思睿能不能接受,夏习清猜不透,但他主动给了商思睿一个思路:"你的剧情线太少了,我们把话摊开说吧,如果你不是'杀手',你现在有两条路。要么，先从你的房间逃出去，剧情什么的放一放，别管了。

"要么你就接通周自珩的信号，从他那边获取我和阮晓没有的剧情线。你和他的旋钮在收音机上都没有标数字，说明你们的剧情线总会有一条是配套的。"

商思睿沉默了一下，对着收音机头疼地"啊"了一声，像是自暴自弃一样说出了真相："我跟你说实话吧，我已经打开我的房门了。

"但是这个节目组将谜题设置得太复杂了，逃出房间后给我的线索居然是不完整的，还告诉我，最终大门的解密需要拼接两个房间的线索，才会得出密码，所以我怎么样都得跟人合作，关键我还不知道谁才是我的合作伙伴。"

听到商思睿说这些，夏习清半信半疑，商思睿的战术实在是太类同了，这种看似透底的方式是能最快获取信任感的，就算对方不相信，也会被搅乱视听。

"所以你现在躲在房间里？"

"嗯。"商思睿长舒了口气，他似乎觉得自己说得太多了，"不跟你说了，我现在要试试你说的第二条路，会一会自珩。"

夏习清笑起来："瞧你说的，就好像他是'杀手'一样。"

商思睿却用他一贯的可爱语气回应夏习清的话："我怎么感觉你这一期对他的警惕感很低呢？"

什么啊？

听了这句话，夏习清的第一反应竟然是觉得有些心虚，他掩饰自己的情绪，反问道："你这是什么意思？所以你觉得我应该怀疑他？"

商思睿笑起来："你这么聪明，不应该怀疑所有人吗？"

他的尾音充满了暗示意味。

"行了你，赶紧去找他吧，要是你发现他是'杀手'，记得回来告诉我一声。"

"不不不，我变了。我现在严重怀疑你是，我要去告诉他。"商思睿一副和稀泥的态度咋咋呼呼，夏习清嘴上厉害，脸上却挂着温柔的笑："信不信我现在就'杀'你灭口？"

"喊。我还真不信。"

说完这句话，商思睿就断开了信号。夏习清知道商思睿在言辞之中没有感受到自己对周自珩的怀疑，但老实说，夏习清最怀疑的人还是周自珩，不过他的确没有任何证据。

可是周自珩一直没有"杀"自己，这一点很可疑，照常理来说，周自珩如果真的是"杀手"，一定会在第一次投票前就把自己"杀"掉，否则后患无穷。

太乱了。夏习清懒得再想，他先是将之前从墙纸里找到的拼图拿到门后，磁吸将拼图吸了上去，可是没有任何的反应，不像刚才那样，直接牵动了屋子里衣柜的机关。

难道这块拼图是不会触发机关的？

夏习清凝视着拼图上快要复原的蝴蝶图案，想到了那本书上的蝴蝶效应。如果这就是这期节目的主题，为什么自己的两条剧情线那么类似，几乎没有发生任何的变化呢？

正当他百思不得其解的时候，书桌上的笔记本电脑忽然发出一个提示音，他收到了一封邮件。

"请问，红蓝旋钮下的'0'是什么意思？得到答案请回复邮件。"

"我要是知道就好了……"思路还没厘顺的夏习清有些烦躁地舔了舔嘴角，没有理睬这个提示，而是走回到圆桌前，将拓好的小字条翻了个面，举起来对准天花板的顶灯。

在灯光的照射下，纸张变成了半透明的状态，上面黑色签字笔留下的痕迹映射成正确的字迹，虽然有两行字交叠，但勉强可以认出来是什么字。

"当你……关闭外界的一切消息时……"夏习清一个字一个字地辨认，轻声念了出来，"另一个你出现，试图挽回一切。"

另一个我？

第一行完毕，他的视线又一次回到最开始。

"你是……你所在时空的初始者……而非拯救者……无论是1、2还是3。"

夏习清缓缓地放下举着字条的手，陷入了沉思。

我是初始者，而非拯救者，无论是在三个时空中的哪一个。

他忽然想到了阮晓一开始问他的那句话。

"男主角有没有出过门？"

夏习清终于明白，自己是每一个平行时空中初始的那个男主角，他一直做着同样的事，时空穿越根本没有发生在他的身上，他始终像时空1的日记里写的那样，关掉了手机，独自待在家里，所以很多过程中的蝴蝶效应并没有波及他。

那么和他匹配的阮晓，应该就是三个时空里的原始女主，她也没有穿越，但是她受到了穿越者蝴蝶效应的影响，所以才会拥有不同的剧情线。

思路忽然清晰，夏习清终于明白，自己和阮晓的旋钮下为什么标着一个0。这个数字代表的并不是简单意义上的区分，而是告诉他们，他和阮晓的穿越次数是0，他们就是原本存在于每个时空的男女主角！

他火速站起来，走到桌前点击回复邮件。

"穿越次数为0。"

很快，夏习清收到了回复。

"恭喜你，回答正确，给你一个小奖励吧。"

下一刻，被夏习清检查了无数遍都没有找到任何线索的床，突然从侧面自动推出了一个隐藏式抽屉。

夏习清走了过去，将抽屉里的东西拿了出来，那是一台传真机，上面贴着一个数字编号——3。

商思睿手里的剧情线！

书桌上的摄像头比较多，为了方便节目组录制，夏习清将传真机放到书桌上，这台传真机和以前见过的那种老古董不太一样，上面并没有用来拨号的数字键盘，反倒有一个小小的LED屏幕。夏习清摸了一下，发现屏幕是触屏的。

怎么才能让传真机工作？

此时，屏幕上出现了一句话。

"请问，与你同为初始者的女友，经历过几次死亡？机会只有一次，请务必确认你的答案。"

"这个问题恐怕只有集齐所有剧情线的阮晓才能回答你……"

夏习清走到收音机边，扭开了属于阮晓的红色旋钮。

这时，节目组那个熟悉的声音再一次出现。

"各位玩家请注意，第一次投票将在五分钟后开始。"

阮晓的信号始终没有接通，夏习清看着笔记本的时间，距离第一轮投票只剩下三分钟。

这种一对一的设定实在是太折磨人了，如果对方没有选择他，他无论如何也无法连通信号。

只剩两分钟的时候，夏习清将红色旋钮关闭，选择了那个唯一的蓝色旋钮。

令他怎么也没想到的是，蓝色旋钮转开的瞬间，收音机的杂音就消失了。

"……自珩？"

"我在。"

他的声音一下子就抚平了夏习清等不到阮晓的躁动，夏习清深吸一口气，开口说道："马上就投票了。"

"嗯。"周自珩的声音很平静，"我希望第一轮不要有任何人被投出去，现在谁都没有把情况摸清楚，贸然投票太危险了。"

周自珩的说法保险又友善，这也是夏习清想的，他这一局原本就想要弃权。可说实话，弃权也有风险，如果有人投了自己，他连反抗的机会都没有。

"你不要弃权。"周自珩忽然开口，像是有读心术一样，立刻将他的心思读出来了。

夏习清皱了皱眉，放弃了"你怎么知道我会弃权"的疑问，直接选择下一步的追问："为什么不能弃权？"

"我刚才和阮晓通过话了，我知道你现在很想和阮晓联系上，通过她来补全第三个时空的信息，但是她暂时应该不会接通和你的信号。"

"为什么？"虽然这么问，但夏习清其实发现了，阮晓和他只通过一次信号，被她强行切断之后就再也没能联系上，如果按照其他人普遍撒网每个都试一试的策略，他怎么都不可能联系不上阮晓。

"她认为你是'杀手'。"周自珩的语气依旧冷静，"我们现在都弄明白自己的身份了，但是'杀手'的标准很不清晰。这一次没有谋杀，没有字面意义上的凶手，但是在阮晓的观念里，有始作俑者。"

夏习清一下子明白了周自珩的意思："她认为是第一个时空的我造成了这一切？哦，我懂了，如果当初我没有关机，没有自杀，也没有选择穿越时空，就不会发生后续的一切。"说到这儿，夏习清带着嘲讽意味笑了笑，"这样的想法也可以逻辑自洽，没毛病。"

下一刻，他又变了语调："可我为什么要相信你？"

周自珩没有说话。

夏习清则继续发问:"如果你玩的是离间计呢?我投了阮晓,再算上你的一票,就可以把她投出去了。"

周自珩的语气仍旧没有起伏:"你觉得我会使出这么蠢的招数吗?如果我只是离间,阮晓不是真的要投你,你最后也没投阮晓,你们谁都不走,我不就露馅了吗?"

夏习清没有说话,尽管他怀疑周自珩这样做的居心,但的确,这个离间计太直接、太笨了,失败的概率高到不像是聪明人会选择的方式。

"你放心,我会弃权,商思睿一定弃权,如果你也弃权,走的就是你。"

"如果你是'杀手'呢?"夏习清依旧怀疑周自珩的用心,"那你所说的一切我都没法相信。"

谁知周自珩竟直接反驳:"我就算是'杀手',也不会骗你。"

他顿了顿,有些放弃游说的意思:"反正这只是一个风险问题,如果你愿意拿你的'命'来赌一赌我的真心,我无所谓。"

尽管夏习清那么聪明,听到这句话也不禁大受震动。他无声地吸了一口气,假装自己没有过任何波澜。

两分钟的倒计时结束,节目组的通告再一次响起。

"各位玩家,第一轮投票现在开始!请输入你们心目中的'杀手'人选。"

周自珩没有再说任何话来干扰夏习清的选择,夏习清拿出节目组的手机,点击输入框。

如果周自珩真的没有说谎,他现在这个决定可能会坐实他在阮晓心目中的"杀手"身份。

可如果周自珩说谎了,自己就可能将阮晓投出去。

"请各位确认自己的选择,倒计时开始。"

"三——"

"二——"

"一——"

夏习清终于点击了发送。

"投票结果提交,请各位玩家等待清算。"

世界忽然安静了下来，这不过一分钟的寂静让夏习清觉得极其漫长和难熬，直到节目组的通告声再度出现。

"本轮投票，被处决的是——"

他不由得深吸了一口气。

"没有人。本轮投票出现平局，请各位玩家继续游戏。下一轮处决将在半个小时后开始，请大家抓紧时间，找出'杀手'！"

夏习清低头，盯着手机上发送的"阮晓"两个字。所以周自珩真的没有骗他，阮晓的确认定自己是"杀手"。

"我们现在来讨论一下时空剧情的问题吧。"周自珩没有提刚才投票的事，直接切入下一个话题，"坦白地告诉你，我到目前为止一共只找到了两条剧情线，其中有一条和阮晓的刚好契合，所以如果你想要知道阮晓的剧情，我也可以告诉你。"

夏习清饶有意味地笑了笑："又是保我的命，又是给我线索。"他的语调微微上扬，有种狡黠的戏谑感，"你不觉得你太偏心了吗？"

如果换作以前的周自珩，早就被他的调侃气得不愿接话了，令夏习清没想到的是，周自珩却直接认了。

"我本来就偏心。"

这一记直球打得夏习清措手不及，没接住还差点被撂倒。

"我觉得我们应该可以算是盟友。"周自珩又补充了一句话。

"盟友啊……"夏习清笑了笑，"那我想请问你，你的第一条剧情线是什么？你要是敢骗我的话，这期节目之后的每一期《逃出生天》，我都坚决不和你结盟了。"

听了这种赌气似的要挟，周自珩忍不住笑了出来："不骗你。我的第一条剧情线，老实说，就是从你在第一个时空自杀之后，开始的时空穿越，说白了，也就是第二个时空的剧情线。对了，关于你自杀的事，思睿应该说过了吧。"

"嗯。"夏习清又特意纠正，"不是我自杀，是这个男主角自杀，专业演员请不要人戏不分。"

"用你来表述会比较清楚。"周自珩的声音里带着笑意，"第二个时空的我穿越的目的就是救在火车站死去的女主，也就是阮晓，所以我穿越到阮晓前往火车站前的时间点，这个时候阮晓在420路公交车上。

"我开车去追赶，车开得太快，差点在拐角撞上一辆载满橙子的卡车，橙子的包装散开，落了满地，我只能帮他们去捡，等我赶到火车站的时候，怎么都找不到阮晓，后来在广播中听到新闻，之前那辆差点和我相撞的卡车，与开往火车站的420路公交车在另一个路口相撞，卡车侧翻，公交上十人受伤，两人死亡。"

周自珩吸了一口气，带着某种叹息的意味说出了结局："阮晓扮演的女主就是其中之一。"

果然……真的是蝴蝶效应。

"这条剧情线对应阮晓线索的哪个编号？"夏习清问道。

"2号。"

2号……2号线索里，夏习清一直在家中，关机，没有出门，他是原本就存在于2号时空的那个男友，但什么也没有做。

穿越者周自珩进入2号时空，试图挽回结局却没有成功。商思睿没有2号线索，也就是说，商思睿没有穿越到2号时空。

那失败之后的周自珩呢？

"然后呢？你去哪儿了？"夏习清连忙追问。

"我自杀了，我想再试一次，这一次要阻止那辆卡车，不能让它出现在420路公交车会出现的那条路上。"

"所以……你进入了3号时空？"3号时空的线索是夏习清一直想要的，他有些激动，"3号时空的结局是什么？"

"我没死，阮晓也没死。"周自珩语气平淡地为这样的结局加了一个定义，"某种意义上的美满结局。"

3号时空的阮晓没死。

这个重要信息让夏习清得到了开启传真机的问题答案，他二话不说走到了笔记本跟前，输入了答案。

两次。

阮晓作为初始者女友，一共经历了两次死亡。

很快，传真机的屏幕上出现邮件回复。

"恭喜你，回答正确。"

很快，传真机传递出一张纸，周自珩似乎是听见了传真机的声音，问道："有新线索了吗？"

"嗯。"夏习清等待着那张纸，"你是不是可以出去了？你的剧情线只有两条，现在应该已经可以完全复原那个拼图了吧。"

"……快了。"

夏习清拿出那张纸，眉头皱了起来，手里的纸一片空白，看来节目组并不打算这么轻易地让他知道真相。沉浸在失落感中的夏习清没听见周自珩的声音。"你刚刚说什么？"

"我说快了。"

夏习清想到商思睿一开始说的，出去后拿到的终极线索只有一半，那么周自珩应该也是如此，依靠他一个人的力量，是没办法出去的，难道他现在的示好，是因为知道自己的房间会有另一半的线索？

可是这不合逻辑，如果节目组遵循蝴蝶效应和剧情匹配的原则，应当是一个男主和一个女主的终极线索拼接起来才会得到最终的钥匙。

他应该试着找一找商思睿，看看他们俩的线索是不是吻合的，而且要消除商思睿对自己的防备。

除此以外，周自珩只提及了第三时空的结局，没有经过，而在商思睿的口中，第三时空所发生的事远不只是一个简简单单的美满结局，作为穿越者的他，死在了第三时空。

这一切看似风平浪静，实则暗潮汹涌。

"那我得赶一赶进度了。"夏习清拿着那张白纸自嘲道，"不跟你说了，我现在要切断信号。"

"又找商思睿吗？"

"真聪明。"夏习清笑了起来，爽朗的笑声在电流的传输之中显得格外好听。

就在他关闭信号的前一刻，周自珩忽然又开口："等一下。"

"怎么了？"

"得到 3 号线索之后，切换一下时空。"

夏习清有些疑惑："为什么？"

没等到回答，周自珩就自己切断了信号，只留下夏习清半蹲在收音机那儿独自发呆。

他这句话是什么意思，第三时空会对夏习清有什么不利？

没工夫为了周自珩一句故弄玄虚的话费脑筋，夏习清立刻打开了商思睿的旋钮，走到传真机旁边，他发现自己刚刚忽略了一个线索，传真机里出现白纸的时候，屏幕上其实也出现了一条提示。

"没有灯，如何能看见字？"

看似是一句废话，可夏习清觉得这一定意有所指。

"习清？"

"怎么这么快？"夏习清应了一声，"你现在还在房间里吗？"

"对，我拿到一个提示，如果我离开房间，房间的门就会关上，我再也无法进去。"

"没有后悔药啊。节目组太用心了。"夏习清的手指摸着白纸，觉得有哪里不对劲，"那你现在怎么办？"

"我不知道，我不想一个人出去，这样等于出去当靶子，尤其我手上还有一半的终极线索。"

听商思睿的口气听不出他怀疑谁，夏习清试探地问道："线索里没有对另一半的提示吗？"

商思睿沉默了一会儿："你这个问题问得太直接了，都让我怀疑你是不是知道什么了。"

夏习清也没想到自己随便一猜就戳到了商思睿的敏感话题："我如果知道什么，现在就不会还卡在第三时空的线索上了。"

"你还没集齐3号时空的剧情线？"

商思睿这个反问让夏习清气得吐血，你倒是试试玩一下最难副本啊，三个时空的线索都要收集，还不受蝴蝶效应的干扰，尽是些无效信息。

"没有，不过应该快了。刚才周自珩说他在第三时空的结局是圆满的，他没有死，也救了阮晓，可是你死了，你说你是不是炮灰？"正调侃着，坐在书桌跟前的夏习清将双肘支撑在桌面上，手指拿着白纸的两端，原本是想凑近了对着光线看一看，却无意间闻到了一股酸涩的味道。

这个味道好熟悉。

"我炮灰？你以为我是去救谁？要不是你在1号时空玩自杀，会害得我穿越吗？"商思睿虽然在吐槽，但仍旧是那副孩子气的口吻，"不过我在3号时空里死得也太亏了，要是车祸也就算了，居然是堵车我自己跑步跑死的。"

夏习清被他逗乐了。什么啊，难不成还盼着出车祸啊？

车祸？

"等一下，你是坐420路公交，遇到事故堵车的？"

"我不是跟你说了吗？"

不对，周自珩就是为了改变2号时空里420路公交和卡车相撞的结局才穿越去了3号时空，并且成功改变了结局，为什么商思睿……

"我知道了……你坐的420路是反方向的，你是要回我家来救我……"信息量实在太大，夏习清不由得喃喃自语，"所以他通过一些方法改变了卡车的路线，卡车没有撞上公交车，但是和别的车发生了事故，堵住了反方向的420路……"

"你刚才是不是跟自珩联系过了？"商思睿听见夏习清自言自语，越发觉得他不对劲，"你在说什么？"

夏习清还没完全厘清头绪，只能敷衍地应了一声："嗯，刚跟他断了信号。"

"上一轮投票的平局，应该是你和阮晓吧。"

话题突然扯到了投票处决上，感觉到被商思睿怀疑的夏习清警醒地反问："你知道了还问我？"

"我猜的，自珩提到过，说下一轮投票如果不保险就弃权。"

还真是个老好人。夏习清笑了起来："你说他劝了这个劝那个，究竟图什么啊？"

商思睿却笑嘻嘻地反问："你真的不知道他图什么？要不是他在中间调解，上一轮死的是谁啊？"

夏习清被商思睿问得哑口无言，只能干笑："你懂什么？人家这是为了游戏体验，不能让我这种清清白白的普通玩家跟上次似的一轮游。"

"你真的是普通玩家吗？"

商思睿这句话一问出来，夏习清就明白，他也有点相信阮晓的说法了，毕竟在谁都不知道"杀手"标准的前提下，那个说法的确是可以圆回来。

"你质问一个刚死里逃生的人，是不是有点太惨无人道了？"夏习清喷了一声,"你再这么逼我,挨到第二轮投票处决,我可就疯狗乱咬人了。"

商思睿在那头笑个不停,夏习清的眼睛盯着屏幕上那句话,越琢磨越觉得有哪里不对。

"没有灯,如何能看见字?"

灯,看不见的字,纸上的酸味。这些碎片化的信息在脑海里不断地盘旋,怎样都出不去,只差那么一个突破口。

他再一次闻了闻纸上的气味。

是柠檬的酸味。

原来是用柠檬汁写的字,晾干后什么都看不到。

夏习清终于反应过来,将那张纸拿到台灯的灯罩里,贴上那个发烫的灯泡。柠檬酸会让纸张更容易碳化,出现焦痕。

停留了半分钟之久,夏习清才将纸取出来。

"我决定出去了。"商思睿忽然没头没脑地冒出来这么一句,夏习清拿着纸的手都忍不住抖了抖。

"怎么突然……"夏习清正想吐槽他,在看见纸上的痕迹之后,却忘了说完剩下的话。

原本一片雪白的纸上浮现出几行焦黄的字迹,并不是他所期待的剧情线,也不是他想象中直接写出来的3号时空结局。

"你相信所谓的命运吗?

"收束的世界线,无法逃离的宿命论,因果循环,让你变成了救世主,还是刽子手?

"记住,同一个时空里无法存在两个'我',结局必定是你死我活。"

这几句看似隐晦的话,却在一瞬间勾连起夏习清之前所有的疑点和困惑。

每个时空里的自己究竟是什么结局?为什么自己怎么看都像是被蝴蝶效应排除在外的边缘人?为什么无论如何都找不到自己在3号时空的结局?

为什么周自珩如此执着于让他切换时空?

"喂?习清?你怎么了?"

伴随着商思睿的疑问,嘀的一声,传真机的屏幕上出现了新的问题。

"你等我一分钟。"

243

屏幕上写着一句话。

"3号时空中原本存在的男主角最终的结局是什么？"

夏习清丝毫没有犹豫，输入了自己心中的答案。

"恭喜你，回答正确，请拿走你的奖励。"

传真机右上角的一个方形盖子打开，里面是一个很小的盒子，上面有一个四位数字密码锁，不用想，这里面一定放着最后一块拼图。如果是别人，可能会欢呼雀跃，因为只差最后一步就可以集齐拼图，逃出这个房间。

可夏习清很清楚，这一局要输了。

他觉得有些可惜，这一次给他的副本实在是太难攻略了，而对方占尽了天时地利，甚至不遗余力地在保自己。

这样的做法在骄傲又充满胜负欲的夏习清眼里简直就是施舍，丢人又可怜，还不得不夸他一句干得漂亮。

周自珩真是绝了。

沉寂的房间里出现了机器的声音，令夏习清没想到的是，以为结束使命的传真机里再一次冒出新的纸张。他已经没那么在意了，顺手将纸取了出来，发现上面只写了一句话。

"在同一个时空中落败的你，将沉睡于永无止境的黑暗之中。"

看到这句话，夏习清忽然勾起了嘴角，轻笑了一声。

真是天无绝人之路。

釜底抽薪的战术，无论用多少次都是大招。

"我其实马上就可以出去了。"夏习清冷静地对那头的商思睿说。

"真的假的？那你现在要……"

"我不出去。"夏习清截断了商思睿的话，"思睿，如果想赢这一局，只有一条路可以走，在下一局把周自珩投出去，他是'杀手'。"

"你怎么知道？"商思睿对他突然的话锋转变感到非常怀疑，"你有什么证据吗？不，你现在就算说有证据，我也没法亲眼看到，你先出来，把证据给我们看。"

"来不及了。"夏习清捏着手里的拼图，将它放回到了传真机里，"我只有一个可以验证他是'杀手'的办法，这也是唯一可以赢的办法。我下面说的情况，等一下如果发生了，就赢了。"

他将自己预料到的告诉了商思睿。尽管商思睿不明白为什么夏习清如此笃定，但还是应允了："你这个方法真的是太奇怪了。话说你上一次也是'自杀式攻击'，真是'自爆玩家'夏习清。"

"我也是赌一把，如果输了……"

如果输了，只能说他太把自己当回事了。他赌的就是周自珩究竟是在乎和自己较量的胜负，还是在乎道德心。

"如果输了，你们就把我投出去。"夏习清笑了笑，"尽早投，别让我熬太久。"

说完，他切断了商思睿的信号，把最后的通话机会留给了周自珩。

奇怪的是，他们之间的信号竟然又一次迅速接上。

"自珩，你集齐拼图了吧。"夏习清像是闲话家常那样，用最轻松的语气和他交谈。

"嗯，我准备出去了。"

"那你出去不是不能和我打电话了？"他笑了起来，"那现在就挂了吧。"

"等一下。"周自珩有些犹豫，吞吞吐吐，最后还是问了一句，"你现在在几号时空？"

夏习清回头看了一眼传真机上的数字，又看了看已经黑屏的笔记本。

"2号。"

节目组的通告声忽然很不合时宜地插了进来，提示着密室中挣扎的每一个人："请各位玩家注意，距离第二次投票处决还剩十五分钟，请各位玩家抓紧时间，找出'杀手'。"

想说的话被节目组打断，周自珩没再说话了，这样的沉默被夏习清认为是在怀疑他回答的真假。

"你先出去吧。"夏习清伸了个懒腰，走到了床边躺下。

"嗯。"

过了几秒，信号中断了。

夏习清望着天花板，静静地数着时间。一秒，两秒，三秒。

忽然，视野里的一切都化为无穷的黑暗，没有起点，也没有终点。那种没有边际的黑暗像是一瞬间倒塌的山脉，重重地压在他的身上，让他喘不过气。

节目组的通告响起。

"玩家商思睿、周自珩、阮晓成功逃离房间。玩家夏习清困在3号时空，失去逃脱资格，房间反锁，等待其他玩家最终通关。"

不适反应来得太快，大脑开始产生晕眩感。

那些令人绝望的回忆在黑暗中伺机而入。当初被反锁在黑暗中幼小的自己，柔软而胆怯的心被恐惧一点点吞噬。

没有任何人在意他是不是害怕。

当知晓自己惧黑的弱点，他们反而以此作为逼迫他、驯服他的利器。

黑暗中的每一秒都分外难熬，还有红外线摄影机在拍，夏习清只能尽力隐忍着恐惧，不去想，咬着牙，直到额角都渗出细密的冷汗。

明知道会这样，还是想赌一赌。

断掉电源的房间里，没有任何可以计时的工具。自从遇到周自珩后，每一次身处黑暗中，他都会向自己伸出援手。尽管夏习清知道，自己不应该寄希望于别人，但是……

夏习清没有意识到，这一刻的自己和以往陷入黑暗的时候已经有了微妙的不同，除了掩饰不了的恐惧，更多了一丝期待。

可无论如何，这无情的诱饵依旧捂住了他的口鼻，渐渐夺走了他的呼吸。

期待值一再降低，一再被黑暗蚕食。

没有光线的幻觉里，夏习清只差一步就坠落深渊。

"玩家夏习清，死亡。"

"玩家夏习清，死亡。"

期待已久的死亡通告，终于出现。冷汗涔涔的夏习清长舒了一口气，忍不住在黑暗中露出一个虚弱又得意的笑。

房门咔的一声打开，光线如同利刃一样劈开了黑暗的蛹。

"请玩家夏习清离开房间，进入出局席等待出局。"

夏习清克制着自己起伏剧烈的胸膛，一步一步，步伐缓慢地走到了门口。毫无意外地，他看到了站在门外紧紧皱着眉头的周自珩。

他其实也想说话，但是被"杀死"的他已经失去了话语权。汗水从额角落到了下颌线，他看起来就像是生了重病一样憔悴。脸色苍白的他朝着周自珩勾了勾嘴角，露出一个笑容，然后绕过对方，视线对上周自珩身后的商思睿和阮晓。

"真的和你说的一模一样……"商思睿有些想不通。

看到他们脸上的疑惑，夏习清也没法解释更多，只好笑着偏了偏头，示意他们不要忘记自己说过的话，接着驾轻就熟地走到了写着"出局席"的圆形区域。

又是节目组的三声倒数，圆形区域的地板打开，夏习清坠落下去。

仍旧面向黑屋子的周自珩终于转过了身，他舔了舔嘴角，双臂环胸背靠在墙上，看向阮晓和商思睿。

结局再明朗不过了。

"等我被投出去，你们就可以拿到我手里的那一半证据了。"他的眼神锐利，让他本就锋芒毕露的脸更具攻击性。

"你真的是'杀手'？"阮晓不禁发问。

"没错，我代表的男主角在3号时空里，的确救了女主角，也就是阮晓，除此之外，我还间接害死了商思睿。不过这些都不足以作为证明我是'杀手'的证据。"他勾起嘴角，像一个真正的凶手那样微笑，"我在得到我认为的圆满结局之后，杀掉了原本存在于3号时空的男主角，也就是夏习清。

"因为同一个时空里，是不能存在两个我的。"

他继续说道："原本我的计划进行得很好，骗取你们的信任，逃出我的房间，拿到另一半线索，在打开大门之前'杀掉'另一半线索的持有者，几乎是稳赢。"说到这里，他自嘲地笑了笑，低下了头。

几乎是稳赢。可就是没算到，受到如此多限制的夏习清仍旧一瞬间识破了一切。更没算到夏习清的胜负欲强到宁愿把自己当作交换条件，也要阻止他成为赢家。

不知晓夏习清患有黑暗恐惧症的商思睿根本想不通，周自珩明摆着已经猜到夏习清的计划了，那他为什么还要往火坑里跳呢？

第二轮投票开始，没有任何意外，知道"杀手"身份的阮晓和商思睿将只差一步就可以赢的周自珩投了出去，拿走了他手中最后的线索。

"我输掉这一局，与能力无关。"周自珩心甘情愿地走到了出局席。

上一期密室逃脱的胜利者，成了这一期的"杀手"，原以为能继续胜利，却还是被夏习清反将一军。商思睿到现在都没想通，为什么夏习清当时说话那么笃定。

"等周自珩出来之后，十分钟以内，我会被'杀'掉。如果一切都像我说的这样，你们在第二轮投周自珩，稳赢不输。"

周自珩为什么一定要"杀"夏习清？如果他不"杀"，夏习清也是被锁在房间里，根本对他造成不了任何威胁，他何苦冒着自曝身份的危险对一个已经不会有任何逃生可能的人下手？

这两个人真是太奇怪了。

掉落到地下室的周自珩没想到，他第一个见到的人又是夏习清。无论是上一期胜利的他，还是这一期失败的他，出来后见到的第一个人都是夏习清。

只是上一期的这个人还为了让他逃出去选择"自爆"，这一期却用自我伤害的方式逼他现形。

夏习清的脸色还没有恢复，尤其是发白的嘴唇。这一次夏习清没有冲上来抱住周自珩，只是站在不足一米外看着他笑，像极了恶作剧得逞的小孩。

周自珩阴沉着脸取下了身上的麦克风："笑什么？"

被他凶了的夏习清一步跨到他的面前，歪了歪头："笑你和我一起'死'掉了啊。"

"你以后再这样，我不会管你了。"周自珩垂下眼睛，不去看夏习清脸上的笑。夏习清根本想象不到他有多么担心，他一再请求对方切换时空，没想到这却成了夏习清拿来要挟他的把柄。

这种杀敌八百，自损一千的方式周自珩很不喜欢，非常不喜欢。

看着周自珩不太高兴，两手插在裤兜的夏习清用脚轻轻踢了踢周自珩的小腿："多大的人了，输了一局至于这么不开心吗？"

几个在地下搬运道具的工作人员路过，周自珩点头和他们打了招呼，然后绕过夏习清就要从地下通道离开："跟输不输没关系，是因为你利用我。"

是因为你不在乎你自己。

夏习清转过身，看着周自珩的背影，追了两步："这算利用吗？我只是……"

"你别不承认了。"

夏习清顿住了脚步："行，就算我利用了吧。"他的脸上挂着相当无所谓的笑容,"你也可以不往火坑里跳。"

这句话说完,他有些后悔。事实上,比起利用,他更多的是试探,但这一点连夏习清自己都不愿意承认。

周自珩的脚步停了下来,转过身,快步朝他走来。不知是不是在黑暗中待得太久,脑子出现了幻觉,夏习清觉得周自珩的身上像是烧着一把火。

周自珩一把揪住了他的衣领,声音低沉,压着怒气。

"我心甘情愿被你利用,但这不代表你就可以随便伤害自己。"

领口被放开,夏习清愣愣地站在原地,仿佛是被周自珩强大的威慑力吞噬了气力,向来巧舌如簧的他无法反抗。

看见夏习清这样愣住,刚才还怒不可遏的周自珩叹了口气,瞟了一眼人不算多的周围,上前拍了一下夏习清的肩膀,仿佛就应该如此。

耳畔是他特意放柔和的声音,裹挟着比夜风还轻的无奈的叹息。

"下不为例,我说真的。"

二十五年的人生里,夏习清都活得很猎奇,他把自己的心从躯壳里剥离出来,只保留自己尚且光鲜的皮囊,在这个万花筒一样复杂又绚丽的世界里挥霍生命。想尽一切办法从别人的身上获取温暖,拼命地用它填满自己空荡荡的身躯。狼吞虎咽一样去吸取,却无论如何也无法填满那个血肉模糊的洞。

那些负面的、消极的情绪,被他用来滋养自己的艺术细胞。

被人关爱的夏习清是安全的,自认为安全。人人都对我好,这样子的我,怎么会悲惨?

可现在,周自珩的关心越过躯壳,直奔被他丢弃在小黑屋的自我。

警铃大作。

夏习清自我保护的天性让他害怕起来。

"没有下次,我保证。"夏习清主动地拉开了一点距离,熟练地对周自珩露出一个玩世不恭的笑容。

一切不过是应激反应。

周自珩有些怔住了。

夏习清拍了拍他的肩膀,伸出手,指着通道尽头:"上去咯。"说完绕过周自珩,一步一步地朝前面走去。

"……嗯。"

地下室真是密不透风，闷得人心里难受。

周自珩跟在他的后头，亦步亦趋，沉默着离开了地下通道。

依照惯例，是嘉宾手持摄影机拍摄花絮，周自珩很主动地要了一台机器，走到了阮晓的旁边："我们一组吧。"

"我们？"阮晓抬头，有些惊讶地看着主动邀请的周自珩，眼睛下意识在录制的房间里寻找着另一个人的身影，"……你确定？"

"嗯。"

"为什么找我啊？夏……"

周自珩很快截住了话头："我每个时空都是为了救你才穿越的啊，而且最后我们在3号时空还在一起了。"

阮晓一副"你在乱七八糟说些什么"的表情看着周自珩："呃……这算是理由吗？"

周自珩认认真真地思考了一下，提出另一个曲线救国的方法："那我去找商思睿……"

"等、等、等一下……"阮晓拽住了周自珩，叹了口气，"我跟你一组吧。"趁着周自珩还没开拍，阮晓撞了撞他的胳膊，"喂，你怎么了？为什么不跟夏习清一组？"

"没怎么。"

"你们吵架了？不会是因为他今天害你输掉的事吧！"阮晓的声音都一下子大了起来。

周自珩有些烦躁，不自觉拧起了眉："是，就是因为他害我输了。"

在某种意义上，这个理由完全是充分的。

"这样啊……你们俩还真是谁都不肯认输，跟我想象中有点不太一样。"阮晓笑了起来，"我一开始以为你们关系很差，但是有时候又觉得你们关系挺好的。好纠结啊，你们就不能一直和谐友爱吗？"

周自珩皱起眉盯着一脸坏笑的阮晓："你为什么会希望我和他一直和谐友爱？"

阮晓露出"你懂的"的微妙表情，手掌推了一把周自珩："因为我也是你们两个人的粉丝啊！"

"别开玩笑了。"

"我没跟你开玩笑啊，我认真的。"

"别，请你'脱粉'。"

"我就不！"

阮晓在后头闹着，走在前面的周自珩笑着快步躲开，手里拿着摄像机，一出房间就撞上了一个人。

"抱歉……"道歉的话下意识地脱口而出，可没想到撞到的就是夏习清。

"没事儿……"夏习清捂住被周自珩手里的机器撞到的胸口，一双漂亮的桃花眼微微弯起，看似真诚又不那么真诚地笑着，视线落在撞到周自珩后背才停下脚步的阮晓身上，"聊什么呢？这么开心。"

阮晓愣了一下，想起刚才周自珩不愿和他一组的事，替周自珩守住了口风："没，就是在替自珩的粉丝求自拍福利。"

"这样啊。"夏习清将散落在前额的长发向后抓了抓，视线回到周自珩的身上，露出粉丝应该有的憧憬笑容，"你是挺久没发自拍了，偶像。"

周自珩已经摸透夏习清了，特意加重的"偶像"二字让人不悦，他不知道夏习清此刻又是哪里来的敌意，为什么会对他发作。

就好像觉得他不会生气一样。

周自珩半转身，将摄像机递给阮晓，掏出口袋里的手机右滑屏幕，另一只手将夏习清强行拽到自己身边，并搭住他的肩膀，右手高举手机。

夏习清抬起头，看见屏幕的瞬间侧过脸盯着周自珩，语气不善地质问："你干什么？"

"自拍啊。"

快门声响起，周自珩松开了夏习清，查看自己拍下的照片。

"不许发微博，我警告你。"

"粉丝福利啊。"周自珩挑了挑眉。

夏习清虽然气，却还是一如既往保持着温柔的微笑："阮晓，你看见了，是这位大明星自己非要拉着我，我可是心不甘、情不愿地被迫合影的那个。"说完他就叫了一声正在后头被造型师拉去补妆的商思睿，离开了这间密室。

"我现在确定了，"阮晓啧啧了几声，"你们俩肯定吵架了。"

251

周自珩懒得再说些什么，将手机放回口袋里。

"哎，你等会儿会把照片发到微博吗？"阮晓笑嘻嘻地使了使眼色，"微信发给我也可以啊。"

"快拍花絮吧。"周自珩手伸进口袋里，握住了存有那张合照的手机。

这一次的花絮拍了将近一个小时，结束的时候也不早了，商思睿一把揽住夏习清的肩膀："我让我助理叫了这里最有名的日料，还有清酒，等会儿送到酒店，大家都去我房间找我啊。"

阮晓摇了摇头："太困了，我眼睛都睁不开了。"她低头看了一眼腕间的表，"都几点了，吃吃喝喝再熬夜，我明天肯定肿成猪。"

无论商思睿怎么威逼利诱，阮晓都坚持回去睡觉，他也没辙，只好把火力全部集中在周自珩身上，又是拉拉扯扯，又是撒娇连连："你小子不许逃啊！我们今天一定要不醉不休！我好久没有空下来了，你就陪我喝一次酒嘛——"

"我回北京还得试镜……"

商思睿一脸得意地反驳他："我问过小罗了！你试镜是后天！放心吧，不就是玩一晚上吗！清酒也喝不醉人，就当你期末考试结束放松放松，好不好吗……"

周自珩被商思睿晃着胳膊，耳朵里塞满了他各种软磨硬泡的说辞，却又像是过滤了似的，不受影响地听着夏习清和阮晓站在一旁的对话。

"习清，你换香水了是不是？这个好好闻，在机场的时候我就喜欢上了。"

"你说我身上的？哦，这个是我……朋友的香水。"

"什么牌子呀？"

"超级雪松？不记得了，反正是个有点蠢的名字。"

"哈哈，你这么说你朋友真的好吗……"

原本已经忘记了，被他脆弱的那一面勾起了保护欲，忘了他的本性。

朋友？我看是狐朋狗友才对。

"好吧。"周自珩抬起头，向商思睿妥协。一直死缠烂打的商思睿被敌军的突然投降吓了一跳，愣了半秒之后抱住周自珩："真的？真陪我？够意思，啊！好开心！"

阮晓离开之后，商思睿拽着周自珩和夏习清下了楼，明明已经不早了，楼下竟然还聚集着不少粉丝，全是女孩，见到打头阵的商思睿就开始尖叫。

"啊啊啊三三！"

"夏商周出来了！"

"啊啊啊我的自习！"

"珩珩！妈妈爱你！"

夏习清出来前戴了口罩，虽然不太喜欢人多拥挤的环境，但还是习惯性地表现出极尽友好的一面，弯着眉眼，半低着头走过去，遇到激动地叫着他名字的粉丝就小幅挥挥手。

商思睿则不同，身为偶像的他对这样的场面早已见怪不怪，相当熟稔地招着手，朝着自己的粉丝打招呼。

唯独走在最后的周自珩，没有像他们那么友好，而是郑重其事地对粉丝进行了思想教育："谢谢你们等这么久，但是这么晚了，真的很危险，万一你们回家的路上发生什么怎么办，谁负责呢？"

粉丝们听到周自珩这样说，尖叫声一下子小了下来，像是接受批评的小动物一样，小声地回应："知道了，我们就是想看看你……"

夏习清上了商思睿的保姆车，听见跟在身后的周自珩对那些女孩子嘱咐着，声音低沉却温柔。

"以后不要这样了。"

这句话的近义句，大概就是"下不为例"吧。

原来根本就是他的防御系统出了岔子，人家只不过是习惯性当老好人，多关心一下你这个心理状态不稳定的危险人物而已。

把他说的偏心当了真，蠢到极点。

夏习清紧挨着商思睿坐下，上车之后就把头歪在了商思睿的肩膀上。

"怎么了？"正玩着手机的商思睿侧过脸看了看夏习清。

"累，而且饿。"

商思睿笑得像朵太阳花儿似的，抬手轻轻拍了拍夏习清的头："一会儿就好了，我跟你说，那家的日料真的无敌好吃……他们家的酒也不错，哎，不过我听说那家酒店的酒也不错……"

"我们拍张自拍吧。"

夏习清忽然开口，打断了絮絮叨叨的商思睿。

"啊？"

"拍张自拍发微博，咱们不是刚录完节目吗？她们等了那么久，让她们开心一下吧。"夏习清声音很轻，说得煞有介事，头还是靠在他的身上。

"对，还是要让粉丝开心，哈哈哈。"

身为男团成员，商思睿早就对这一套熟得不行，拿出手机就着这个姿势拍了一张，他还特意摆出酷酷的挑眉表情，原本想伸手去摸夏习清的下巴，却发现对方戴着口罩，只好换成用食指指着夏习清的动作。

快门声响起，夏习清抬起了自己的头，将口罩取了下来，团成一团捏在手心。

还没发觉什么的周自珩关上了车门，坐在了右侧靠窗的单座上，透过窗有些担心地看了看还站在外面的那群女生。

他低下头，刚给自己系上安全带，就见商思睿一脸兴奋地冲他嚷嚷着："哎，自珩，快帮我点赞我的微博！刚发的！"

略显敷衍地"哦"了一声，周自珩拿出了自己的手机，打开了微博首页，刷新了一下。

果然刷出了商思睿的新微博。

@HighFive 商思睿：录节目录到自闭的自爆玩家。

配图是他刚拍的自拍，那张照片里，戴着口罩的夏习清乖顺地靠在商思睿肩膀上，只露着那双很有欺骗性的漂亮眼睛，无害又纯真。

周自珩一个不小心，算是手抖按下了 home 键退出了微博界面，停留了一秒，点开了相册，眼睛盯着"相机胶卷"相册的最新一张缩略图，自己强行拍下的所谓合照。

他拇指悬空，停留在右下角那个小小的蓝色垃圾桶图标上。

纠结很久，最后他选择了"删除照片"的选项。

回到了微博界面，他点赞了商思睿的微博。

周自珩无意识地偏过头，却偏偏对上夏习清的眼睛，他懒懒地靠在座椅靠背上侧过脸看着自己，脸上的表情似笑非笑。

周自珩差点没冷笑出来。谁知道夏习清却朝他吐了吐舌头。

下巴微微扬起，像个恶劣的 3 岁小孩。

简直不可理喻。

254

周自珩一路都没有说话，只好戴上耳机闭着眼睛假寐。随机播放的歌曲推荐像是被谁施了法似的，歌词句句直戳周自珩的心。

什么东西？

这个音乐程序歌曲推荐的算法是谁写的？

是魔鬼吗？

周自珩解了锁，正准备打开歌单看一下今天究竟都给他推了哪些"魔鬼"歌曲，谁知正巧，一条微信消息跳了出来，是好友兼发小赵柯发的。

柯子：珩哥，你啥时候回来啊？前几天老四儿回来了，一起出去聚聚啊。

老四也是和他在一个地方长大的，是个浑不吝，跟他关系没那么亲近，但也算是一起长大的发小。

珩珩：我不去了，我回去要试镜，最近档期贼满。

柯子：咱能不挣这辛苦钱了吗？图啥啊？一天到晚跟超人似的到处飞，连个私人娱乐都不能有了，你看看你都二十了，连个恋爱都没谈，你出去溜达一圈，但凡长得不错、个子过了一米八的，谁还是单身啊？

珩珩：皇帝不急太监急。

柯子：你柯哥哥我人帅心善，不跟你这小破嘴计较，话说回来，你不会还惦记着小时候那小姐姐吧？都陈芝麻烂谷子的事儿了，人家现在说不定都结婚了，小孩儿都打酱油了，你就不能换个人惦记？

周自珩本来想反驳他。可看见"换个人惦记"这几个字，他觉着心里发虚。尽管才20岁，可正儿八经的艺龄也有十四年了，在圈里泡了这么久，追他的大有人在，他却从没动过心，不是自己真的对恋爱没有期待，只是因为儿时的一段记忆，到现在都难以忘怀。

老实讲，他都快不记得那个女孩的长相了，有时候回想起来觉得自己像个傻子。

柯子：怎么不回啊？你不会不高兴了吧？

珩珩：你哪只眼睛看出我不高兴了？

柯子：没有不高兴你就把头像换了吧，一朵小花戴那么些年，跟个姑娘家似的。

珩珩：滚。

周自珩退出了聊天界面，点开自己的头像。

"到了，自珩下车……"商思睿伸了个懒腰把帽子戴上，推了一把夏习清，夏习清看见周自珩盯着自己的头像看，也跟着发了呆，这才准备站起来。

周自珩应了一声，把手机放回兜里下了车。

他们三个人的房间本就在同一楼层，助理们的房间则是在两层楼下。上电梯的时候他们商量了一番，决定先回自己房间洗个澡再去商思睿的房间。

商思睿住在走廊的尽头，夏习清住他隔壁，周自珩则是对面的一间。

洗澡洗到一半的时候，夏习清才想起来自己并没有带换洗的衣服，从夏知许家出来的，什么都没有，酒店的浴袍他也不大愿意穿。于是他光着身子从浴室里出来，把被子裹在身上想着对策。

商思睿比自己矮，他的衣服穿起来肯定不舒服。

这么一想还是周自珩靠谱。裹着被子，盘腿坐在床上的夏习清火速发了条微信。

正吹着头发的周自珩听到手机响，走过去一看。

恐怖分子：帅哥，借件衣服穿呗。

这人是有什么喜欢穿别人衣服的癖好吗？

道德标兵：不借。

恐怖分子：行，那我就裸着跟你们玩儿了。

……

道德标兵：你要什么衣服？

夏习清看着微信笑个不停，这人怎么这么逗呢？

恐怖分子：随便来一套就行，我没带换洗的衣服。

周自珩打开了自己的行李箱，把衣服一件一件翻出来摊在床上，都是被他穿过的，没有新的。

道德标兵：我让小罗去给你买。

恐怖分子：哥哥，这都快凌晨一点了，你让小罗哪儿买去啊？快点儿吧，我不挑，哦，对了，还有内裤啊。

光是看着这句话，周自珩都能想象到夏习清那副玩世不恭的表情。

道德标兵：……我没新的。

恐怖分子：洗过的就成。反正你少拿什么我就不穿什么，你看着办。

坐在床上等了大概十分钟，外面响起了敲门声，夏习清裹着被子光脚踩在地板上，一开门就看见头发半湿、穿着棉质黑色长袖和灰色长裤的周自珩，活脱脱就是小说里清爽校草的模样。

这张脸还真是越看越好看，夏习清感叹着自己高规格的审美。

"来啦。"从一个被角伸出手抓着交叠在胸口的被子，夏习清靠在门边朝着周自珩笑。

他的头发完全没有吹，坐了半天只有头顶干了点，水珠顺着略长的发丝一点点向下。

来之前周自珩已经做好了心理准备，原以为夏习清会像电视里的女主角一样躲在浴室，从门那儿伸出一只手拿他的衣服，谁知道是这样的画面。他垂下眼睛不去看。

"进来啊。"没法松手，夏习清用脚钩了钩他的脚踝，拿肩膀去撞门，想把门关上。周自珩也不知道是怎么的，门啪的一声关上的时候他才想到，自己明明可以丢下衣服就走啊，怎么进来了？

服了。

周自珩走上前把自己的衣服扔在床上，半背过去一股脑把自己要说的话说完："我找的都是没穿过几次的，跟新的差不多，尺寸估计不大合适，你将就穿吧，不用还给我……"

周自珩刚回房间，商思睿的消息就发了过来，跟催命似的，他坐都没坐下，灌了口凉水就去了对方的房间。商思睿房门都没关，自个儿敷着面膜坐在床上，沙发边的桌子上摆着寿司、刺身和清酒。

一看见周自珩进来，商思睿就激动地从床上跳下来，拽着他坐在沙发上，极力向他推荐这家日料的菜。

这张嘴不当导购真是屈才了。周自珩正想着，发现桌上还摆着瓶冰着的伏特加："这也是你订的？"

"对啊。"

"你疯了。"周自珩皱起眉头,"这酒后劲儿大着呢,你明天还想不想出门了?"

"没事儿。我不跟你说了吗?我明儿没活儿。我准备睡到下午。"商思睿瘪了瘪嘴,掰着自己的手指头,可怜巴巴地扑倒在周自珩的肩膀上,"我已经足足一个星期没有睡饱了。"

周自珩一脸嫌弃地推开他:"随你便,我明天还得坐飞机,我不喝。"

"你可以兑着清酒喝。"商思睿杵了杵他的胳膊,"喝两口倒不了,是不是男人?"

周自珩翻了个白眼,听见门口有声音。

"习清?把门带上就成。"商思睿揭下了自己的面膜,啪啪啪地拍着脸蛋,拍起来的精华溅了周自珩一脸。周自珩嫌弃得不行,干脆站了起来。

门关上了。

夏习清从玄关那儿走进来,周自珩的视线移了过去,看见他身上穿着大了一号的灰蓝色长袖卫衣,宽大的袖子遮住了半个手掌,过长的黑色运动裤裤腿被他挽起来,露出踝骨。

本来挺高的一个人,活生生被衣服显得娇小了几分。也不知道他从哪儿翻出来的发圈,扎起的刘海太长,没能像苹果梗似的竖起来,倒像是在风里栽倒了的小树苗,歪在一边,跟着他的动作一甩一甩的。

看见自己的衣服穿在他身上,周自珩心里有种奇怪的感觉,人也不自觉愣在了原地。

明明穿自己身上挺正常,怎么到他身上就……

怪清纯的。

"哟,大帅哥特意站起来欢迎我啊。"夏习清挑了挑眉。

开口就摁住了周自珩上一秒想到的"清纯"二字。

他尴尬地坐回到沙发上,拿起筷子夹了个寿司塞嘴里。

夏习清走到周自珩旁边意图坐下,见周自珩不为所动,于是踢了踢他的脚,商思睿倒是有眼力见,坐到了另一张沙发上,周自珩这才不情不愿地挪到这张双人沙发的另一头,让夏习清坐下。

商思睿把筷子塞到夏习清手上,顺嘴夸了句:"习清,你这件衣服好好看啊,什么牌子?"

"这不是……"夏习清刚开口，就被捏着下巴硬生生地塞了一个寿司在嘴里。他瞪大了眼睛盯着周自珩，对方却仿佛没有发生任何事一样低下头给自己倒了杯清酒。

商思睿笑嘻嘻地冲周自珩使了个眼色："你俩终于不赌气啦。"

"谁赌气了？"周自珩喝下半杯清酒，把杯子当的一声放回到茶几上。

"谁赌气谁知道，我又不瞎。"商思睿小声说了两句，又当什么都没说一样转移了话题，"吃东西吃东西，我快饿死了。"

夏习清嚼完了嘴里的寿司，顺手拿了周自珩的杯子，仰头喝下了他没喝完的半杯酒。

周自珩大吃一惊，一把夺过他手里的杯子："旁边有新的，你不会拿啊？"

"它离我最近，这不是顺手吗？"夏习清舔了舔嘴角，一副得意的样子。

这种捉弄人的语气听得周自珩气得很，却又想不出反驳的话语，只能默默低头吃东西。

商思睿一边吃一边抱着手机刷着自己刚才发的自拍下面的评论，还没完没了地跟他们分享："妈呀，这刷得也太快了，我都来不及看。"

"刷什么了？"夏习清随意问了一句，商思睿也就随便找了一条念出来："三三居然这么有男子气概！习清好可爱啊，想抱抱……"一口气念完的商思睿瞥了夏习清一眼，歪在沙发上笑个不停。

夏习清耸了耸肩："我已经习惯了，每次刷微博看到最多的话就是'想抱抱'。"

这些不谙世事的少女要是知道你的真面目，看她们还想不想，闷不作声地吃着东西的周自珩暗中腹诽。

"那是因为你长得太好看了，你这张脸按现在说的就是电影脸，那种漂亮又有故事的脸。"商思睿一面夸着夏习清，一面拿了起子开了那瓶冰着的伏特加，给自己倒了点。他忽然灵机一动："哎，咱们这么光喝酒没意思，玩游戏吧。"

周自珩皱着眉："录节目录得我现在听见'游戏'俩字儿都难受。"

"你现在知道'杀手'不好当了吧。"商思睿叹了口气，"上一期的时候我的小心脏都要跳出来了。别说了，这样吧，"商思睿把那瓶小小的快喝空的清酒拿起来，倒干净最后一点酒，又清走了几个打包盒，把酒瓶横着放在中间，"这儿也没牌，我们就玩最老套的真心话大冒险吧。"

周自珩面无表情："反对。"

商思睿笑嘻嘻地飞快反驳："反对无效。吃了我的饭就得听我的。"

夏习清懒洋洋地笑着："我没意见。"

你当然没意见，你又不会说真心话，周自珩心想。

都是公众人物，玩大冒险也不现实，只能改了规则。"瓶口转到谁，谁就说真心话，另外两个人可以商量着提一个问题，必须回答。"

"那要是不想回答呢？"周自珩问了句，"总有不能回答的时候吧。"

商思睿长长地"嗯"了一声，然后一下子扬起下巴："那就喝一整杯伏特加。"

游戏一开始没什么意思，三个人都没放开，周自珩算是走运，一次也没被瓶口选中，倒是商思睿自己，至少喝了三杯，脸都红了。周自珩用眼角的余光扫了扫夏习清，他也喝了一杯，不过看起来跟个没事人似的。也是，他这种人，酒量应该不小才对。

"哎，不行不行，"商思睿摆了摆手，又要改规则，"每个人最多只能用三次喝酒的机会，必须回答问题。"

规则一改，商思睿就用手指捏着瓶身中段，转了一下，绿色的半透明玻璃瓶在桌上打着圈，越来越慢，越来越慢，最后停了下来，直直地指着周自珩。

真是倒霉。周自珩想着明天的飞机，又实在不愿意被人打探隐私，纠结一番还是选择灌了一杯伏特加，本来就不擅长喝酒的周自珩被这实打实的烈酒狠狠呛了一下，咳嗽了半天。

"酒量这么差。"夏习清伸出手，轻轻拍了拍他的后背。

"听说酒量差的人在酒桌上会很倒霉。"夏习清歪着头笑眯眯地看着他，锁骨从过大的领口露了出来，在酒店的灯光下白得发光。

南方人都这么白吗？酒精烧起的热度让周自珩浑身不自在。

"来来来，再来一次。习清来转。"

夏习清伸出手，修长的手指轻轻地握住圆柱形的瓶身。

"啊！又是自珩！哈哈哈，习清说得好准啊！"

"什么？"周自珩一脸震惊地看着桌子上直直地指着自己的酒瓶，"不玩了不玩了。"

"哎哎，是不是男人啊你？"商思睿喝醉了，说话都有点大舌头，但依旧不依不饶地抓住周自珩,"哎,这次不能喝酒了,我得想个问题……嗯……你初恋是什么时候?"

周自珩自暴自弃:"我没有初恋,一直单身。"

"什么啊?我才不信。"商思睿把手掌放在嘴边,脸颊通红,小声地说,"我都交往过女朋友呢。"

"思睿,你也太容易醉了。"夏习清拿着一个酒杯,手腕轻轻地转着,晃着杯子里的酒,替商思睿补充问题,语调轻柔:"那你总有喜欢的人吧?"说着,他那双漂亮的桃花眼看向周自珩的侧脸,眼尾的弧度略微上扬。

"第一次喜欢上别人是什么时候?"

商思睿立刻激动起来:"对!第一次……第一次喜欢别人是什么时候,是谁?不说就喝两杯!"

周自珩盯着桌子上的酒杯,想到了刚刚在车上和赵柯的聊天。

如果夏习清不在场,他或许可以把这件事当笑话一样讲出来,反正商思睿也喝大了,都不一定记得住。可是夏习清就坐在他身边,他突然有些说不出口。

可他很快就反驳了自己的心虚。

有什么说不出的,不就是单恋吗?搞得好像怕他似的……

"快说啊。"

"6岁。"

商思睿尖叫起来:"你开窍也太早了吧!"

周自珩烦躁地抓了抓头发:"根本不能算是恋爱,我当时头一次去演戏,特别紧张,一看见镜头就发抖,又是在公园里头拍,人很多,拍了好几次都没办法过。休息的时候我偷偷溜了,遇到了一个女生,她照顾我一下,还给我叠了……"他忽然顿了顿,"鼓励我来着,要不是因为遇到她,我可能就没有演戏了。"

夏习清忽然笑了起来,可更像是皮笑肉不笑:"女生?多大的女生?"

"妈呀,这是什么纯情的剧情?青梅竹马啊!"商思睿咯咯咯地笑起来。

周自珩踢了他一脚:"比我高很多,估计是姐姐。"

"姐姐?"商思睿笑得更夸张了,"哈哈哈,原来你的取向是年长女性啊!"

"取什么向啊?"周自珩不耐烦地用手抓住那个酒瓶,想尽快摆脱这个问题,"行了吧,归我转了。"

夏习清居然没有拿这件事来嘲笑他，只是坐在一边慢条斯理地吃着东西。这让周自珩有些意外，可他也懒得多想，估计这种小孩子的故事对夏习清这样身经百战的老手来说根本不入眼，连笑话都算不上吧。

手腕发力，酒瓶一下子转动起来。

几十秒过去，瓶口最终慢悠悠地停在了夏习清的面前。

"习清！习清！习清……"商思睿彻底醉了。

夏习清一副认命的样子，脚尖碰了碰对面的商思睿："你想问什么问题？"

晕晕乎乎的商思睿傻笑着，有样学样地复述了一遍夏习清的话："你想问什么问题……"

周自珩拿着筷子尾敲了一下他的脑门，敲得商思睿捂着脑袋哇哇乱叫。

一时间，没人对输掉游戏的夏习清提问，气氛忽然冷下来。其实周自珩的脑子里一瞬间闪过很多很多问题，一直以来，他对夏习清都一无所知，就像商思睿说的，夏习清明显就是个有故事的人。

可他问不出口。

"都不问是吧，那我自己罚酒了。"夏习清低垂着眼睛，睫毛在酒店暖黄色的灯光下微微颤动，他拿起倒满了伏特加的酒杯，仰头刚要灌进去，就听见周自珩延迟过久的发问。

"……为什么怕黑？"

大概是没有料到周自珩会这么问，夏习清的手轻微颤了颤，透明的酒洒了些许在腿上，洇开一个深色的圆。

只犹豫了一下，他就将那杯酒一饮而尽，回头冲周自珩勾起嘴角。

"你晚了一步。"

周自珩知道夏习清在逃避，他没有继续追问的勇气，不，与其说没有勇气，倒不如说他害怕看见说出答案的夏习清。

商思睿似乎没有听见周自珩的轻声提问，他在半醉半醒的边缘挣扎："欸？欸……下一个……"他勉强坐起来，摇摇晃晃地转着酒瓶。

"你还真是执着啊……"周自珩无奈地摇头。明明都醉成这个样子了，居然还惦记着游戏。

说来也是邪门，瓶口又一次对准了夏习清。

"欸？是习清！"商思睿指着夏习清，傻兮兮地笑起来。

夏习清脸上的笑意少了一半。周自珩来不及说话，就听见夏习清低声，用一种近似警告的语气对他说："一个问题也不许问。"

像一只受伤后划定安全区域的困兽。

认识他这么久，这是他第一次这样跟自己说话。周自珩如鲠在喉，只能看着他仰头又喝尽一杯烈酒，眉头紧锁。

商思睿后知后觉："我、我还没问问题呢……"

"晚了。"夏习清冲他笑着，"我都喝了。"酒喝得太急了，辛辣气息反呛上来，夏习清忍不住咳嗽，周自珩下意识地伸手想去拍，却被夏习清敏感地躲开。

他有点后悔刚才自己的冲动了。

周自珩动作滞缓地收回了手，什么也没说。

商思睿又一次顽强地扶着沙发扶手坐起来，刚朝着茶几上的酒瓶伸过手去，还没碰上，就一下子趴倒在茶几上，彻彻底底地醉倒了。

"喂，喂……"周自珩拍了拍商思睿的手，对方仍旧一动不动，完全是昏死过去的状态。

"真是服了。"周自珩站了起来，将商思睿连拖带拽地弄到床上，盖上被子。商思睿一条胳膊伸了出来，嘴里含含糊糊念叨着："腿疼……不想跳舞……"

当偶像也怪可怜的。周自珩叹了口气，听见身后夏习清低沉得有些反常的声音。

"我回去了。"

夏习清低着头，扶着沙发扶手站了起来，停顿了一会儿便朝着门外走去。

果然是踩中他的雷区了。周自珩也垂下了头，站在原地一时间不知道该做些什么。

等夏习清走了再回去吧。

原本这样盘算着，却忽然听到玄关处传来咚的一声，周自珩快步走了过去，发现夏习清跪在地上，背对着他双手撑住地板，大口大口喘着气。

"没事吧？"周自珩赶紧上前，抓住夏习清的手臂放在自己的肩膀上，试图帮他站起来，可夏习清浑身一点力气也没有，双腿像踩在棉花上一样，还有些发颤。

夏习清一句话也没说，周自珩费力地把他架起来，侧过脸去看他，发现夏习清的眼睛微微眯着，耳朵红得发烫，大片大片的红晕染到了侧颈。他似乎想要说话，嘴半张着，喉结轻轻滚动着，却又发不出声音。

这和上次他喝醉酒的状态完全不一样。周自珩担心地将他扶出商思睿的房间，用脚将房门带上。所幸夏习清就住在旁边，省去了很多麻烦。

伏特加的后劲儿比他想象中还要大，周自珩明明只喝了一杯，晕眩感却直冲而上，走廊的灯光在眼前氤氲出一个又一个光圈，遮蔽视线。夏习清歪倒在他的身上，浑身发烫。

得给他把门打开才行。周自珩让夏习清背靠着门板，手按住他的肩膀，可夏习清根本站不住，还没等周自珩把手伸到他的裤子口袋，夏习清就低垂着脑袋顺着门往下滑，差点坐在地上。周自珩叹了口气，无奈地将他捞起，一只手从他的胳膊下面穿过去，面对着面，扶住他的后背，另一只手伸进裤子口袋里摸索着房卡。

找到了房卡，终于把门打开了，害怕夏习清背靠着房门会向后倒下去，周自珩半抱着他，姿势别扭地用脚踢开了门，才把这个醉得要命的家伙弄进了房间。

周自珩吃力地将夏习清弄到床上，准备像对待喝醉的商思睿那样对待他。可夏习清刚被放在床上，就翻了个身，试图下去。

"你干吗？"

"洗……澡……"他说话的声音都变了，仿佛是被烈酒灼伤了一般，从轻飘飘的云，变成了澄澈水底的流沙。

周自珩见他爬起来，又倒在地上，忍不住恼起来："洗什么澡啊，都醉成这样了。"周自珩正要将他拽起来，却听见夏习清固执地低声絮叨："我就要洗……"

他究竟是造了什么孽？周自珩无奈地将夏习清捞起来，把他带到浴室里。夏习清就像是生了重病的猫科动物，攀附着他不愿松开。

"洗吧。"他把夏习清放在浴室的地板上。夏习清努力地睁大眼睛，像是在确认周围的确是浴室，然后开始脱上衣。酒精麻痹了他的四肢，让最简单的动作都变得迟钝笨拙。周自珩站在一边，看着自己那件灰蓝色的上衣卡在夏习清的头上怎么都脱不下来，觉得他又可怜又好笑。

原来那个狡猾又恶劣的人也有这么笨拙的时候。

出于这种不太健康的心态，周自珩蹲了下来，像照顾小孩儿一样帮他把上衣脱了下来，扔到了外面的地板上。

这还是他第一次给别人脱衣服。周自珩都不敢去看对方，明明都是男人。

感觉身上凉凉的，夏习清的睫毛缓缓地动了动，低下头看了看光着身子的自己，又抬头看向周自珩，眼神迷离又疑惑。

"你……干吗脱我衣服……"

这人有病吧？周自珩白眼都要翻到天上了。

"你自个儿在这儿玩儿吧，我不奉陪了。"他正准备起身，却被夏习清拽住了，没能站起来，反倒坐在了地上。

"好冷啊……"夏习清一副委屈兮兮的表情望着他。

这人原本就生着一张弱不禁风美少年的脸，平日里玩世不恭、浪荡薄情，倒也掩盖了他外貌上的柔软，现在他却用这张脸对着周自珩做出示弱的表情。

根本没法拒绝，倒不如直接投降。

"服了你了。"周自珩伸着胳膊往后，脑袋转向浴室外，试图去够刚才被他扔出去的上衣，一边够还一边问，"那不洗澡了？"

没等到夏习清的回话，周自珩忽然感觉自己的衣服下摆被人扯了扯，一回头就见夏习清整个人趴在地上，手拽着他的衣服，嘴里一直喃喃着好冷。

周自珩实在是没招了，这样下去不是办法。谁能想到夏习清喝醉了有这么多花招呢？

原本想将夏习清扶起来，但他就这么扯着自己的衣服，根本没办法操作，周自珩只能就着这个姿势慢慢将他带出浴室。

第二次回到床上，刚被周自珩放下来，夏习清就慌了，他眼前天旋地转的，拽住周自珩就不撒手。

周自珩本来没打算走的，谁知道这家伙拽着他硬是不松手。他只好安慰似的轻轻拍了拍夏习清，夏习清这才感觉到了他没走，但手上的力道还是很大，嘴里也一直呢喃着。

"不要走……"

一会儿要洗澡，一会儿又怕冷，现在又不让人走了。关键夏习清一直扯着他，周自珩坐也不是，站也不是，更不知道怎么安慰夏习清，脑子一团乱，干脆坐在床上，使了点儿力气抓住他的手，硬是将夏习清扯开："你清醒一点。"

别说脑子了，夏习清连眼皮都是沉重的，缓缓地抬眼，睫毛一颤一颤，那双蓄着水汽的眼睛像是在看周自珩，又仿佛不是在看他，和耳朵一样被酒精染红的双唇倔强地抿着，过了好一会儿才松开。

声线发颤。

"不能不走吗……我不想一个人……"夏习清低下了头，说话似乎已经很艰难了，每个字都掏空了他的力气。

周自珩愣愣地看着他，沉默中，听见有水滴坠落的声音，一滴，一滴，在盖住他双腿的洁白被子上洇开，水渍蔓延扩散，变得灰扑扑的。

"你、你怎么哭了？"周自珩一下子慌了神，他无论如何都没有想过夏习清会哭。周自珩伸手扶住夏习清的下巴，抬起的瞬间，看见他满脸的泪痕，水光像是一层柔软又矜贵的丝绸，薄如蝉翼，盖在他的面孔上。

睫毛沾满了细碎到落不下的泪珠，灯光下如同星星的碎屑，闪闪发光。

夏习清无声地哭泣着，不知道为什么，他哭起来是不发出声音的，周自珩忍不住伸手，拍了拍他的后背。

"别哭了。"周自珩轻轻摸着他凸起的脊骨，又抬手揉了揉他的后颈，周自珩是家里最小的孩子，从来没有过安慰别人的经验，只能凭感觉安抚夏习清的情绪。

说实在的，他好慌，他从来没有见过这样的夏习清。

夏习清的眼泪还是没有停下，他的声音带着鼻音，又软又黏，像个孩子。

"我不想一个人留在这里……"他的手紧紧地握拳，似乎用尽了他的力气，"这里好黑啊……我害怕……"

"不黑，你看，这里有光啊。"

夏习清怎么也不肯抬头，语气任性又让人难过："没有！这里没有光……也没有人……我快死了……我被关起来了……"他突然开始大口大口地喘息，低着头抓住周自珩的右手，胡乱地将它按在自己的腰侧。

"这里好疼……"夏习清仰着脸望着他，发红的眼眶里全是盛不下的泪水。

周自珩觉得心里头难过，他慌张地看向夏习清按着他手的地方："哪里疼？"

等到挪开手，他终于发现，那个地方有一处凸起的刀疤，不长，但看起来很深，在白皙的皮肤上显得突兀而可怕。

夏习清痛苦地吸着气，被泪水浸湿贴在脸颊的黑发，还有红艳湿润的嘴唇，使他看起来就像是一尾艳丽的濒临死亡的鱼。

"救救我……我不想死……"他拼命地抽气，"好多血……我要洗澡……我不想去医院……"

周自珩后悔极了。他为什么要问那个问题？如果不是他一时好奇心作祟，或许夏习清根本不会回忆起这些事。他感觉自己好像活生生剥开了夏习清的血痂，现在却只能看着那个伤口鲜血如注，没有任何补救的办法。

"你不会死的。"周自珩安慰着他，"我在这里，你不是一个人。"

"妈妈……"

他的声音虚弱极了，虚弱到周自珩甚至以为是自己的幻觉。

"别把我关在这儿……求求你……"夏习清断断续续地求饶，像个犯错的孩子一样求饶，"我很听话……不要杀我好不好……"

杀我……

周自珩猛地想到了他腰侧的伤疤。

怎么会？！

光是只言片语，周自珩都已经觉得胆战心惊，他无法想象夏习清的孩提时期究竟经历过什么。夏习清就这样不断地求饶，不断地解释，祈求不要把他关起来，说他冷，说他害怕，说他想出来。

周自珩红着眼睛，不断地重复着同样的话安慰他。

"别怕，我在这儿。"

直到夏习清的眼泪终于流干了，再也没有求饶的力气，像是死了一样沉睡过去。

周自珩忽然害怕起来。

二十年来，周自珩从来没有一次像现在这么心慌，甚至真的用手去探夏习清的鼻息，确认他的确只是睡过去了，那颗狂跳的心才渐渐恢复正常。

他只是睡着了。

他终于睡着了。

周自珩轻轻地将他放倒在床上，看着他蜷着身子陷入白色的柔软之中，可手仍旧牢牢地抓着自己的手腕，只要周自珩试图抽开，他的眉头就在睡梦中皱起。

此刻的夏习清像极了一只垂死的小猫，一夜过去，他或许就再也不会醒过来。

他的耳边到现在还盘旋着夏习清带着嘶哑哭腔的求救。

"不要把我一个人关在这里。"

周自珩最终还是留了下来，坐在了他的身边，就这么看着蜷缩着睡着的夏习清。

哭得太久的眼睛肿了起来，薄得几乎快要透明的上眼睑微微鼓起，透着些许血管的颜色。他的睫毛原来这么长，比之前合作过的女演员都要长，在梦里也轻轻地颤着，和哭泣时的他一样，透着挥之不去的脆弱感。

睡梦中的夏习清轻微地皱了皱眉，像是要醒过来似的，却只是往被窝里钻了钻。

再次沉入梦中的夏习清微微仰起了脸，似乎这样呼吸可以顺畅些。周自珩的视线落在上面，夏习清哭过的鼻尖发红，显得那颗小痣更加可怜。

（未完待续）

图书在版编目（CIP）数据

我只喜欢你的人设 / 稚楚著. — 广州：广东旅游出版社，2022.7（2025.3 重印）
ISBN 978-7-5570-1989-1

Ⅰ.①我… Ⅱ.①稚… Ⅲ.①长篇小说—中国—当代 Ⅳ.① I247.5

中国版本图书馆 CIP 数据核字 (2022) 第 034966 号

我只喜欢你的人设
WO ZHI XIHUAN NI DE RENSHE

出 版 人：刘志松
责任编辑：黄碧绯
责任技编：冼志良
责任校对：李瑞苑

广东旅游出版社出版发行
地址：广州市荔湾区沙面北街 71 号首、二层
邮编：510130
电话：020-87347732（总编室） 020-87348887（销售热线）
投稿邮箱：2026542779@qq.com
印刷：嘉业印刷（天津）有限公司
（地址：天津市静海经济开发区北区银海道 48 号）
开本：700 毫米 ×980 毫米 1/16
字数：227 千
印张：17.5
版次：2022 年 7 月第 1 版
印次：2025 年 3 月第 14 次印刷
定价：49.80 元

【版权所有 侵权必究】

如发现图书质量问题，可联系调换。质量投诉电话：010-82069336

遇见你的那一刻 就是大爆炸的开始。每一个粒子都离开我朝你飞奔而去，在那个最小的瞬间，宇宙才真正诞生。